JN090036

入れ替わり令嬢は国を救う

斎木リコ

Riko Saiki

Regina

RB

レジーナ文庫

登場人物紹介
ノイン
王妃ヤレンツェナの護衛騎士。
物腰柔らかく優秀な美青年で
侍女達の憧れの的だが、
ベシアトーゼにとっては天敵状態。
ベシアトーゼ
トラブルによって隣国の
親戚宅へ身を寄せる事になった
伯爵家の跡取り娘。
気が強くて剣と薬学が得意という
令嬢らしからぬ令嬢。

ヨアド大公
エンソールド国の大公。王位を欲しており、世継ぎを産む可能性があるヤレンツェナと敵対している。
セベイン
伯爵家当主でルカーナの父。ベシアトーゼには叔父にあたる。堅実で有能な男性ながら、近頃のトラブル続きで憔悴《しょうすい》中。
ルカーナ
ベシアトーゼに瓜二つな従姉妹。王宮へ侍女として上がるはずが行方不明になっている。ベシアトーゼとは正反対の内気な娘。
ヤレンツェナ
大国ダーロより輿入《こしい》れしてきたエンソールド国の王妃。賢く美しい女性だが、ノインと妙な噂があり……？
ノネ
ベシアトーゼの側仕え。極端に臆病な性格のためか迫る危険を予知するという特殊能力がある。
シーニ
ベシアトーゼの護衛兼、側仕え。ベシアトーゼに心酔しており、その忠義心の強さ故暴走しがちなところも。

目次

入れ替わり令嬢は国を救う

秋の終わりを迎えた北の空は、どこまでも高く澄んでいた。その空の下には、過ぎゆく季節の名残を残す森が広がっている。

中でも一際立派な大木の枝に、冬越に備えて丸々と太った鳥が一羽、止まっていた。羽繕《はづくろ》いをしているその鳥を狙って、大木の下の藪《やぶ》から一本の矢が飛び出す。

矢は真っ直ぐに鳥を目指して飛び、首を突き刺した。

「やったわ！」

少々甲高い声が響くのと同時に、鳥は枝から落ちる。それを待ち構えていたように、二匹の猟犬が走り寄った。

後を追って藪《やぶ》から出てきたのは弓を抱えている者とその側に従う者の二人だ。同年代らしい二人は共に白いシャツにチュニック、パンツに長靴という、この辺りの青年にはありふれた服装をしている。だが、華奢《きゃしゃ》な骨格と長い髪、何よりその容姿はうら若い乙女そのものだった。

弓を射たのであろう人物は、濃い金色の髪に大空を映したような明るい青の瞳、整った容姿は十分美しいと言えるものだ。その後ろに付き従っているのは、栗色の髪と瞳の、大人になる一歩手前くらいに見える少女だった。

「お見事です、トーゼ様」

「これで今夜の食卓は鳥の丸焼きに決定よ、シーニ」

トーゼと呼ばれた金髪の少女は弓を肩に回して、声をかけてきた栗色の髪の少女――シーニに笑顔を向ける。彼女の足下では、獲物《えもの》の鳥を咥《くわ》えた猟犬クープが褒《ほ》めてと言わんばかりに尻尾を振って待っていた。

「いい子ねクープ。さあ、肉が臭くならないよう、血抜きをしてしまいましょう」

そう言うと、彼女は近場の枝にロープを使って鳥をつるし、腰の辺りから短剣を取り出して鳥の首を切り裂く。このまましばらく置いておけばいいのだから、簡単だ。

そうして血抜きをした獲物《えもの》を片手に、別の手には弓を持ち、トーゼことベシアトーゼはシーニとクープ、もう一匹の猟犬ネープを従えて森を行く。今日もいい狩りが出来た。

この森は豊かで、常に人々へ恵みをくれる。

「あ」

狩りの成果にほくほく顔で歩いていると、背後からシーニの小さな声が聞こえた。振り返った先で、彼女が手の先を押さえている。

「どうしたの？」

「そこの、リリガに引っかけてしまいました」

確かにシーニの脇にリリガの木が見える。これは葉と枝に棘《とげ》を持ち、引っかけてしまうと皮膚《ひふ》がかぶれる植物だ。だが、リリガ自体は布の染料に使えるので、伐採《ばっさい》する訳にもいかない。

「少し待ちなさい」

ベシアトーゼはそう言うと、周囲を探し始めた。リリガの側には、必ずと言っていい程に生《は》えている植物がある。

「あったわ。ちょっと乱暴なやり方だけど、手を出して」

二種類の植物を摘《つ》むと、シーニの傷の上で同時に絞った。独特の青臭い臭《にお》いが辺りに広がる。

これらから出る汁には、それぞれ鎮痛消炎と、かぶれを治す効果があるのだ。本来ならきちんと道具を使って成分を抽出するのだけれど、今は緊急なので仕方がない。

後は傷口をハンカチで縛《しば》って終わりだ。

「ありがとうございます、トーゼ様。このご恩は一生忘れません！」

「いや、恩って程じゃないから」

何かと大げさなシーニに、ベシアトーゼは真顔で返す。下手に笑いながら否定すれば、それはそれでシーニがむきになり面倒な事になるのを知っているからだ。

「ついでに、鳥の丸焼きに使えそうな香草も摘《つ》んでいきましょうか」

「はい」

リリガは厄介《やっかい》な木だが、この木の周辺には先程の薬草の他にも、多くの香草が育つ。ベシアトーゼはシーニと二人で、両手一杯の香草を摘《つ》んでいった。


大陸の南に位置するここタイエント王国は、南北に長い国だ。そのせいか、国内でも気候の違いが大きい。

ベシアトーゼ達が暮らす、ヘウルエル伯爵領は王国の北側に位置している為、冬は厳しく夏は過ごしやすい地だった。南側のように年中果実が採れる領地ではないが、穀物《こくもつ》、特に国内の主食である小麦の生産量が多く、国の食料庫と呼ばれている。おかげで、伯爵領は国内でも重要な領地の一つとされていた。

その伯爵領では、秋の終わりを迎えて、領内総出の冬支度が行われている。ヘウルエル伯爵の一人娘であるベシアトーゼが領主館に戻った時も、前庭で領民達があれこれ仕分けをしている最中だった。

「おーい、穀物倉《こくもつぐら》の方はどうなったー？」

「今、他の奴が見に行っている」

「今年もいい出来だな」

「安心して冬を越せるってもんだ」

収穫を終えた穀物《こくもつ》の種類や量を調べてそれぞれの倉にしまい、王都へ送る分、領内で消費する分、他領へ売却する分と分けているのだ。

この作業が全て終われば、待ちに待った収穫祭が行われる。それを楽しみに、領内では大人も子供も労働に勤《いそ》しんでいた。

その様子を視界の端に映しながら、ベシアトーゼは館の勝手口から中に入る。今日の獲物《えもの》を捌《さば》いてもらう為だ。目当ての料理番は、厨房《ちゅうぼう》で鍋の前に佇《たたず》んでいた。

声をかけると、料理番はベシアトーゼ達を認めて穏やかな笑みを浮かべる。

「お帰りなさい、トーゼ様」

そんな彼に、ベシアトーゼは獲物《えもの》の鳥を掲《かか》げてみせた。

「見て、おいしそうな鳥でしょう？　ついでに、料理に使えそうな香草もついているわよ」

「ほう、こりゃまた丸々と太っている。トーゼ様が狩ったんで？」

「もちろん」

誇らしげに胸を張るベシアトーゼを見つめながら、領主館の料理番は感心して言う。

「この間は立派なイノシシを獲《と》ってきたし、トーゼ様はまだ十七歳だというのにもういっぱしの狩人《かりゅうど》ですな」

「あら、私は狩人《かりゅうど》ではなくて、未来の領主――」

ベシアトーゼがそう言いかけた時、表の方から若い女性の悲鳴が響いた。何事か、と問う間も惜しいとばかりに、彼女は走り出す。その後ろから料理番の制止の声が聞こえたが、気にしない。

館の表玄関に到着すると、何やら不穏な空気が漂《ただよ》っていた。

「何事？」

「あ、お嬢様」

近くにいた領民に声をかけたところ、そこからさざ波のようにベシアトーゼの存在が周知されていく。

この領に住んでいて、伯爵家の娘であるベシアトーゼの顔を知らない者はいない。その場にいた領民達は彼女の姿を確認すると、騒動の中心に導く為に道をあけた。

人の波が引いた先にあったのは、少女の腕をひねりあげている男の姿だ。彼の身なりは良く、一目で身分ある人物だと知れる。彼の周囲にいる者達も、仕立てのいい服を着ていた。だが、彼等の下卑《げび》た表情はそれらを台無しにしている。

「お前達、何者?」

身なりだけはいい狼藉者《ろうぜきもの》に、ベシアトーゼの冷たい声が突き刺さった。娘の手をひねりあげている男がこちらを一瞥《いちべつ》し、醜《みにく》い笑みを浮かべる。

「この女が粗相《そそう》をしたのだ。その償《つぐな》いをさせようとしているのだよ」

「粗相《そそう》?」

男の言葉にベシアトーゼが片眉を上げて聞き返すと、捕まっている娘が無罪を主張した。

「違います! 言いがかりです!」

「黙れ! 下民の分際で勝手に口を開くな! この私が情けをかけてやろうというのだ、這《は》いつくばってありがたがるがよい!」

途端、彼の供らしき者達がにたりと笑う。その様子を見ただけで、彼等の目的が知れようというものだ。

ベシアトーゼはゆっくりと進み、男達の前に立った。

「娘の手を放しなさい。ここはヘウルエル伯爵領、余所者《よそもの》が大きな顔をしていい場所ではないのよ」

彼女の手には、狩猟用の短剣が握られている。その姿をどう誤解したのか、男達はあざけるように笑い出した。

「それがどうした。私は何をしても許される身なのだぞ。お前、そんな形《なり》をしているが女だな？　スカートをはけばお前も可愛がってやろう！」

娘を捕まえたままの男の言葉に、ベシアトーゼは一瞬で間合いを詰めて、短剣を彼の肩にめり込ませる。そこには何の躊躇《ちゅうちょ》もない。

本当に攻撃されるとは思わなかったのか、刺された男も彼の仲間も、数瞬何の反応もしなかった。だが起こった事実をようやく認識したらしく、盛大に騒ぎ始める。

「あ、ああああああああ！　か、肩が！　私の肩が!!」

「若君!!」

「は、早く医者を!!」

「貴様、若君に対して何という――」

最後の男の言葉は途切れた。つい先程、彼等が「若君」と呼んだ男の肩を刺した短剣が、彼に向いたからだ。若君とやらの血で、刃先が赤く染まっていた。

しかも、今度は顔の真ん中に切っ先が向けられている。

「猶予《ゆうよ》をあげましょう。今すぐその娘を解放し、我が伯爵領から出ていきなさい。さもないと……」

全てを口にせずに、ベシアトーゼは短剣の切っ先で青い顔をした男の鼻先を少しだけ突いた。効果は抜群で、肩を刺された「若君」も、彼の仲間の男達も転《ころ》げるように走り去っていく。やや離れた場所から馬車の音が聞こえたので、もう大丈夫だろう。

刃を拭《ぬぐ》って短剣を鞘《さや》に戻し、解放された娘に近づいたベシアトーゼは、彼女に怪我などないか尋ねた。

「はい、大丈夫です。ありがとうございました！」

「何事もなくて良かったわ。それにしても、一体どうしてこんな事に？」

彼女の疑問に、周囲にいた領民が我先にと話し出す。どうやら、領外から来たあの連中が娘に目をつけ、向こうからぶつかってきたくせに因縁《いんねん》をつけたらしい。

「大方、あのまま馬車にでも連れ込むつもりだったんでしょうよ！」

「本当、男なんてどうしようもないのばっかりなんだから」

「おいおい、俺達はあんな真似《まね》はしねえぞ」

「そうだそうだ」

あっという間に、そこは男女間の軽い口論の場になってしまった。それを苦笑しながら眺めているベシアトーゼの耳元に、シーニが囁きかける。

「トーゼ様、連中の乗っていった馬車の車体に紋章がありました」

「本当に？」

「はい。それも、盾が入ったものです」

「そう……」

シーニは連中の後をつけ、馬車で去っていくところまで確認したという。その際に紋章を見つけた為、報告してきたのだ。

馬車に紋章を描けるのは、爵位を持つ貴族に限られている。また、紋章に盾が入る家は侯爵家以上の家だ。

という事は、あの「若君」とやらは侯爵家もしくは公爵家の馬鹿息子という訳か。

「構わないわ。領民を害する者は、たとえどんな身分の者でも私の敵よ。決して許しはしない」

「さすがです、トーゼ様。このシーニ、どこまでもついて参ります！」

ベシアトーゼにとって、領民は自分の家族も同然なのだ。その家族を害そうとする者に容赦するつもりはない。ベシアトーゼの宣言に、シーニは感激した様子で忠誠を誓った。

とはいえ、伯爵家が格上の家の人間を傷つけて無事ではいられまい。いざとなったら、王都に出向いて今回の件を公《おおやけ》にしてやる。ベシアトーゼは拳《こぶし》を握りしめて決意した。

そんな事件などすっかり忘れた頃、収穫祭を思いきり楽しんだ後に、その人はやってきた。ベシアトーゼの父、ヘウルエル伯爵ゲアドの側近、ベリルである。

「今日はまた、何の用かしら？」

ベシアトーゼがいつも通りの若者姿で椅子に腰を下ろして問いただしたところ、彼は深い溜息を吐く。眉間にくっきり刻まれた皺《しわ》が、これから起こる事を示唆《しさ》していた。

「大方、予想はついていらっしゃるのでは？」

「あなたの考えている事が、私にわかる訳ないでしょう。だから聞いているのよ」

最初から喧嘩腰《けんかごし》なのは、これまでの経験があるからだ。彼が一人で来るのは、何かしらベシアトーゼに説教する時だと相場が決まっている。

ちらりと頭をよぎったのは、領民の少女に乱暴しようとしていた貴族家縁《ゆかり》の下衆《げす》共の事だ。やはり王都で問題になったのだろうか。

ああいった手合いは、真実を語らず自分達に都合良く他者に吹聴《ふいちょう》するものだ。それを父なり、目の前のベリルなりが聞いたとしたら、今日彼が来たのも頷ける。

それにしても、毎回毎回ご苦労な事だ。ベリルはベシアトーゼに、世の貴族令嬢のように淑女《しゅくじょ》然とした女性になってほしいと思っている。彼がそう思うのは勝手だが、こちらにその幻想を押しつけるのはやめてほしい。何度そう言っても彼は右から左に流すので、自分も彼を見習う事にした。

つまり、ベリルの説教は右から左に流すのだ。足を高く組んで腕も組み、ふんぞり返るように座るベシアトーゼの前で、ベリルは苦い顔で話し始めた。

「先日、我が領にゴラフォジンド侯爵家の三男コフガ様がいらしたそうですが、何でも帰りしなに暴漢に襲われ怪我をなさったそうです」

「そう」

「侯爵閣下が直々《じきじき》に旦那様のもとへいらして、そうお話しされていましたよ」

「そう」

「侯爵閣下は、旦那様が所属する派閥の長《おさ》でいらっしゃいます。閣下を怒らせる事は、宮廷における旦那様のお立場を悪くする事に繋がるのですよ？」

「そう」

「ゴラフォジンド派閥は、宮廷の三大派閥の一つなのです。そこの長《おさ》に睨《にら》まれるというのがどれだけの事か、ご理解いただけますか？」

「そう」

ベシアトーゼからろくな反応が返ってこないのに業《ごう》を煮やしたのか、ベリルは声を荒らげた。

「領民から全て聞いているんですよ！　彼に怪我を負わせたのはトーゼ様なのでしょう!?」

「そう」

ここにきて、やっとベリルもベシアトーゼの思惑に気付いたらしい。先程まで頭のてっぺんから湯気《ゆげ》が出そうなくらい怒っていた彼は、溜息一つで怒りを霧散《むさん》させた。

「まったく……確かに領民の娘は助かりましたが、もう少しやりようがあったでしょうに……おかげでトーゼ様を隣国に送り出す事が決まりました」

「え？」

これはさすがに聞き流せない。隣国に送り出すとは、どういう事なのか。驚くベシアトーゼに、ベリルは懇切丁寧《こんせつていねい》に説明を始めた。

いくら相手に非があるとしても、攫《さら》われかけたのが平民の娘では伯爵家として抗議する訳にもいかない。しかもベシアトーゼは相手に怪我を負わせている。

とはいえ、女に手傷を負わされたなど、侯爵家の面子《メンツ》もあって公《おおやけ》に出来るものではない。よって、今回の件に関しては全てを「なかった事」にするという方針で決着がついた。

だが、それに不満を持った侯爵家の三男が、おかしな真似《まね》をしでかさないとも限らない。よってほとぼりが冷めるまで、ベシアトーゼを国外に出すと父ゲアドが決めたというのだ。

そしてベリルは、最後にとんでもない言葉を口にした。

「それに、コフガ様はあなた様のご婚約者でもあったのですよ。もっとも、今回の件で破談になりましたが」

さすがに驚いたベシアトーゼは、眉間に皺《しわ》を寄せる。

「何よ、それ。私は聞いていないわ」

「そうでしょうとも。本決まりになる前に今回の事がありましたからね。今となっては不幸中の幸いといったところでしょうか」

どうやら、ベリル自身も侯爵家の三男は好かないらしい。それにしても、婚約が本決まりになる前になくなって本当に良かった。あんな男では、未来の女伯爵たる自分の伴《はん》侶《りょ》には相応《ふさわ》しくない。

領主は、領民の生活を第一に考えるべきである。これはヘウルエル伯爵家に代々伝わる家訓でもあった。無論、ベシアトーゼもそう信じている。

そんな自分の伴侶《はんりょ》には、同じように領民を愛する人物が相応《ふさわ》しい。間違っても、自分の欲の為に領民を害するような男などごめんだ。

「破談になったのだから、婚約話はいいとして、どうして私が国外に出なくてはならないのよ」

「先程申し上げた通りですよ。トーゼ様の身を案じてという面もありますが、一番はおそらくトーゼ様の未来の為です」

「未来？」

「評判と言い換えてもいいでしょう。相手は確実にトーゼ様の評判を落とす手を使ってきます」

貴族女性の評判を落とす話題といえば、貞節関連が最も多い。という事は、敵が男を雇ってベシアトーゼを襲わせる手に出るという事か。

たとえ返り討ちにしたとしても、「襲われた」という事実があるだけでベシアトーゼの評判は地に落ちる。この場合、多くの女性はまともな結婚が出来なくなるのだ。

家付き娘のベシアトーゼとはいえ、その事態は免《まぬが》れない。それもあって、侯爵家の手の届かない国外に逃げろという事だろう。

「……理解は出来るけど、納得は出来ないわ」

「それでも、行っていただきます。これは旦那様のご命令なのです」

家長の命令とあっては、ベシアトーゼは逆らえない。彼女は、軽い溜息を吐いた。

「それで？　国外と言っても、一体どこへ行けというの？」

「トーゼ様には、しばらくエンソールド王国の王都にある、ロンカロス伯爵家へ行っていただきます。先方には既に事情をお知らせする手紙を送り、了承を得ております」

意外と言えば意外だが、これ以上に納得出来る行き先はない。ロンカロス伯爵家とは、ベシアトーゼの母セマの実家である。十年前に亡くなった母は北にある隣国エンソールドからヘウルエル家に嫁《とつ》いできた女性だ。

今はセマの弟が爵位を継いでいるという。つまり、叔父《おじ》の家に居候《いそうろう》せよという事か。

それにしても何とも素早い事だ。行き来する距離を考えると、早馬に相当無理をさせたのだろう。何頭馬を乗り換えたのやら。

「……わかりました。でも、いつまでエンソールドにいればいいの？　まさか、侯爵家の三男が亡くなるまでとか言わないわよね？」

「それについては何とも……ですが、少なくとも来年の春までにはお帰りいただくようにします。それまで、エンソールドのロンカロス伯爵家でおとなしくお過ごしください。決して！　この領内のように自由に過ごされる事がないように」

最後に余計な言葉を加えたベリルを一睨《にら》みし、ベシアトーゼは天井を仰ぎ見る。まさか、こんな形で母の故国へ足を踏み入れる事になるとは。予想もしていなかった。

幼い頃、母が添い寝しながら語ってくれたエンソールドの話。山しか見た事がないベシアトーゼにとって、母の語る港や海の話は夢のような世界だった。

そのエンソールド、しかも母が生まれ育った王都に行くのだ。理由はいささか納得しがたいものだが、家を継ぐ前の最後の勉強と思えばいい。ベシアトーゼは、既に頭を切り換えていた。

タイエント王国からエンソールド王国へと至る街道は、主なもので三つある。そのうちへウルエル伯爵領を通るのは、キワル街道ただ一つだ。

そのキワル街道を、一台の馬車がのんびりと走っている。馬車の車体に紋章はない。どこにでもある、ありふれた貸し馬車だ。

その車内では、一人の少女がさめざめと泣いていた。

「うう……ううう……うええ……」

「いい加減、泣きやみなさい、ノネ。いつまでも泣かれると、こちらの気が滅入《めい》ります」

「だってえ……うええ……」

シーニに窘《たしな》められた少女、ノネは、さらに泣き崩れた。赤毛にそばかすの、愛嬌《あいきょう》ある顔は涙で濡《ぬ》れている。

正面に座るシーニとノネを眺めながら、ヘウルエル伯爵領の領主館を出てから、彼女はずっとこうだ。

落ち着いた色合いのスカートとジャケットという旅装で、ベシアトーゼは溜息を吐いた。今日の彼女は

シーニとノネは色違いのスカートとシャツに女物のコート、それに短めの編み上げブーツで、髪はそれぞれ好みの型に結《ゆ》っていた。

馬車の中には、もう二匹同乗しているものがいる。ベシアトーゼの愛犬クープとネープだ。彼等も時折、迷惑そうな視線をノネに向けていた。

ベシアトーゼが溜息を吐く様《さま》を見て、シーニはそれ見た事かとノネに言い放つ。

「ほらご覧なさい。トーゼ様も呆れていらっしゃいますよ」

「うええ、そんなああ。トーゼ様あああ」

「……呆れていないから、いい加減泣きやみなさい。親元を離れるのは、あなただけではないのよ?」

いささかうんざりした色が声に滲《にじ》んでも、致し方ないだろう。ノネの臆病《おくびょう》さや泣き虫には慣れているベシアトーゼ達ですら、今日の彼女の様子には嫌気が差しているのだから。

あの後、ベシアトーゼとの話し合いを終えたベリルは、自身が領主館を去る前にベシアトーゼのエンソールド行きの準備を進め、あまつさえ自分の手で送り出したのだ。その手腕には脱帽するが、何もかも彼の思惑通りに進んでいるのは何となく気に入らない。

ベシアトーゼは、馬車の小さな窓から外を見る。なだらかな丘が続く街道をゆっくり進んでいるせいで、景色はほぼ変わらなかった。馬の為にも馬車の耐久力的にも、あまり速度は出せないのだそうだ。

伯爵家の馬車ではなく貸し馬車になったのも、安全対策の一つなのだとか。紋章は威力を発揮する場面も多いが、いらない敵を呼び込む目印にもなる。移動中に襲撃されては、せっかくの計画が水の泡だ。

窓から視線を移すと、車内にいるノネとシーニの様子が目に入る。まだ半べそをかいているノネはベシアトーゼの乳母《うば》の娘で、ノネを窘《たしな》めつつ面倒を見ているシーニは私兵団長の娘だ。

シーニは彼女の二人の兄同様、父から戦闘の手ほどきを受けており、ベシアトーゼ並に剣も槍も弓も使える。

また最近は、領主館の家政婦として働く母親から仕事を学んでいて、小間使いの面でも役に立っていた。もっとも、今回の旅では護衛役という側面が強いが。

一方、ノネは赤毛に鳶色《とびいろ》の瞳の愛くるしい少女で、その臆病《おくびょう》な性格から危険察知の能力に優れている。以前、大雨が降った際に山の土砂《どしゃ》崩れまで察知した為、何か特別な能力があるのではないかと騒がれた事もある程だ。

ただ、「自身と、身近な人間」の危険しか察知しないので、能力が役に立たない場合も多い。土砂《どしゃ》崩れの時はノネの父親が巻き込まれそうだった為、察知出来たようだ。

シーニとノネを同行者に推薦したのは、領内に住む退役軍人のバイドだった。彼はベシアトーゼの戦闘の師でもあり、私兵団長も度々《たびたび》相談する程の実力の持ち主だ。

ノネは前述の通り危険を避ける能力があり、ベシアトーゼの危険も予測して回避出来る可能性が高い。シーニはバイドも認める腕前の為、いざという時の護衛役を務められる。クープとネープは彼が手ずから仕込んだ犬達なので、きっと役に立つだろう。

バイドの助言に、ベリルはその場で二人と二匹の同行を決めた。シーニは喜んだが、ノネは見ての通り泣き通しである。

ただでさえ甘ったれで臆病《おくびょう》なノネは、母からも父からも離れ、見知らぬ異国に行く事が恐ろしいのだ。たとえベシアトーゼやシーニと一緒でも、恐怖は薄れないらしい。条件的にはベシアトーゼとシーニも同様なのだが、自身の恐怖に打ち勝てないノネは、そこには思い至らないようだ。

ちなみに、二匹の猟犬達はベシアトーゼの足下にうずくまっている。馬車での移動にも一向に怯《おび》える事なく、のびのびとした様子だ。やっぱり時折、迷惑そうな顔をノネに向けているけれど。

かくして、長い道行きの車内は、ノネの泣き声に占領される羽目になった。

タイエントから見て、エンソールドは北に位置する大国だ。大陸のほぼ中央に存在し、広大な国土と豊かな土壌を持ち、海に面している為、海運と海産物にも恵まれている。

そんなエンソールド王国とタイエント王国の国境は、山に囲まれた隘路《あいろ》だった。ここまで来るのに、ヘウルエル伯爵領を出てから実に半月の時間が経っている。

途中の宿泊は貴族の館が多かったが、地方の修道院に泊まる事もあった。修道院の中でも大規模なものは客人用の別棟を持っているところがあり、意外にも快適に過ごせたものだ。

その旅も、この国境を越えればがらりと変わる。タイエント国内であればヘウルエル伯爵家の名前が通用するけれど、国外では今まで通りとはいかない。旅も不便なものになるだろう。

国境で出国手続き及びエンソールドへの入国手続きを終え、国境を越える。壁一枚程度の距離だからか、特に何が変わったとも思わない。

――馬車に乗ったままじゃ、当然か……

手続き中も、ベシアトーゼ本人が馬車から降りる事はなかった。車体に紋章がなくとも、国を越える為の身分証には彼女が貴族である事が記されているのだ。下手な行動は出来ない。

ここは自分らしい振る舞いが許されるヘウルエル伯爵領ではないのだから気を付けなければ、とベシアトーゼは気合を入れ直す。領内でも彼女の「自分らしさ」が許されていた訳では決してないという事実は、都合良く忘れていた。


国境からエンソールド王国王都ギネヴァンまでは、結構な距離がある。王都ギネヴァンはエンソールド王国の東北東に位置するのだ。

「いよいよエンソールドに入りましたね。私、柄にもなく胸の高鳴りが止まりません」

「うう……とうとう異国に来てしまいました……」

馬車の中では、対照的な意見が出ていた。ノネの泣き言はいつもの事なので放っておくとして、シーニの言葉にはベシアトーゼも頷く。

港に近いギネヴァンは、常に潮の香りに包まれた都なのだとか。海へ流れ込む大きな川には船が何艘《そう》も浮かび、それらを眺めているだけで一日が終わると、母はよく笑っていた。その母の故郷に今向かっている運命の不思議に、ベシアトーゼは思いをはせる。

国境を越えて山道を進み、やがて平地に入ると景色は一変した。北の国であるはずのエンソールドは、山道こそ冬を感じさせたが、平地に下りてからはまだ秋ではないのかと思う程の気温だ。

そういえば、以前聞いた事がある。東の海は温かく、また西にある山々が冷たい西風を遮《さえぎ》るので、エンソールドは雪が深くないのだとか。

一方で、本格的な冬に入ると乾燥した風が吹く為、寒さはそれなりだとも聞いている。

――この国で、冬を越す事になるかもしれないのね……

衣装箱には冬用の衣装も入ってはいるが、エンソールドとは仕立てが違う。長くいるなら、こちらで改めて仕立てる必要があるだろう。

面倒な事だ。領主館にいれば、普段着は領内の仕立屋で簡単に手に入るものを。ベシアトーゼはまだ社交界デビューをしていないので、ドレスを大量に作る必要がなかったのだ。

遅れていたとはいえ今年の冬にはデビューする予定だったけれど、今回の件でまた遅れるだろう。そう思うと、あの何とか侯爵の馬鹿息子に対する怒りが再燃した。

エンソールド王国王都ギネヴァンは、国土の東北東に位置する。良港として知られるギネヴァン港があるおかげか、この国は海軍が強いという噂《うわさ》だ。

そのギネヴァンに到着したのは、国境を越えてからさらに半月が経った頃である。ヘウルエル伯爵領から出発し、約一月《ひとつき》かかっていた。これが遅いのか早いのか、ベシアトーゼにはわからない。

しかし、とにかく疲労が溜まっている事は確かだった。エンソールドに入って以降、宿泊は主に修道院を利用していたが、一泊した翌日には再び馬車に揺られる日々が続いたせいか、疲労が蓄積するばかりだ。

しばらく部屋でゆっくりと休みたい。領主館にいた頃は、毎日館から出て何をするかばかり考えていたというのに。

揃って疲れた顔を見せるベシアトーゼ達を乗せた馬車は、無事ギネヴァンにあるロンカロス伯爵邸に到着した。

ベシアトーゼが来る事は早馬で報《しら》せてあるので、邸《やしき》の準備は整っているはずだ。馬車から降りた彼女の目の前には、勢揃いする使用人達と、彼等の向こうに待つ男女の姿があった。

出で立ちからして、男性はこの家の当主で叔父《おじ》のセベインだろう。とすると、彼の隣に立っている女性は叔父《おじ》の妻で、ベシアトーゼの義理の叔母《おば》にあたる女性か。それにしては、随分と若かった。おそらくベシアトーゼとあまり変わらない。

貴族の結婚はまず家ありきだから、年齢差のある夫婦は多いと聞く。叔父《おじ》夫婦もそうなのかもしれない。

叔父《おじ》は父ゲアドに比べると幾分横幅があるが、骨格がしっかりしているタイプの人物で、太っている印象はない。母セマと同じ濃い色の金髪を貴族らしく後ろになでつけていた。

隣の女性は背中の中程までの栗色の髪を下ろし、後ろでゆるく結《ゆ》っている。ドレスの型はエンソールド風で、タイエントのものと比べると色鮮《あざ》やかな花柄が目を引く。

まずは挨拶《あいさつ》を、と思い足を進めると、それより早く叔父《おじ》夫婦がこちらに駆け寄ってきて、がっしりとベシアトーゼの肩を掴んだ。

「あの――」

「ルカーナ！　お前、今までどこに行っていたんだ!?」

「心配したのよ、ルカーナさん！　怪我などはなくて!?」

「はい？」

それ、誰？　と口に出さなかった事を褒《ほ》めてもらいたい。呆然とするベシアトーゼの様子に、叔父《おじ》夫婦もようやく何かがおかしいと気付いたようだ。

「どうしたんだ？　ルカーナ……大体お前、何故そんな異国の衣装を着ているんだ？」

「それに髪型も……我が国では、そんな風に結《ゆ》わないのに……」

戸惑う叔父《おじ》夫婦に、ベシアトーゼの背後から声がかかる。

「発言をお許しいただけますか？」

シーニだ。叔父《おじ》夫婦は今になって彼女の存在に気付いたらしく、背後を見やっている。

「お前は？」

「はい。タイエント王国へウルエル伯爵家に仕えております、シーニと申します。こちらにいらっしゃるのは、当家のお嬢様でベシアトーゼ様です。ご当主の姉君、セマ様の忘れ形見でいらっしゃいます」

叔父《おじ》の問いにすらすらと答えたシーニの言葉を聞いて、叔父《おじ》夫婦は驚愕《きょうがく》した。

「そ、そういえば、早馬が来たのだったな……」

「という事は、こちらはルカーナさんではなく別人だと？　そんな、まさか……」

今度は叔父《おじ》夫婦が呆然とする番のようだ。

無事邸《やしき》の中に案内されたベシアトーゼは、挨拶《あいさつ》もそこそこに叔父《おじ》夫婦から謝罪される事となった。

「本当に申し訳ない!!　君があまりにも我が娘に似ていたもので、つい……」

「いいえ、お気になさらず……」

どうやら、「ルカーナ」というのは叔父《おじ》、ロンカロス伯爵セベインの娘の名前らしい。聞けば年齢もちょうどベシアトーゼと同じだという。

そっとロンカロス伯爵夫人が差し出した細密画に目を落とすと、自分が描かれていた。いつの間にこんなものをこちらに送ったのか。だが、よく見ると見覚えのないドレスを着ているし、髪型も普段とは違い背に下ろしている。おかしいと思ったすぐ後、これがルカーナなのだと理解する。なるほど、これでは叔父《おじ》達が見間違えても不思議はない。

細密画のルカーナは、髪の色も目の色もベシアトーゼと同じだった。強《し》いて違う部分をあげるとすれば、目元の印象だろうか。

ベシアトーゼは気の強さが目元に表れているとよく言われるが、ルカーナはおっとりとした目つきをしている。きっとおとなしい、淑女《しゅくじょ》らしい淑女《しゅくじょ》なのだろう。ベリル辺りが知ったら、彼女を見習えと泣きながら言いかねない。

「それで、そのルカーナ様は、今どちらに？」

初めて会う母方の従姉妹《いとこ》だ。しかもここまで似ているとあっては、興味をそそられるのも当然というもの。

だが、その無邪気な問いに、目の前に座る叔父《おじ》夫婦は傍目《はため》にもわかる程、憔悴《しょうすい》した様子を見せている。一体、どうしたというのか。

しばらく逡巡《しゅんじゅん》していたセベイン叔父《おじ》だが、やがて意を決したように口を開いた。

「ベシアトーゼ、君が大変な事に巻き込まれて我が家に来た事は承知の上で、図々《ずうずう》しい頼みを聞いてもらいたい」

「……どういう事ですか？」

セベイン叔父《おじ》のあまりの真剣さに、さすがのベシアトーゼも訝《いぶか》しむ。セベイン叔父《おじ》は一度目をぎゅっと瞑《つぶ》った後、ベシアトーゼを真っ直ぐに見つめた。

「君に、ルカーナとして王宮に上がってほしいのだ」

叔父《おじ》のこの言葉に、ベシアトーゼははしたなくもぽかんと口を開けてしまった。

「無茶な頼みだという事は、わかっている。だが、このままでは我が家は破滅だ」

そう言って頭を抱える叔父《おじ》を、そっと労《いたわ》る叔母《おば》。どうも、現在このロンカロス伯爵家は窮地《きゅうち》に立たされているようだ。しかも、娘のルカーナ絡みで。

呆《ほう》けている場合ではない。母の実家の一大事となれば、自分にとっても無関係ではなかった。王宮に上がるというのが気になるが、まずは話を聞くべきではないか。

「あの……詳しい話を聞いてもよろしいですか？」

ベシアトーゼが水を向けると、セベイン叔父《おじ》は即座に語り始めた。余程溜め込んでいたのだろう。

叔父《おじ》の話によれば、ルカーナはベシアトーゼ同様、ずっとロンカロス伯爵領で暮らしていたそうだ。ルカーナの産みの母は出産で命を落としていて、彼女はずっと乳母《うば》と教育係に育てられていたという。

——……何だろう、この共通項の多さ。見た目が似ていると、生い立ちまで似るものなの？

もっとも、ベシアトーゼの母は出産で命を落としたのではなく、出産から六年後に流行病《はやりやまい》で亡くなったのだが。

ちなみに、現在のロンカロス伯爵夫人は後添《のちぞ》いで、叔父《おじ》と彼女との間には娘と息子が生まれているらしい。

当初はルカーナも十五歳になる前に王都へ来て家族で暮らす予定だったけれど、静かな伯爵領で育った彼女には、王都の賑《にぎ》わいは合わず、領地に帰りたがったそうだ。

しかも継母《ままはは》である現伯爵夫人との仲もぎくしゃくしていた為、結局彼女の希望を受け入れ、伯爵領で生活する事になったという。

「だが、ルカーナは我が家の長女だ。いつまでも田舎《いなか》に引っ込んでいられる訳はない」

ロンカロス伯爵家は、王宮でも重要な地位をいただいている家なのだとか。そして問題なのは、現在エンソールド王宮は二つの派閥に分かれて争っているという事だ。

──あの何とか侯爵の件だけじゃなく、ここでも派閥？　まったく、いい迷惑だわ。

素直な感想は当然口にせず、ベシアトーゼはセベイン叔父《おじ》の話の続きを聞いた。

宮廷を二分する派閥は、次期王位継承に関わっている。エンソールド国王は小国から娶《めと》った王妃を数年前に亡くしており、その前王妃との間には王女が三人しかいなかった。

エンソールドでは、女児が王位を継ぐ事は出来ない。

そんな中、二年前に隣国ダーロ王国から王女が輿入《こしい》れし、二大国が手を結んだ。現王妃は若く、これからいくらでも世継ぎとなる王子を儲《もう》ける可能性があった。それもまた、この結婚が祝福された所以《ゆえん》である。

だが、この結婚を祝福しない者達もいた。現国王の弟であるサトゥリグード大公ヨアドを次期国王に推《お》す一派だ。

現王妃に男児が生まれなければ、王弟ヨアドが次代の王である。また、ダーロとの結びつきを良しとしない一派がこれに加わり、王妃派、大公派と分かれて争っているのだとか。

　そして、ロンカロス伯爵家は王妃派なのだ。

「その事もあり、長女のルカーナを王妃陛下の侍女にどうかと打診をいただいたのだ。当然了承して、伯爵領からあの子を呼び寄せ、必要な教育を受けさせたというのに……」

　喧噪《けんそう》を厭《いと》うルカーナは、王宮に上がる事に乗り気ではなかったという。それでも家の為にと、日々けなげに教えを受けていたそうなのだが。

「ほんの十日前に、突然駆け落ちしてしまったのだ」

「ええ!?　駆け落ち!?」

　いきなりの展開に、ベシアトーゼは黙っていられず声を張り上げた。だってそうだろう、王都の賑《にぎ》わいを苦手とする程の深窓の令嬢が、どうして駆け落ちなどという大胆な事をするのか。

　すぐさま側に控えていたシーニに小声で窘《たしな》められ、ベシアトーゼはばつが悪い思いをしながら「失礼」と謝罪した。

　それを見計らったかのように、セベイン叔父《おじ》が咳払いをする。

「君が驚くのも無理はない。私達も驚いたものだ。置き手紙にはあの子の小間使いの字で、身分違いの相手と恋に落ち、彼と添い遂げる為に家を出る、と……」

セベイン叔父《おじ》の言葉に、ベシアトーゼは引っかかりを覚えた。小間使いが主《あるじ》の手紙を代筆する事自体はよくある話だが、駆け落ちの置き手紙、まして実の父親に宛《あ》てたものまで代筆させるだろうか。

それに、普通の貴族令嬢が、身分違いの男と恋に落ちるという筋書きも信じがたい。

セベイン叔父《おじ》の説明によれば、彼女は王妃に仕える侍女として王宮へ上がる事が決まっていた娘だ。当然、伯爵家としてもその日まで一つの間違いもないように目を光らせていたはず。田舎《いなか》暮らしが長く、世慣れていなかったルカーナが、その監視をかいくぐって相手との逢瀬《おうせ》を繰り返せただろうか。

そもそも、そんな中でいきなり恋人を作れるのかどうかも疑問だ。一つ一つは些細《ささい》な事だが、違和感を覚える。

「叔父《おじ》様、いくつか伺《うかが》ってもよろしいですか？」

「あ、ああ。何かね？」

ベシアトーゼに質問されるとは思っていなかったのか、セベイン叔父《おじ》は少し驚いた様子だが、快《こころよ》く承諾してくれた。

「まず、ルカーナ様の性格についてです。先程の細密画を見る限り、ルカーナ様はおとなしい方のように感じるのですけど」

「ああ、そうだね。おとなしい……というか、主張をしない子だ。自分の娘にこんな事を言うのはどうかと思うが、言いつけに背《そむ》く子ではない」

おそらく、周囲の言葉に逆らう気力のない娘、という意味だ。だとすれば、やはり彼女の駆け落ちはどこかおかしい。

「では次に。ルカーナ様が失踪《しっそう》されて、もしそっくりな私がここに来なければ、ロンカロス伯爵家はどうなっていましたか？」

「……我が伯爵家は二度と宮廷に上がる事は出来ないだろう」

それはつまり、伯爵家の破滅を意味する。だからセベイン叔父《おじ》は「ルカーナとして王宮に上がってほしい」と言ったのだ。王妃の侍女に決まっていた娘が行方《ゆくえ》をくらましたとあっては、話は伯爵家だけの問題ではない。

事によっては「王妃の侍女になるのが嫌だから、娘が家出をしたのだ」などと言いふらす者も出るだろう。そんな噂《うわさ》が広まれば王妃の評判は落ちるし、ダーロとの同盟にもひびが入る。貴族の世界において、噂《うわさ》は時に恐ろしい凶器になる。

ベシアトーゼは少し考えて、質問を続けた。

「ルカーナ様の消息は、捜《さが》しているのですよね？」

「もちろんだ。ただ、事が事だけに表立って動けず、捜索ははかばかしくない」

駆け落ちであれ何であれ、令嬢が行方不明《ゆくえ》という話が流れれば、伯爵家は当然の事、ルカーナ本人の未来も閉ざされる。醜聞《しゅうぶん》まみれの令嬢の行く末など、察するに余りあるというものだ。

やはり、ルカーナの駆け落ち騒動の裏には、ロンカロス伯爵家と王妃を陥《おとしい》れたい誰かがいるのではないか。

——駆け落ち相手なんていなくて、ルカーナ様は攫《さら》われたのではないかしら。

いくつか気になる点もあるが、それよりルカーナの安否《あんぴ》と、伯爵家の行く末が問題だ。ルカーナの身に関しては、ベシアトーゼにはどうにも出来ない。セベイン叔父《おじ》が人をやって捜《さが》している結果を待つ以外にないだろう。

しかし、伯爵家の行く末には、少しは関わる事が出来る。もしこれが仕組まれたものならば、犯人の誤算はここにルカーナそっくりのベシアトーゼがいる事だ。

これも全て、神の思《おぼ》し召《め》しかもしれない。ベシアトーゼは少しの間きつく目を閉じると、意を決してセベイン叔父《おじ》を見つめた。

「叔父《おじ》様、決めました。私、先程のお話を引き受けます」

「おお！　やってくれるのか！」

「ええ、他ならぬ亡きお母様の実家の為ですもの」

ここでロンカロス伯爵家を見捨てる事など、母の名にかけて出来ない。それに、気弱なルカーナが力ずくで攫《さら》われたのならば、犯人にも思うところがある。

ベシアトーゼは、邸《やしき》に到着する前の疲れが嘘のように、やる気にみなぎっていた。


ルカーナが侍女として王宮に上がる日は、実は明日の予定だったそうだ。とはいえ、急にベシアトーゼがルカーナと入れ替われる訳はないので、体調を崩して王宮に上がるのが遅れると連絡をしてもらっている。

その猶予《ゆうよ》は、わずか十日あまり。この間に、ルカーナのドレスをベシアトーゼのサイズに直し、ベシアトーゼ本人はエンソールドで淑女《しゅくじょ》が必要とする教養を身につけなくてはならない。

幸い、タイエントとエンソールドの文化はそこまで差異がないので、これまで培《つちか》ってきた教養が役に立つ。

それでもわずかな違いはあるし、何より王族や王宮の事を一から学ばなくてはならない為、それなりに大変だった。

ベシアトーゼは刺繍《ししゅう》をするより座学の方が好きな質《たち》なので、詰め込み授業でも音《ね》を上げる事はない。問題は、礼儀作法だった。

「す、少し休憩を……」

「いいえ、まだまだですよ、ベシアトーゼ様！」

ぐったりするベシアトーゼを叱咤激励《しったげきれい》するのは、セベイン叔父《おじ》の妻であり、義理の叔母《おば》であるジェーナだ。彼女は隣国ダーロから嫁《とつ》いできた女性で、叔父《おじ》とはやや年齢差がある。後添《のちぞ》いだから、そんなものなのかもしれないが。

それはともかく、礼儀作法の教師役を務める彼女は大変厳しかった。これには、野山を駆け巡っていた事で体力に自信があるベシアトーゼも参っている。

「お辞儀の角度が違います！　手はこう！　腰はここまで落とさなくてはいけません！」

「は、はい！」

正直、タイエントにいた頃ですらここまで気合を入れて礼儀作法を学んだ事はない。

だが、これも王宮に上がる為の試練と思い、ベシアトーゼは耐え抜いた。

準備の中には、王宮へ連れていく小間使いの選抜もある。叔父《おじ》からは事情をよくわかっている者をつけると言われたが、ベシアトーゼはある理由でそれを断った。今は、その件についてシーニから苦情を受けている。

「トーゼ様！　何故ノネだけ連れていかれるんですか⁉」

タイエントから連れてきた供のうち、ノネだけを連れていくと言った途端、この騒ぎだ。

「仕方がないでしょう。侍女が王宮に連れていけるのは、小間使い一人だけと決まっているのだから」

「それはわかっています。でも、何故ノネなんですか⁉」

シーニは聞き分ける気がないらしい。だが、彼女が何を言っても、ベシアトーゼにはノネを連れていかなくてはならない理由があった。

「ノネは危険察知能力が高いでしょう？　王宮の生活には、どうしても必要なのよ」

「それでしたら！　私の方が攻撃力は上です！」

「シーニ……あなた、王宮へ何しに行くつもり？」

「それはもちろん、トーゼ様に徒《あだ》なす者達を殲滅《せんめつ》します！」

満面の笑みで言う内容ではなかった。シーニは悪い子ではないのだが、いささかベシアトーゼに心酔《しんすい》しすぎるきらいがある。

とはいえ、忠誠心の強さは美徳なので、徒《いたずら》に抑え込むのもどうか。そのベシアトーゼの躊躇《ちゅうちょ》が今のシーニを作ったという事に、本人達は気付いていなかった。

それはともかく、今は目の前のシーニを説得しなくてはならない。ベシアトーゼは気合を入れた。

「シーニ、あなたには王宮の外から私達を支えてほしいのよ」

かんとしている。

「外から、支える……ですか？」

ベシアトーゼの言葉は予想外だったのか、先程までの威勢はどこへやら、シーニはぽかんとしている。

これはチャンスだ、とベシアトーゼは畳みかけた。

「そう。王宮の中に入ったら、簡単には外に出られないでしょう。あなたには連絡役をしてほしいの。それと、必要に応じて王宮外で調べた事を、中にいる私に伝えてほしいのよ」

そこで一度言葉を切ったベシアトーゼは周囲を窺《うかが》い、人気《ひとけ》がないかを確かめる。さすがに伯爵家の客人、それも遠縁に当たる娘の部屋を盗み聞きする使用人はいないようだ。

それでも、ベシアトーゼはシーニと顔を突き合わせて声を落とした。

「よく聞きなさい、シーニ。私は、ルカーナ様の駆け落ち騒動には裏があると思っているの。考えてご覧なさい。領地から出ずに育った深窓の令嬢が、身分違いの男と駆け落ちなんてすると思う？　しかも、王宮に上がる事が決まっているというのに」

「トーゼ様ならやると思います」

「私の事はいいの！　今話しているのは普通のお嬢様よ、普通の。……とにかく、駆け落ち騒動には、王宮を騒がせている派閥争いが絡んでると睨《にら》んでいるの。私は、ルカーナ様は駆け落ちではなく攫《さら》われたのではないかと思っているのよ。王妃派のロンカロス家を破滅させる為だけに、娘のルカーナ様を拐《かどわ》かしたんだわ！」

卑劣な真似《まね》を。そう呟いたベシアトーゼの手を、シーニがぎゅっと握る。

「わかりました、トーゼ様。トーゼ様は、王宮内で犯人を捜《さが》すおつもりなんですね？」

「そうよ。でも、これは叔父《おじ》様達には絶対内緒なの。わかるわね？」

「はい、伯爵様がお聞きになったら、きっと反対なさるでしょう」

シーニの言う通り、セベイン叔父《おじ》は黙ってはいまい。彼は貴族らしい貴族であり、かつ、家の難事を乗り切る為に姪《めい》である自分を利用する事に罪悪感を感じている。そんな叔父《おじ》が、危ない真似《まね》を許すとは思えなかった。

大体、普通の淑女《しゅくじょ》は間違っても犯人捜《さが》しなどしないものだ。それを王宮でやろうというのだから、ベリルが知ったら卒倒ものだろう。

だが、ベシアトーゼには今回の事について思うところがあった。

そもそも、くだらない権力争いがしたければ、自分達だけでやればいいのだ。まだ社交界にも出ていないような娘を拐《かどわ》かすなど、それが貴族の、王族のやる事か。そんな腐った人間達が将来の王とその周囲を固める国など、ろくなものではない。

政治が綺麗事だけで済まない事は、ベシアトーゼもわかっている。どうしても汚れた部分が出てしまう事もあるだろう。だからといって、罪もない令嬢を攫《さら》っていい道理はない。

拐《かどわ》かされたと表沙汰になれば、貴族の娘であるルカーナはまともな人生を歩めなくなる。修道院に入れられるか、領地で後ろ指を指されながら生きるくらいしか道がなくなるのだ。

それに、最悪のケースも考えておくべきだろう。ベシアトーゼは、身代金目当てで誘拐された貴族の娘が、亡骸《なきがら》で見つかったという話を聞いた覚えがある。令嬢は、誘拐されたその日に殺されたのだとか。

人を生かしておくのは、管理の面からも苦労がつきまとう。手間を惜しむ犯人の場合、生きているように見せかけて、その実さっさと殺している事も多いのだそうだ。

生きていても死んでいても、実家の者以外に見つけられてしまったらルカーナの名誉は傷つけられる。それはそのまま、ロンカロス伯爵家の傷にもなるのだ。

改めて、ベシアトーゼは犯人に怒りを覚えた。

「見てらっしゃい。絶対に尻尾をふん捕まえて、吠《ほ》え面《づら》をかかせてやる！」

ぐっと拳《こぶし》を握ったベシアトーゼを見て、シーニは手を叩いて喜び、部屋の隅に控えていたノネは恐怖で涙ぐんでいる。

犯人を決して許さない。たとえ王族であろうとも、必ずその罪を白日《はくじつ》の下にさらしてやるのだ。

王都ギネヴァンの大通りを行く馬車の中で、ベシアトーゼは憂鬱《ゆううつ》な表情を隠さなかった。その原因はこれから行く王宮でもないし、自分のものではないドレスを着ているからでもない。

全ては、目の前で泣き続けているノネが元凶だ。

「いい加減、泣きやみなさい、ノネ。縁起《えんぎ》でもない。これから新しい生活が始まるのよ」

「で、でもお、トーゼ様あ……」

「それ！」

ベシアトーゼは手に持った扇《おうぎ》をビシッとノネに突きつけた。

「今の私は『ルカーナ』だと、何度も言ったじゃないの。違う名前で呼びたくなければ、『お嬢様』と呼びなさい」

「はい、お嬢様……でも、これから行くところは王宮なんですよね？　怖い事が一杯あるんじゃないかって、不安で不安で……」

そう言ってまたべそをかくノネを見て、この人選は間違っていたのではないかと、べシアトーゼまで不安になる。

だが、こう見えて、この娘は意外に強い。怖がりつつも、しっかりと周囲を観察して異変を見抜く。

いや、恐がりだからこそしっかりと観察するのだ。ノネにとっての「怖いもの」が早く見つかれば、その分、対処の時間が取れるからだろう。

ベシアトーゼには今一つよくわからない感覚だが、ノネの扱い方は心得ているので問題はなかった。

馬車はギネヴァンの大通りを走り抜け、王宮であるヴィンティート宮へと向かっている。ヴィンティート宮はギネヴァンの西寄りにあり、広大な庭園を擁《よう》する美しい宮殿として知られているそうだ。

と言っても、ベシアトーゼにとっては聞いただけの話であり、見た事はない。本物のルカーナも、王都にはあまり来ないので見た事がないのだとか。

彼女が領地から出ずに生活していたからこそ、今回の入れ替わりが成り立つ。本物のルカーナを知る人間が、王都ギネヴァンには殆《ほとん》どいなかった。

かといって、領地には多くいるのかといえばそんな事もない。ベシアトーゼとは違って領地の館からほぼ出ずに育ったルカーナの顔を知っているものは、側についていた使用人くらいという話だ。

ならば、似た者でなくともいいのではとも思うけれど、せっかくここまでそっくりなベシアトーゼがいるのだ。念には念を入れて入れ替わりを演じるべきだろう。

「見えて参りました。あれがヴィンティート宮です」

御者《ぎょしゃ》の声が車内に響く。はしたなくない程度に窓から外を覗くと、立派な門と、その向こうに美しい巨大な建物が見えてきた。

あれが、ヴィンティート宮。ベシアトーゼにとって、大きな建物といえば自分の生まれ育った伯爵領の領主館くらいだ。しかし、目の前のヴィンティート宮は、その領主館が軽く五つは収まりそうな広大さである。高さはそれ程ないのだが、横の広がりが凄い。

セベイン叔父《おじ》には、王宮内では迷子になる事を一番心配するように、と言われている。長く出仕している叔父《おじ》ですら、普段行かない区画については知らないらしく、そのような場所に行く場合は、必ず案内役を立てるのだという。

――さすがは王宮……我が国の王宮も、こんな大きさなのかしら。

社交界デビューをしていないベシアトーゼは、まだタイエントの王宮どころか、王都にすら行った事がない。だというのに、先に他国の王都、王宮に入る事になるとは。

そんな事を考えているうちに、馬車は王宮に到着した。ヴィンティート宮の車寄せで馬車から降り、先行していたセベイン叔父《おじ》の案内に従って歩く。ベシアトーゼの後ろには、ノネが震えながらついてきていた。

一度、仕度部屋と呼ばれる小部屋へ入る。ここで待機した後、再び叔父《おじ》先導で廊下を行く事になっていた。実はその廊下で国王と会う予定なのだ。

今回は王妃の侍女となる娘との顔合わせなので、通りすがりの挨拶《あいさつ》という態《てい》で終わらせるらしい。謁見《えっけん》となると面倒な手続きが必要になるし、何より一月《ひとつき》先まで予定が埋《う》まっている為の対処なのだとか。手軽な顔合わせはこうした手を使うのが一般的なのだと、セベイン叔父《おじ》は言う。

王侯貴族とは色々と面倒なのだな、と思うベシアトーゼは、自身もその一人なのだという自覚に欠けていた。

「少し、ここで待っていなさい」

「はい」

どうやら、誰かが訪ねてきたらしい。セベイン叔父《おじ》に用事があるようなので、ベシアトーゼはそのままノネと一緒に仕度部屋にて待つ事になった。

窓からは、明るい庭園が見える。叔父《おじ》の話では、王宮にはいくつもの中庭が設置されていて、全てデザインが違うそうだ。

ここから眺められる庭は、小ぶりだが大層美しい。秋も終わる今の時期は、色の鮮《あざ》やかさは春や夏に劣るものの、香り高い花の種類が多くある。この庭にもそうした花が植えてあるのか、部屋の中まで香っていた。

「やめてください！」

漂《ただよ》ってくる香りを楽しんでいると、女性の悲鳴が聞こえてきた。そちらに視線をやったところ、貴族らしき装《よそお》いの男性と、質素な装《よそお》いの女性が何やら争っている。

いや、あれは男性が女性に無理強《むりじ》いしようとしているのだろう。

かっとなったベシアトーゼは、危うく窓枠に足をかけて庭園に飛び出しそうになった。

それをせずに済んだのは、彼等の間に割り込んだ人物がいるからだ。

「そこまでになさいませ」

「な、何だ貴様！」

仲裁に入ったのは、涼《すず》やかな声の持ち主だった。ここからでは立木が邪魔で顔はよく見えないが、身のこなしから相当腕が立つ事がわかる。それは貴族男性も理解しているのか、彼は仲裁者に対して腰が引けていた。

「名のある方がこのような場所で下女に構うなど、お家の名が泣きますよ」

「う、うるさい！　貴様、たかが騎士の分際で思い上がった真似《まね》を!!」

「これは失礼致しました。これでも私も貴族の端くれ。貴族は貴族らしく決闘で事の決着をつけようではありませんか」

「け、決闘……？」

貴族男性の言《げん》によれば、仲裁者は騎士のようだ。確かにただの騎士ならば階級は最底辺、下手をすれば王宮に伺候《しこう》する事さえ許されない身分である。

だが、仲裁した騎士は違うらしい。彼に決闘を持ちかけられた貴族は、既に後ずさりし始めている。

「どうなさいました？　ご身分にこだわられるのですから、ここは正々堂々と――」

「も、もうよい！　ふん！　そのような下女ごとき、いつまでも相手をしていられるものではないわ」

言い捨てた貴族男性は、その場から逃げ出していった。残された女性は、騎士に何度も礼を述べている。

「そこまで感謝される程の事ではありません。しばらくは、あの方にご注意なさい。逆恨みされないとも限りません」

そう言い残すと、騎士は優雅に立ち去った。彼の輝く金の髪を目に焼き付けつつ、ベシアトーゼもその後ろ姿を見送る。

——あんな騎士も、いるのね……

先程の貴族男性といい、ヘウルエル領で見た何とか侯爵の三男といい、どうにも今まで関わった貴族男性にはまともな人物が少なかった。そのせいか、あの騎士の振る舞いが余計に清々《すがすが》しく感じられる。

それだけで、これからの顔合わせを乗り切れそうだと感じるから不思議だ。胸のうちに灯《とも》った温かい明かりのような先程の光景を思い返し、ベシアトーゼは小さく微笑む。

やがて、叔父《おじ》が戻ってきた。いよいよ顔合わせ本番である。といっても、全てはお膳立《ぜんだ》てされているので、ベシアトーゼは流れに乗っかるだけなのだが。

仕度部屋を出てしばらく歩き、大きな廊下に出た。その角を曲がると、向こうから男性の一団が近づいてくる。

「陛下だ」

セベイン叔父《おじ》がそう囁き、廊下の端に寄って礼を執《と》った。ベシアトーゼとノネも、それに倣《なら》う。

一団は、ベシアトーゼ達の目前で足を止めた。

「ロンカロス伯爵か。今日は見慣れぬ者を連れているね」

「は。王妃陛下のもとへ上がる、娘のルカーナにございます。さあ、陛下にご挨拶《あいさつ》を」

「はい。ロンカロス伯爵が娘、ルカーナ・ユシアにございます」

「そうか。ルカーナとやら、面《おもて》を上げよ」

国王と思《おぼ》しき人物の声に、ベシアトーゼはゆっくりと顔を上げてから一礼した。この国では、国王に言われるまで顔を上げてはならない決まりなのだとか。

礼に関しては、ジェーナ叔母《おば》のもとで徹底的に特訓させられた。叔母《おば》をして「完璧」との一言をもらった礼を見て、ベシアトーゼが外国人だと思う人はいるまい。ましてや、「ルカーナ」ではないなどと。

とはいえ、本物のルカーナは元々田舎《いなか》育ちだ。王都で育った貴族令嬢とは、知識も所作もまるで違ったところでおかしな話ではあるまい。もし付け焼き刃のボロが出た時も、言い訳が立つというものだ。

――本当、ルカーナ様が領地育ちで良かった……

彼女が王都育ちだったら、今回の計画は成り立たなかったかもしれない。

視線の先にいる国王は秀麗な顔立ちで、柔和な笑みを浮かべている。実年齢より若々しく見える彼は、興味深そうにベシアトーゼを見ていた。

「令嬢はまだ社交界には出ていないと聞いている」

「……はい」

「ふむ。王妃によく仕えよ」

「仰《おお》せのままに」

実はこのやり取り、台本が存在する。陛下がこう仰《おっしゃ》るので、こう返しなさい、とセベイン叔父《おじ》と作法の先生から言い渡されていたのだ。

こうした場所での顔合わせでは、よくある話らしい。下手をすると、謁見《えっけん》でも台本が作られる場合があるそうだ。それでいいのかとも思うが、想定外のやり取りで場が乱れるよりはいいのかもしれない。

廊下での短い顔合わせの後、今度は仕える相手である王妃のもとへ向かう。ちなみに、エンソールドでは一夫一婦制が取られていて、国王といえど王妃以外に妻を迎える事は出来ない。

その為、もし他に女性を置く場合には非公式の「愛人」という形になるのだとか。三代前のエンソールド国王は複数の愛人を持ち、彼女達の間で諍《いさか》いが起こって刃傷沙汰《にんじょうざた》にまでなったという。

では現在の国王はどうか。現エンソールド国王ウィルロヴァン三世は、王妃だけを大事にしている変わり者だといわれている。国王たるもの、愛人の一人も作らないなどけしからんという事らしいが、ベシアトーゼには理解出来なかった。

王宮を奥へと進んだ先に、目的地である王妃の部屋がある。

「ここで王妃陛下にお目通りする。先程の陛下とのやり取りとさして変わらんので、気を楽にしなさい」

セベイン叔父《おじ》にそう言われて、知らぬうちに体に力が入っていた事に気付かされた。やはり緊張していたのだろう。ベシアトーゼは悟られぬように深呼吸し、肩の力を抜いた。

重厚な扉の両脇には、剣を佩《は》いた騎士が二人常駐している。セベイン叔父《おじ》が彼等に目配《め》せすると、騎士の一人が扉を開けた。

扉の向こうは、大きな窓から入る日差しで大変明るい。広い室内に品のいい調度類が置かれ、部屋の主《あるじ》のセンスの良さを表していた。

室内に入る前から、ベシアトーゼは視線を下げている。これも対面時の重要な作法の一つで、身分が上の相手と対する時には、紹介を受けていない場合、相手の顔を見てはならないのだそうだ。

「ごきげんよう、ロンカロス伯爵」

「ご機嫌麗《うるわ》しく存じます、王妃陛下」

軽い挨拶《あいさつ》の後、定型となっている時候のあれこれを口にした二人は、ようやく本題に入る。

「ところで伯爵。後ろにいるのは、どなたかしら？」

「はい陛下。私の長女でルカーナと申します。ルカーナ、ご挨拶《あいさつ》を」

「お初にお目にかかります、王妃陛下。ロンカロス伯爵が娘、ルカーナ・ユシアと申します。どうぞ、よしなにお願い致します」

もちろん、これらも事前に決められている内容である。茶番という言葉が脳裏をよぎったベシアトーゼだが、決められていなかったら、今頃青くなっていたのではないかとも思う。

害獣や盗賊を前にしても怯《ひる》まない彼女ながら、こうした場は慣れていない為に苦手なのだ。

ともあれ、セベイン叔父《おじ》から紹介を受けたので、後は王妃の許しがあれば顔を上げる事が出来る。いい加減、下ばかり見ていたせいで首が疲れていた。

そんなベシアトーゼの耳に、王妃の声が入る。

「そう、あなたが……顔をお上げなさい」

ここでもやはり、ゆっくりした動作を心がけて顔を上げた。すると視線の先には、これまで見た事もない程、美しい女性がいる。

豊かな黒髪を背に流していて、好奇心で輝く緑の瞳に薔薇色《ばらいろ》の頬、雪のように白い肌にくっきりとした赤い唇。それらが絶妙な配置で存在していた。

ベシアトーゼは作法も忘れ、ぽかんと口を開けてしまう。その様子に、セベイン叔父《おじ》が脇をつついてきた。

慌てて礼を執《と》るが、遅きに失したらしい。目の前から、王妃の笑い声が漏《も》れてくる。セベイン叔父《おじ》が苦い声で謝罪するのが聞こえてきた。

「お許しください、王妃陛下。娘は長年領地で暮らしていた為、華やかなものに慣れておりません。陛下のお美しさの前に、礼法を忘れたようです」

「まあ、ほほほ。問題はなくてよ伯爵。あなた、ルカーナと言ったわね？」

「は、はい」

先程の失態を繰り返す訳にはいかないので、礼を執《と》ったまま王妃とは視線を合わせないようにしている。

ベシアトーゼの様子には構わず、王妃は鷹揚《おうよう》な調子で言葉を続けた。

「自分が私の侍女になる事は、知っていて？」

「も、もちろんでございます」

「そう。これからよろしくね。詳しい仕事内容は、こちらのイザロ侯爵夫人へーミリアに聞くといいわ。私の筆頭侍女なの」

「はい」

そう答えて顔を上げた先、王妃の隣には静かに佇《たたず》む女性がいる。先程は王妃のあまりの存在感に気付かなかったが、彼女もまた美しい女性だ。

エンソールドでは珍しい、きっちりと結《ゆ》い上げた金の髪に、深い湖を思わせる青い瞳。ほっそりとした体躯《たいく》ながら成熟した女性だとわかる色香に、ベシアトーゼはこっそりと溜息を吐いた。

王宮とは、何と恐ろしいところなのだろう。こんな美しい人々ばかりいて、目がどうにかなってしまいそうだ。

ここが大国エンソールドの王宮だからなのか、それとも故国タイエントの王宮にも美々《びび》しい人達ばかりがいるのか。少しだけ、故国で社交界デビュー出来なかった事が悔《く》やまれた瞬間だった。令嬢らしくないと言われるベシアトーゼだが、美しいものは大好きなのだ。

顔合わせが終わると、セベイン叔父《おじ》は早々に退出する。何でも仕事が忙しいそうで、本日はその合間を縫い、ベシアトーゼの付き添いとして顔を出していたようだ。

「職場では鬼とも呼ばれる伯爵だというのに。娘のあなたの事は余程心配なのでしょう。父君らしい心遣いね」

そう言って笑う王妃に、ベシアトーゼは少しだけ、これからの王宮生活が明るくなる気がした。

セベイン叔父《おじ》がルカーナの父として付き添うのは、いわば当然の事である。それを殊更《ことさら》「気遣い」と評価するのは、王妃の心配りなのだろう。そう言う事で、一人王宮で過ごす娘に「父親があなたの事を常に気にかけているのよ」と教え、精神的な支えとするように促《うなが》しているのだ。

続いて、イザロ侯爵夫人より、侍女の仕事内容に関して説明があると言われた。そこまで話して、王妃は思い出したように手をパンと軽く打つ。

「そうそう、もう一人あなたに紹介しておかなくてはならない者がいるのよ。ヘーミリア、ノインはどこかしら？」

「彼なら続きの間に控えておりますよ。本日は訓練を早めに切り上げたそうです」

「そう。では、呼んできてちょうだい」

王妃のその言葉を受けて、侯爵夫人は部屋付きの小間使いに軽く頷く。それだけで、小間使いは廊下とは別の場所に続く扉を開け、その向こう側へ消えていった。

ややして、小間使いは一人の男性を連れて戻ってくる。

腰に佩《は》いた剣、詰まった襟《えり》、すらりと引き締まったズボンに長靴。騎士の格好ではあるが、エンソールドのものではない。そして彼の容姿は、女性と見紛《みまご》うばかりの美しさだった。

輝く黄金の絹糸めいた髪、新緑を思わせる明るい緑の瞳。貴婦人ですら裸足《はだし》で逃げ出しそうな肌の白さも相まって、作り物のようにさえ見える。

だが、よく見れば女性的な線の細さがない。それは手の節や、顎《あご》の辺りで判断出来た。

「ルカーナ、こちらはダーロ王国の騎士、ホザー家のノインよ。ダーロの父上が、私の身を案じて送ってくださったの」

「ノインと申します。これから何かと顔を合わせる機会もありましょう。どうぞ、よろしくお願い致します」

彼の声を聞いた時に、何かがベシアトーゼの頭をよぎった。どこかで、彼の声を聞いた気がする。この髪の色も見覚えがあった。一体どこだったか……

視線を感じ、はっと我に返る。今はそんな事を考えている場合ではなかった。まずはこちらも名乗らねば。

「ロ、ロンカロス伯爵家のルカーナ・ユシアです。どうぞ、よしなに……」

爵位のない騎士ならば、伯爵家よりも格下の家である。とはいえ、王妃の実家関連の人物となると、こちらの爵位を押し出していいものかどうか。

しかも、この顔合わせは台本になかった。完全に自分の力量で対応しなくてはならない事が早速出てきてしまい、少しだけ慌てたベシアトーゼだった。

王宮には、貴《たっと》い身分の女性が四人いる。一人は現王妃ヤレンツェナで、残る三人は国王ウィルロヴァン三世と前の王妃との間に生まれたナディイラ、セウィーサ、インレシルナの王女達だ。前王妃は、第三王女インレシルナが生まれて間もなく、流行病《はやりやまい》で命を落としたという。

「そのせいで、三人の王女殿下方——特に第三王女のインレシルナ様は母君を知らずにお育ちになられています」

そう説明してくれるのは、イザロ侯爵夫人へーミリアだ。彼女には最初の説明の前に、私的な場では必ず名で呼ぶようにと言い含められた。

『ヤレンツェナ様がそうお望みです。ですから、あの方の事も公式の場以外ではお名前でお呼びするように』

おかげで、ベシアトーゼも早々に「ルカーナ」の名で呼ばれる事になったのだ。慣れない呼び名に戸惑う事もあったが、日に何度も偽《いつわ》りの名を呼ばれたので、早く慣れる事が出来たとも言える。

王妃ヤレンツェナの侍女は、ベシアトーゼを入れて六人。それに筆頭侍女のイザロ侯爵夫人ヘーミリアを含めると計七人である。

王妃の侍女の仕事とは、ヤレンツェナの仕事の補助をする事だ。王妃としての彼女の仕事は、手紙を書いたり視察に出たり、慰問《いもん》に出たりとかなり幅広く、かつ過密スケジュールであった。

そうしたスケジュール管理や、もらった手紙の選別、返事の代筆、公務への付き添い、仕度の手伝いなど、侍女の役目は多岐《たき》にわたる。

それらを統括《とうかつ》し、侍女達に役割を割り振るのがヘーミリアの主な仕事のようだ。

「いくら筆頭侍女だからって、全てヘーミリア様が独占するのもどうかと思うのだけど」

そう愚痴《ぐち》をこぼすのは、侍女仲間の一人であるベツァエザー伯爵家令嬢タナルアだ。彼女は「侯爵家との縁組みを目指す」と公言しており、それに向けて日々精進している。

タナルアによれば、筆頭侍女になると箔《はく》がついて、侯爵家との縁組みも夢ではなくなるらしい。現状、伯爵家の中でも家格が低い彼女の家では、望むような結婚相手は見つけられないのだそうだ。

「だから早く筆頭侍女になりたいのに。ヘーミリア様がずっと居座っていらしては、私が上《のぼ》れないじゃないの」

たとえヘーミリアが侍女を辞めたとしても、その後釜《あとがま》にタナルアが首尾良く座れるとも思えない。だが、それを口にしないだけの分別はベシアトーゼにもあった。

とはいえ、侍女仲間の中では彼女が一番積極的な性格をしているので、事によったらそうなるかもしれない。もっとも、その為にはヘーミリアが今の職を辞する事が必要なのだけれど。

王宮に上がってそろそろ一月《ひとつき》が経つ。王宮での生活や仕事にも大分慣れてきたベシアトーゼは、本日侍女専用の仕事部屋でヤレンツェナに届いた手紙の選別作業を行っていた。貴族だけでなく、王都の大商人や地方の教会、修道院などからも届く手紙は、毎日山のような数になる。これを、ヤレンツェナが読む必要があるもの、彼女の直筆の返事が必要なもの、代筆でいいもの、そもそも読む必要がないものに選別していく。

大量の手紙の中で直筆の返事が必要なものは、一日に十通あればいい方だ。代筆でいいものは百通程度で、残りは読む価値すらないようなものばかりである。

それらを全て開封し、妙な同封物がないか確認してから、差出人と中身を照らし合わせて選別していく。毎日午前中は、この選別作業で終わった。

「さあ、これで選別は終了ね。あ、ルカーナはこの焼却処分用の箱を持っていってちょうだい」

「……はい」

いつの間にかちゃっかりその場を仕切っているタナルアに言われ、ベシアトーゼは焼却処分用の手紙が入った大きな箱を抱えた。これを王宮の端にあるゴミ焼却場まで、歩いて持っていかなくてはならない。女の持つ大きさでも重さでもないのに、新米侍女の仕事だと言われてしまえば断る事も出来なかった。

しかし、ベシアトーゼにとっては大した重さではない。ヘウルエル伯爵領にいた時には、収穫の時期に重い麦袋も担《かつ》いだものだ。どこに人目があるかわからない王宮内だからやらないが、肩に担《かつ》いでしまえば焼却場との往復くらい訳はなかった。

とはいえ、面倒な仕事である事には変わりない。

「もう少し楽になればいいのに……」

「本当ですね」

「え⁉」

誰もいないと思って愚痴《ぐち》をこぼしたら、背後から思わぬ返答があった。聞き覚えのある声に慌てて振り返ると、現在ベシアトーゼが一番苦手としている人物が立っている。

ダーロの騎士、ホザー家のノインだ。

「言ってくだされば、私が持ちましたものを」

「いえ……騎士様に荷物運びをさせるなど……」

そう言っても、先程の愚痴《ぐち》を聞かれた後では説得力がない。結局にこやかに荷物を奪《うば》われ、一緒に焼却場まで歩く事になった。

彼に手紙の箱を持ってもらうのは、これが初めてではない。最初に運んだ日から、今日のようにいつの間にか背後に立っていて、何かしら言い訳をつけては箱を奪《うば》われるのだ。

焼却処分の手紙がぎっしり詰まった箱を、ノインは軽々と運んでいる。いくら細身で中性的とはいえ、そこは鍛えている騎士という事だろうか。

「それにしても、毎回あなただけがこれ程に重いものを運ばれるとは。少し、侍女達の仕事内容を考えた方がいいのではありませんか？　今度、ヤレンツェナ様に進言致しましょう」

「い、いえ、これは前からあった仕事なのですし、ヤレンツェナ様を煩《わずら》わせる訳には――」

「いいえ、あの方はご自分の侍女達の事を、それは気にかけておいでです。その一人であるあなたが、毎日のように大変な思いをしていると後で知れば、あの方は悲しまれます」

ベシアトーゼはぐうの音《ね》も出なかった。確かに、ヤレンツェナはとても細やかな気遣いをする女性だ。その彼女が、自分に宛《あ》てられた手紙の処分で侍女が大変な思いをしていると知ったら、心を痛めるだろう。

「これからは下男を呼び出して、焼却場へ持っていかせましょう」

「ですが、それだと問題が……」

そういった案は、これまでも侍女の間で出ていた。何も重いものを侍女が運ぶ事はない、その為の下男という存在だ、と。

だが、運ぶものがものだ。王妃に宛《あ》てられた手紙というのは、使いようによっては武器になる。もちろん、宮廷内の政争において。

特に、王妃派と大公派が争っている現在、少しの隙も見せるべきではなかった。

ノインは、下男による手紙の運搬に難色を示したベシアトーゼをしばらく見つめた後、軽い溜息を吐く。

「わかりました。では、下男が運ぶ際には侍女とヤレンツェナ様の護衛騎士が立ち会うという形でどうでしょう」

「そうですね……それならば問題ないかと思います」

どうせ立ち会う侍女は自分だろう、とベシアトーゼはやや遠い目をしながら考えた。

どうも、タナルアはこちらを敵視しているようなのだ。

かといって、ノネに言わせれば彼女には特に注意する必要はないとか。ノネ曰《いわ》く「あの方は怖くありません」という事だった。

——相変わらず、ノネの判断基準はよくわからないわ……

ともかく、ノネの言葉を受けて、ベシアトーゼはタナルアを分類上「敵」から除外している。

それに実は、タナルアが自分を敵視する理由に思い当たる節があった。

侍女達は時折、ヤレンツェナの私的な茶会に招かれる事がある。表向きはお茶の時間のお供なのだけれど、実質茶会の参加者と言っていい。

ベシアトーゼはその茶会に招かれる回数が多かった。一方タナルアは、これまで片手で数えられる程しか出席した事がないという。

理由はわからない。出席者の名はいつもへーミリアを通じて知らされるし、何を基準とした人選なのかまるで読めないのだ。

ただ、へーミリアは必ず「ヤレンツェナ様がそうお望みです」と付け加える為、ヤレンツェナの好みが反映されているのではないかというのが、侍女達の読みである。

ヤレンツェナの茶会は、正直言うと楽しい。彼女の提供する話題は宮廷内のゴシップに始まり、王都の商人達の動向や、今一番旬な品は何か、地方の特産品の出来など、本当に多岐《たき》にわたっている。

しかも、茶会出席者の親族や領地の話題を必ず出すので、出席する侍女達は仕える相手が自分達を理解してくれているという喜びを感じられた。

その茶会の場で、ジェーナ叔母《おば》の名が出た時には心底驚いたものだ。聞けば、ヤレンツェナと叔母《おば》はダーロでの古馴染《なじ》みだという。ロンカロス邸ではついぞ聞かなかった内容であり、取り繕《つくろ》うのに苦労した。

そんな事情もあり、楽しくはあるけれど出席する度《たび》に胃が痛い思いもしている。何せベシアトーゼは本物のルカーナと入れ替わった偽物だ。ヘウルエル伯爵領の事は隅から隅まで知っていても、ロンカロス伯爵領の事は付け焼き刃の知識しかない。

それも知らずに、単純に茶会に出られるのを羨《うらや》ましがるタナルアは、いっそ可愛らしいものだ。なるほど、ノネが心配いらないと言う訳である。

「聞いておられますか？」

「え？　ああ、ごめんなさい。少し、考え事をしていました」

しまった、今はノインと共に焼却場へ向かっている最中だった。彼は道すがら、あれこれとルカーナの事を聞いてくる。好きな色は何か、好きな花は何か、好きな果物は……いい加減、鬱陶《うっとう》しく感じる程に。

本物のルカーナを知る人物が王都にいないという安心感はあったが、念には念を入れて、彼女に関する情報は出来る限り頭に叩き込んである。幼い頃に聞いていた、好みの昔話の内容まで覚えたくらいだ。

なので、彼の質問くらい訳なく返答出来るものの、何故ここまで知りたがるのかがわからない。実はルカーナの事件には、ダーロが関わっていたりするのだろうか。

らちもない事を考えて、ベシアトーゼは首を軽く振った。少し疲れているのかもしれない。宮廷では常に気を張っているから、肉体的な疲労というよりは気疲れの方が大きいのだけれど。

ふと気付くと、廊下のあちこちからこちらを窺《うかが》う視線を感じた。一瞬、自分が見張られているのかと緊張したが、よく見ると若い娘が頬を染めてノインを見つめている。

大した人気だ、と思うのと同時に、視線の中には明らかに嘲笑《ちょうしょう》を含んだものも混じっている事に気付いた。周囲に目をやったところ、若い貴族男性が彼を見てにやついている。

宮廷には、いくつものまことしやかに囁かれる噂《うわさ》があった。その中の一つに、「王妃ヤレンツェナと護衛騎士ノインはただならぬ仲である」というものがある。

貴族男性達はその事を当てこすっているのだろうが、彼等の視線には多分に嫉妬《しっと》も含まれていた。大方、意中の女性が彼に夢中なのだろう。

二人に関する噂《うわさ》は、大公派が流した根も葉もないものに違いないと、ベシアトーゼは最初、気にも留めなかった。そもそも貴族社会では、噂《うわさ》を武器にするのが日常茶飯事《にちじょうさはんじ》だと聞いている。

だが、先日ヤレンツェナの私室で親しげに微笑み合う二人を見てしまった。それ以来、二人を疑う気持ちがベシアトーゼの中で膨らんでいるのだ。

その後も注意して観察してみると、二人の親密さは度を超している。ふとした時に見せる距離がとても近く、またノインがヤレンツェナへ向ける視線は誰に対するものよりも柔らかいのだ。

それに気付いてからは、彼女の中で騎士ノインは要注意人物になっている。確かに彼は、王妃であるヤレンツェナを護る為に故国から送り込まれているのだろうけど、それだけではないように思えるのだ。少なくとも、彼の態度はただの忠誠心ではない。

こちらが見ているせいか、たまにノインの視線を感じる時がある。ノネも、彼には微妙な反応を示していた。彼女にとっても、ノインは「要注意人物」なのだそうだ。怖いかと聞かれるとそれ程でもないが、では無害かと聞かれると絶対に違うと言い切れるらしい。

もし、彼がベシアトーゼとルカーナの入れ替わりを疑っているとしたら、一体何を根拠にしているのか。彼はダーロ出身で王妃派のはずだけれど、用心するに越した事はない。

大体、自国の王女であり他国に嫁《とつ》いで王妃となった方とただならぬ噂《うわさ》が立つ事自体、どうかと思われる。しかも、どういう訳かヤレンツェナ自身もノインも、噂《うわさ》を楽しんで いて煽《あお》っているきらいがあるのだ。

貴《たっと》い方の考える事はわからない。ベシアトーゼは、つくづく自分は貴族社会に向かないのだなと悟った。


その後、ノインは話していた通りすぐに手紙の運搬についてヤレンツェナに提案したらしく、ヘーミリアより通達があった。

「明日より、廃棄する手紙の運搬は下男が行い、侍女から一名、騎士から一名の立会人を出すものとします。これはヤレンツェナ様がお決めになった事です」

侍女達の控え室でこの発表があった際、室内は騒然となった。侍女として王宮に上がるのは、伯爵以下の家の娘が多い。侍女として王宮で働きながら、自分の家より格上の嫁《とつ》ぎ先を探すのだ。嫁《とつ》ぎ先としては騎士など話にならないとはいえ、そこは若い娘である。結婚と恋愛は別とばかりに、騎士とお近づきになりたいという欲があるらしい。何しろ、王宮にいる護衛騎士達は見目の良い者が揃っているのだ。これを逃す手はないという事か。

特にあらゆる面において積極的なタナルアは、意気込みを口にした。

「やるわ！　絶対にノイン様に振り向いてもらうのよ！」

どうやら、彼女のお目当てはノインのようだ。宣言の後、タナルアはベシアトーゼを見て鼻を鳴らす。

「おあいにく様ね。彼は私がいただくわ」

さすがに返答に困って、愛想笑いを浮かべるに留めた。ノインはベシアトーゼのものではないし、何よりタナルアと違って、彼とお近づきになりたいとは思っていない。それどころか、偽物とバレないうちに距離を置きたいくらいなのに。

だが、正直にそれを口にしたところで、思い込みの激しいタナルアは信じないだろう。気炎を吐く彼女に悟られないように、そっと溜息を吐く。

早速、侍女達の当番体制が考えられ、当初はベシアトーゼ一人が押しつけられると思っていた立ち会い作業は、仲良く侍女全員で持ち回る運びとなった。

ヘーミリアは筆頭侍女で当番には参加していない為、実質六人で回す事になる。それぞれの休日などを考慮して当番表が作られ、数週間が経った。

それにしても、ベシアトーゼが当番の日の担当騎士が必ず、ノインになっているのは何故なのか。これまで数度当番が回ってきたが、その全てでノインと組んでいるのだ。

「……騎士様方は、何人で当番を請け負っているんですか？」

ある日、とうとうしびれを切らしたベシアトーゼは、不自然にならないように気を付けて聞いてみた。聞いた相手は当然、本日の当番騎士、ノインである。

彼はちらりとこちらを見ると、ふっと笑みを浮かべた。

「侍女の方々と同人数ですよ。同じ方がいいだろうとヤレンツェナ様が仰《おっしゃ》いましたので」

ヤレンツェナの名前を出されては、これ以上突っ込んで聞く事も出来ない。ノインはそれをわかっていて、わざわざ王妃の名前を出したのだろうか。

すっきりしない思いを抱えながら歩くベシアトーゼに、ノインは軽い口調で話しかけてくる。

「そういえば、お従姉妹《いとこ》君が少し前にこの国にいらっしゃったそうですね」

危うく、肩がびくりと震えるところだった。確かにベシアトーゼがこの国に来た事は隠していないから、調べようと思えば簡単に調べられる。だが、顔を知っている人間はいないはずだ。これもまた、入れ替わるには都合のいい事実だった。

「ご令嬢は、タイエント王国の方だとか。一体、どのような理由でご実家に滞在なさっているんですか？」

随分と突っ込んだ質問である。他家の内情を詮索《せんさく》するのは、決していい趣味とはいえない。

宮廷の噂話《うわさ》として話題に乗せるのならわかるが、何故こんな状況で聞いてくるのか。入れ替わりがバレているとも思えないのに。そんな焦りを胸に抱きながら、ベシアトーゼは何でもない事のように口にした。

「従姉妹《いとこ》の領地はギネヴァンよりも冬が寒いそうです。少し体が弱いとかで、寒さがましな我が家に招いているのですよ」

確かに、ヘウルエル伯爵領よりエンソールド王都ギネヴァンの方が冬は暖かい。とはいえ、避寒というだけなら、もっと向いている地域がタイエント国内の南にいくつもある。

当然、ノインもそこを突いてきた。

「ですが、タイエントは南にも領土を持つ国。南方に参れば、ここより余程暖かいでしょうに」

「私共もそう思ったのですけど、タイエントの南はこの時期、湿気が多いのですって。それもまた、彼女の体にはよくないそうです」

気温も湿気も本当の事だ。そして、これらの言い訳は全てセベイン叔父《おじ》と一緒に練ったものである。

もっとも、ベシアトーゼを知る伯爵領の人間がこの話を聞いたら、笑いすぎてひきつけを起こすかもしれない。彼女は体が弱いという言葉とは無縁の人間なのだ。何せ、真冬に薄着で狩りをしても、風邪一つひかないのだから。

だが、それを知らないノイン相手なら、いくらでも押し通せる。実際、彼はこちらの言い分を信じたらしい。

「そうでしたか……家庭内の事情に立ち入りました事、お許しください。この時期に他国からいらしている方は、どうしても警戒してしまうのです」

彼の言う「この時期」とは、宮廷が二分している事を指しているのだろう。だが、ベシアトーゼが身を寄せているロンカロス伯爵家は王妃派だというのに、何を疑っているのか。

——いや、疑われても仕方がないくらい真っ黒ね……私、偽物だし。

宮廷どころか国王夫妻まで騙《だま》しているのだから罪深い。そう思っても、当然口に出来るものではなかった。代わりに、ルカーナの実家の立場を強調しておく。

「わかっております。宮廷が大変な状況になっている事も、ヤレンツェナ様が巻き込まれている事も。ですが、私の家はヤレンツェナ様のお味方です。その事は、忘れないでください」

母の実家であるロンカロス伯爵家が、自分という存在のせいで疑われるのは本意ではない。そんな思いから告げたのだが、ノインからは思ってもみなかった言葉が返ってきた。

「あなたは、どうなのですか？」

「え？」

彼が何を言っているのか一瞬わからなかったけれど、続く言葉でようやく理解する。

「あなたご自身は、あの方のお味方でいらっしゃるのですか？」

「も、もちろんです！　私は、ヤレンツェナ様に忠誠をお誓いしております！」

勢いに任せて妙な宣言をしてしまったが、後悔はしていない。王妃派であるロンカロス伯爵家の娘ルカーナの発言としては、おかしなところはないはずだ。

いささか鼻息が荒くなり、淑女《しゅくじょ》にあるまじき態度だったと気付いた時には、ノインが柔らかい笑みを浮かべていた。

「その一言を聞けて、安心しました。どうぞ、今のお言葉をお忘れにならないでください」

「え、ええ、もちろんです」

その後は、これといって危うい内容の会話もなく、和《なご》やかに立ち会いの仕事は終了した。

侍女達には、三日に一度休みがある。とはいえ、一日丸ごと休みという日はなく、午前の役割は休みだけれど、午後の役割はある、という休み方だった。例えば手紙の選別は休みだが、その後の代筆の仕事はある、といった具合だ。そして本日、ベシアトーゼは拘束《こうそく》時間が長い手紙の選別の仕事が休みである。

それでも、朝の申し送りには顔を出す義務があった。

「本日のヤレンツェナ様のお茶の時間の供が決まりました。ユーヴシナ、それとルカーナ。両名は時間になったらユラミロイアの庭に来るように」

「わかりました」

ヘーミリアからの通達に、ユーヴシナとベシアトーゼは声を合わせて返答した。ユラミロイアの庭とは、ヴィンティート宮の最奥にある庭の事で、数代前の王妃の名がつけられている王妃専用の庭園だ。この庭園での茶会を、ヤレンツェナは殊《こと》の外《ほか》気に入っている。

申し送りを終えて、ヘーミリアが侍女の待機部屋から退出すると、待ってましたと言わんばかりにタナルアが近づいてきた。

「最近、ヤレンツェナ様は何かとあなたをご指名なさるのね」

「それだけ信頼していただけているのだと思っているわ」

当たり障りのない答えのつもりだが、タナルアの目は据わっている。何か、言ってはいけない事でも口にしただろうか。

内心首を傾げるベシアトーゼに、タナルアは腕を組み、強い口調で尋ねてきた。

「……あなた、自分が一番の新参者だって自覚はあって？」

「ええ、もちろんですけど？」

ちなみに、一番の古参は先程名前が挙がったユーヴシナである。彼女は家格が少し高い伯爵家の娘で、嫁入り前の行儀見習いとして侍女になったそうだ。

発言の意図がわからず首を傾げるベシアトーゼに、タナルアは苛立ったように続ける。

「わかっているなら！　少しは遠慮というものを覚えたらどうなの!?　毎回毎回ヤレンツェナ様の茶会に出席するなんて！」

そこまで言われて、やっとタナルアが言いたい事に思い至った。要するに、茶会に出席する権利を譲れという事だろう。

そういえば、タナルアはヤレンツェナの茶会に行きたがっていた。侍女達の中で、あの茶会に出る侍女は王妃のお気に入りだという認識がある。筆頭侍女を狙っているタナルアとしては、何が何でも茶会に出席し、お気に入りにならなければと思い込んでいるようだ。

だが、それがわかったところで出席の権利を譲る訳にはいかない。誰を呼ぶかを決めるのは、ヤレンツェナなのだ。こちらで勝手にどうこうしていいものではなかった。

「そんなにお茶会に出たいのなら、ヘーミリア様に頼んでみてはいかが？」

さすがにヤレンツェナに直接頼め、とは言えないので、筆頭侍女であるヘーミリアの名を出す。タナルアが彼女を嫌っている事も、計算のうちである。

案の定、タナルアは怒りで顔を真っ赤に染めた。

「だ！　誰もそんな事は言っていないでしょう⁉　私はただ、あなたが新参者の心得を忘れている様子だから、忠告しているだけで——」

「そう。茶会に出たい訳ではないのね？　良かったわ。ヘーミリア様がいつも仰《おっしゃ》るように、茶会の出席者はヤレンツェナ様がお決めになっているのですもの。それに異を唱えるなど、ヤレンツェナ様の侍女としては、いかがかと思うわ」

ベシアトーゼの正論に、タナルアはそれ以上言葉を続けられなかった。周囲の視線もあり、彼女は鼻息も荒く待機部屋を後にする。

「災難だったわね、ルカーナ」

そう声をかけてきたのは、今回一緒に茶会に呼ばれているユーヴシナだ。タナルアが一番新参のベシアトーゼに因縁《いんねん》をつけてきたのだと、彼女もわかっているのだろう。

何とも言えない空気が室内に流れる中、待機部屋に入室してくる人がいた。筆頭侍女であるイザロ侯爵夫人ヘーミリアである。

「何かありましたか？　先程、タナルアが足音を立てて廊下を行くのが見えましたが」

ヘーミリアの言葉に、思わずベシアトーゼはユーヴシナの方を見た。彼女もこちらを見ている。一瞬のうちに、相手が何を考えているか察した。

「……虫の居所でも悪かったのかもしれません」

ベシアトーゼは、何でもない事のように言い切る。茶会云々《うんぬん》の話は、ここだけのものにしておくべきだ。下手にヘーミリアの耳に入ったら、タナルアは侍女を辞めさせられるかもしれない。

彼女がいなくなって困るという事はないのだが、それが元で恨まれては堪《たま》らなかった。おそらく、ユーヴシナも同じ事を考えたのだろう。視界の端でほっとしているのが見て取れる。

ベシアトーゼの言葉に、ヘーミリアは特に疑問を持つ事はなかった。

「そうですか。それにしても、あのように廊下を移動するなど、淑女《しゅくじょ》にあるまじき行為ですよ。後でしっかりと指導しなくては」

どうやらヘーミリアは控えめな表現をしただけで、待機部屋を出たタナルアは廊下を走ったらしい。それにしても、タナルアも運がない。走っているところを、よりにもよってヘーミリアに見られていたとは。淑女《しゅくじょ》は、いついかなる時も走ってはならないとされているというのに。

後でヘーミリアから説教を食らうタナルアを想像し、またそのとばっちりがくるのかとうんざりしたベシアトーゼであった。

◆◆◆◆

夜半過ぎ、室内にはロウソクの心許《こころもと》ない明かりが灯《とも》っている。その明かりを受けて、ぼんやりと人の影が浮かんでいた。

エンソールド王妃ヤレンツェナ。彼女の豊かな髪は、乏《とぼ》しい明かりの中でも優雅さを損なわない。

「それでは、そのタイエントの伯爵令嬢に関しては、何もわからないのね？」

ヤレンツェナの言葉に答えるのは騎士ノインである。普段の柔和な様子からは程遠い、硬く厳しい雰囲気だ。

「はい。入国している事だけは掴めましたが、その後、ロンカロス伯爵家の王都邸に入ったきり、一歩も外に出ていないようなのです。王宮にいる令嬢にもいくらか探りを入れましたが、これといった成果はありません」

「そう……考えすぎだったのかしら……」

　タイエントから貴族令嬢が来た。それ自体はおかしな話ではないし、母方の親類の家に逗留《とうりゅう》するというのも、貴族にはよくある事だ。

　そして、ロンカロス伯爵家は、ヤレンツェナの味方でもある。今のところは、という一言が頭につくが。

　エンソールドの宮廷が二分しているのは、世継ぎである男児がいないせいだ。おかげで国王の弟が今でも継承順位第一位のままである。だが、ヤレンツェナも嫁《か》して二年。そろそろ懐妊の報があってもおかしくはない——そう捉える者も多いだろう。

　考え込むヤレンツェナの耳に、ノインの声が入った。

「まだ、判断するには早いかと」

「そう？　でも、タイエントは一応エンソールドとは友好関係にあるはずよ？」

「そのタイエント国内も、大分がたついているようです。王が替われば、国同士の関係も変わる可能性があります」

　ノインの報告に、ヤレンツェナの瞳がきらりと輝く。

「……その可能性があると？」

「一部の貴族派閥に、妙な動きが見られます。その派閥の中に、ロンカロス家に滞在中の令嬢の父親がいるのです」

大方、正統な世継ぎではない人物を次の王位に就《つ》けようと暗躍している連中だろう。

まったく、どこの国も問題だらけだ。

ヤレンツェナの故国ダーロも、王族の結束は固いが、宮廷貴族には度しがたい者も多い。あれらをまとめなくてはならない父は大変だったろうし、それを受け継ぐ兄はさらに大変だろう。

だからこそ、自分とエンソールドの事で煩《わずら》わしい思いをさせたくない。それがヤレンツェナの本心だった。

その為には、何でもする。たとえ夫となったウィルロヴァン三世を誑《たぶら》かしてでも、自分の思いを完遂するつもりだ。ノインに頼んで、ルカーナに探りを入れ続けているのもその一環である。

ノインとは彼が生まれた時からの付き合いで、幼く愛らしい頃も知っているのだが、いつの間にかそこらの騎士も顔負けの働きをするようになった。ヤレンツェナとしては、いつまでも可愛い存在でいてほしいけれど、悲しいかな、それは叶わぬ夢だ。

それにしても、この時期にタイエントで問題が起こり、その余波がこちらに来ようとしているとは。何者かの意図を感じるのは考えすぎだろうか。

「令嬢がこの時期に我が国に来たのは偶然……かしら？」

「その線は薄いと思います」

ノインの返答に、ヤレンツェナは自分が楽観的な考えに傾きかけていた事に気付く。

きっと、国内……いや、宮廷内での問題以外まで襲いかかってくると思いたくないのだ。

その自分の弱い心に、苦笑を漏《も》らす。故国ダーロにいた時には、誰の手にも負えないじゃじゃ馬姫と言われていたのに、なんと弱気になっていた事か。

「わかったわ。令嬢が邸《やしき》から出てこない以上、周囲から探るしかないでしょう。ロンカロス伯爵には悪いけど。あなたには今まで通りにルカーナを探ってほしいの。特に、実家から届けられる手紙には注意しておいて」

「心得ました」

「ああ、早くジェーナが宮廷に来てくれるといいのだけれど」

ロンカロス伯爵夫人ジェーナは、ヤレンツェナとは旧知の仲だ。彼女はダーロの伯爵家出身で、幼い頃より一緒に遊び、学んだ友でもある。

しかも、彼女の実家は王家への忠誠に厚い一族だ。彼女からなら、きっと令嬢の情報も取れるだろう。

ヤレンツェナはロンカロス伯爵家を疑っている訳ではなく、タイエントの伯爵令嬢を疑っているのだ。彼女を通じて、彼女の父親が何か仕掛けてくるかもしれない。そうなれば、ロンカロス伯爵家にも害が及ぶ。

——これは、ジェーナを救う事でもあるのよ。

ダーロの宮廷でのジェーナを思い出す。多くの貴族子女が脱落した中で、最後まで残った数少ない友達。嫁《とつ》ぎ先さえヤレンツェナの為に決められたというのに、文句一つ言わずにいてくれる。

たおやかな見かけとは裏腹に、実は自分と同様のじゃじゃ馬ぶりだったジェーナだ。心配する必要はないのかもしれないけれど、それでも顔を見て彼女の今を知りたい。ヘーミリアと彼女がいれば、故国を思い出す事も容易に出来るだろう。

懐かしいダーロ。鮮明な記憶は、いつまでも色あせない。そのダーロの為にも、自分はこの国で王妃としての地位を確かなものにしなくてはならないのだ。

ならば、やるべき事は一つ。

「今日も行かれるのですか?」

「ええ、もちろんよ」

「首尾良くいくよう、祈っております」

ノインの言葉に見送られて、ヤレンツェナは小さな扉をくぐり抜けた。

◆◆◆◆

気付けば、ギネヴァンは本格的な冬に突入していた。とはいえ、雪が降る訳ではなく、気温もそこまで低くならない。ヘウルエルの厳しい冬を知っているベシアトーゼとしては、冬らしさをまるで感じない状態だ。

だが、彼女の周辺は確実に変化していた。まず、ヤレンツェナの侍女タナルアが実家に帰されたのだ。理由は王宮の廊下を走った事と、茶会に関してヘーミリアから叱責を受けた事、らしい。

前者はベシアトーゼも事情を知っているが、後者は知らなかったのでユーヴシナに聞いたところ、どうやら廊下の件でヘーミリアに説教されたその場で、茶会へ出席したいと願い出たそうだ。

どうしてそんな下手な手を打つのか。結局、その二つが問題視され、ヤレンツェナの侍女を外されて宮廷からも追い出されたのだ。

これで終わりと思いきや、タナルアはちゃっかり宮廷に戻ってきたから驚く。しかも、今度は第一王女ナデイラの侍女としてだ。

さすがの侍女達も呆れたものだが、ついた相手がナデイラ王女という点で、少しだけ同情……というか、生温《なまぬる》い視線を送っている。

ナデイラは第一王女ながら、政治的な立場は大変低い。エンソールドでは女子は王位に就《つ》けないからというのが理由だが、実はそれ以上に大きな理由がある。

それは、彼女の年齢と状況だ。ナデイラは今年十六になるのに、未《いま》だに婚約者が決まっていない。一般的な貴族の娘ならともかく、王女であるのだからそろそろ国の為、王家の為に有益な相手に嫁《とつ》ぐ事が望まれる。国は違うが、ヤレンツェナもそうだった訳だ。

しかし、ナデイラは容姿の問題以上に性格が災いして、今の今まで縁談が一つもないらしい。諸外国はもちろんの事、国内の貴族からすら縁談の申し入れがないというのは、彼女の「価値」が相当低いという事だ。

「こんな事を言うのは何だけど、多分外に嫁《とつ》がせるにしても、ナデイラ様ではなく妹君であるセウィーサ様かインレシルナ様が優先されるでしょうね」

そう口にしたのは、ユーヴシナだ。彼女は侍女歴が長いからか、王宮の事情にも明るい。

ベシアトーゼは会った事がないので判断出来ないが、ユーヴシナの話では、セウィーサとインレシルナはどちらも父親似で美しく、天真爛漫《てんしんらんまん》な王女達だそうだ。

同じ王女ならば、見た目が良く性格も明るい方が誰だっていいだろう。政略結婚で期待されるのは、相手国の世継ぎを産んで故国との関係を盤石《ばんじゃく》にする事と、相手と国を籠絡《ろうらく》して故国を有利に導く事だ。ナデイラは、そういう意味で期待出来ないらしい。

なので、縁談がまとまるなら器量も性格もいい第二王女セウィーサか、幼い故《ゆえ》に期待値が高い第三王女インレシルナだと言われているのだとか。

「だから、タナルアがナディラ様の侍女になったと聞いた時は、一体何事かと思ったわよ」

ユーヴシナは溜息を吐きながらそうこぼす。タナルアの上昇志向を知っている分、出世が見込めない、もしくは出世しても旨みのないナデイラ付きでは、タナルアは満足しないのではないかと読んでいるのだ。

それに関しては、ベシアトーゼも他の侍女達も同意見である。そんな中、侍女の一人から、ある情報がもたらされた。彼女の家はタナルアの実家と付き合いがあり、父親同士が顔馴染《なじ》みなのだという。

同僚侍女によれば、ヤレンツェナの侍女を辞めさせられた時点で、タナルアは修道院送りになるはずだったらしい。本人の強い抵抗により何とか回避出来たようだが、その代わりにと提示されたのがナデイラのもとへ侍女として行く事だったそうだ。

貴族令嬢にとって、修道院とは墓場同然の場所だ。美々《びび》しい衣装や宝石はなく、おしゃべりや菓子、お茶すらない。貴公子達との恋のさや当てなども当然なく、重苦しい灰色の建物の中、一生女性だけで暮らしていくのだ。

もう少し前の時代ならば、自《みずか》ら神の御許《みもと》で、祈り中心の生活を志《こころざ》す令嬢もいたという話だけれど、現在では、貴族にとって修道院は問題を起こした娘が送られる場所となりはてている。今も信仰心から修道生活を望む者はいるだろうが、全体で見ればごく少数だ。

タナルアは、次に問題を起こしたら即修道院行きだと父親に言われているのだとか。

これには、侍女の全員が胸をなで下ろした。性格のきついタナルアだから、隙を見てこちらを攻撃してこないとも限らなかったのだ。

もちろん、ベシアトーゼも胸をなで下ろした一人である。よく攻撃されていた身なので、他の侍女達よりも切実だった。


タナルアが抜けた穴はしばらく補充されないとヘーミリアから通達があったので、仕事の割り振りが少しだけ変わった。手紙の廃棄の立ち会いは三人程で回す事になり、その時間、残りの人員は別の仕事に従事している。

そんな中、表の政治を扱う部署への書類運搬の仕事が新しく増えたのには驚いた。王妃のもとから何の書類が運ばれるのかは謎だが、封蝋《ふうろう》が施《ほどこ》された書類を携《たずさ》えて王宮の表側へ運ぶその仕事の担当に、何故か新参のベシアトーゼが選ばれている。

タナルアがいたら、きっと食ってかかってきた事だろう。だが今残っている侍女達は、誰がどのような仕事をやろうとも、口を出さない。そしてこの仕事にも、護衛騎士が付き添う。

その護衛騎士が、最近のベシアトーゼの悩みだった。どうしてだか毎回、ノインなのである。正直「またか」と思ってしまうし、ここまでくると作為的なものを疑わずにはいられない。

そのせいもあって、彼に対する態度が冷淡になっていた。

「……ノイン様は、手紙の運搬の方に回ってらっしゃると思いましたわ」

「侍女の方々の仕事の割り振りが変わりましたので、こちらも変わったんですよ」

それは、担当する侍女によって付き添う騎士が固定になっているという事なのだろうか。聞いてみたいが、肯定されたら何と反応すればいいのかわからないので、聞かない事にした。

王宮の廊下を歩く時は、手紙の運搬の時と同様ベシアトーゼが半歩先を歩き、ノインが半歩下がっている。これは王妃の侍女であるベシアトーゼの方が王宮での地位が高いからだ。

歩いている最中にも、相変わらずノインから家についてやら領地についてやらを聞かれる。

「ロンカロス伯爵家の領地は西にあると聞きました。ダーロに近いのでしょうか？」

「いいえ、王都から見て南西の位置ですし、国境まではいくつもの他領を通過しなくてはなりません。近いという程ではないかと」

「ジェーナ様はお元気でいらっしゃるでしょうか？」

「実家からの手紙には、そのように」

「あなたは領地でお育ちになったのですよね？　父君と離れて寂しくはありませんでしたか？」

「それは……はい。ですが、父は不自由のないように調《ととの》えてくれましたし、折に触れて便りを出してくれましたから」

この辺りは、本物のルカーナの情報だ。ロンカロス伯爵領にでも行って調べない限り、ボロは出ないはずである。

領地でも、ルカーナはあまり領主館から出なかったので、領民に顔を知られていないそうだ。ベシアトーゼとは大違いだった。

それにしても、ノインの質問は一体何なのか。ノネはそこまで警戒していないようだが、ベシアトーゼは最近、彼に対する警戒度を上げている。

王妃との親密さに加えて、毎回こうした身上調査じみた質問をしてくるのだ。警戒するなという方がおかしい。おかげで気疲れが募《つの》っている気がしていた。

気疲れといえば、もう一つ原因がある。セベイン叔父《おじ》から手渡される手紙だ。正規の手順を踏んだ手紙はいつ検閲《けんえつ》が入るかわからないので滅多な事は書けないが、叔父《おじ》本人、もしくは使いの者から直接手渡されるものは違う。

それは、伯爵家に残してきたシーニの恨み言満載の手紙だった。伯爵家で女中として生活している彼女は、それが不満で仕方ないらしい。早く調べる相手を見つけてくれと、矢の催促《さいそく》だ。

これに関しては、ベシアトーゼも反省している。王宮生活に慣れるのが先とばかりに、ルカーナ失踪《しっそう》の真相を調べる手を緩めてしまっていた。

とはいえ、侍女に出来る事などたかが知れているし、入り込める区域にも制限がある。これには正直参っていた。

――まさか忍び込む訳にもいかないし……本当、どうしようかしら？

そんな変化に乏《とぼ》しい毎日に特大級の事件が起きたのは、ほんの数日後の事だ。

今日のベシアトーゼはユラミロイアの庭での茶会に、手伝いとして駆り出されていた。これはヤレンツェナが侍女を呼んで開く私的なものではなく、有力貴族の夫人方を招いて行う、いわば公式行事の一つである。

当然、侍女のベシアトーゼは出席者ではなく、主催者のヤレンツェナを補佐する立場だ。会話には加わらず、茶の切れた客のカップにさりげなくお代わりを注ぎ、テーブルの茶菓子が少なくなれば新しい皿と取り替える。小間使い達と一緒に、開催時間中はずっと立ち仕事だ。

そのおかげか、お茶会自体は盛況のうちに終了した。後は片付けて終わりというところで、ノネが庭園の入り口に立っているのに気付く。

この奥の庭は人員の立ち入りが制限されている区域で、招かれた者以外は入る事が許されていない。それはノネも知っているはずなのに、護衛騎士に止められて、何やらやり取りをしているのが見える。ベシアトーゼは近づいて声をかけた。

「どうしたの？　ノネ」

「あ、お嬢様。あの、だ、旦那様がお嬢様をお呼びなんです」

旦那様という言葉で一瞬詰まったのは、本来そう呼ぶべき相手ではないからか。ここで言う「旦那様」はセベイン叔父《おじ》を指す。

そういえば、ノネはベシアトーゼを「お嬢様」と呼ぶようになるのにも、大分時間がかかっていた。

「そう……何のご用か、聞いている？」

ベシアトーゼの言葉に、ノネは何か言いたそうにしつつも護衛騎士の方を気にしている。人に聞かれると困る内容なのだろう。

「わかりました。後は頼めて？」

「ええ、大丈夫よ」

同僚であるユーヴシナに後を託し、ベシアトーゼはノネと共にセベイン叔父《おじ》のもとへと急いだ。

ユラミロイアの庭から叔父《おじ》のいる中枢区域までは、いくつかの立ち入り禁止区域がある為、遠回りをしなくてはならず、思っているよりも時間がかかる。

その間に叔父《おじ》からの話の概要だけでも掴んでおこうかと、ベシアトーゼはノネに問いただした。

「ノネ、話というのは、王都の邸《やしき》の事かしら？」

「いいえ」

実は、王宮に上がるに際して、あらかじめ符丁《ふちょう》を用意していたのだ。「王都の邸《やしき》」とは、ロンカロス伯爵家に関するもので、特にルカーナ関連の情報を指す。「お父様の事」と言えば、王宮内でのベシアトーゼ及びセベイン叔父《おじ》に関わる事、「領地の事」というのは、故国タイエント及びヘウルエル伯爵家の事だ。

「では、お父様の事？」

符丁《ふちょう》を変えると、ノネがびくっと肩を揺らす。王宮内でのベシアトーゼやセベイン叔《お》父《じ》の事であるが、あまり芳《かんば》しい内容ではないようだ。

「そう、わかったわ。では、お父様のもとへ急ぎましょう」

「は、はい」

王宮の廊下は走ってはならないものの、急ぎ足ならば見逃される。走る直前程度の速さで歩いていたところ、脇からいきなり人が出てきた。

「きゃ！」

驚いて足を止めたベシアトーゼの前に、見慣れぬ騎士服の男がいる。彼の後ろにも人がいるようだ。そのうちの一人は、一目で高位の貴族とわかる上等な服装である。刺繍《ししゅう》の意匠《いしょう》には、見慣れない紋章があった。

彼の後ろには、紋章入りの仕立てのいい服を着た貴族男性が三人、そのさらに後ろに帯剣した護衛騎士が四人立っている。とすれば、目の前の騎士も護衛騎士の一人だろう。

いきなり横から出てこられたとはいえ、謝罪はこちらがしなくてはならない。

「ご無礼をお許しくださいい。気が急《せ》いておりました」

非常に腹立たしい事ではあるが、これが宮廷での身の処し方なのだ。ロンカロス伯爵家でも散々言われた事である。淑女《しゅくじょ》は紳士の行動を阻害してはならない。それがエンソールド宮廷の約束事だ。

ベシアトーゼとノネが頭を下げると、相手の高位貴族は鷹揚《おうよう》に答えた。

「王妃の侍女だな。よい。こちらも、少々急いでいたのでな」

高位貴族の声を聞いたベシアトーゼは、眉を顰《ひそ》めそうになる。甲高い声に不快感を覚えたのだ。

しかし、相手が「よい」と言うのだから、この場はこれでお咎《とが》めなしだろう。

「では、私は失礼致します」

「待て。そなたに少々話がある。ついて参れ」

高位貴族の言葉と共に、ベシアトーゼの背後に護衛騎士達が回った。これは、力ずくでも連れていくという事だろうか。さすがに想定外だ。王妃の侍女にこのような態度を取る貴族など普通いない。

さて、この場からどう逃げればいいのか。どこかの部屋に連れ込まれでもしたら、逃げられない。

為《な》す術《すべ》がない中、ベシアトーゼは騎士の一人に腕を取られた。非常事態に陥《おちい》った事で、彼女の素が出てしまう。

「何をする！　無礼者!!」

つい、いつもの癖で払いのけた。まずい、と思った時にはもう遅い。高位貴族を含め、騎士達もぽかんとした顔でこちらを見ている。

それはそうだろう。宮廷にいる淑女《しゅくじょ》が騎士の手を払いのけるなど、彼等の常識から外れている。だが、さすがは騎士といったところか。すぐに衝撃から立ち直り、ベシアトーゼ達を睨《にら》み付けた。

「侍女殿、おとなしくしていただきたい。我々も手荒な真似《まね》はしたくないのですよ」

言葉だけ聞けば下手《したて》に出ているが、顔つきと視線には獰猛《どうもう》な色が滲《にじ》んでいる。女に手を払われた事が、余程屈辱《くつじょく》だったのだろう。

槍か剣でもあれば、何とか出来るのに。ベシアトーゼが悔しい思いを噛みしめていると、背後から聞き慣れた声が響いた。

「このような場所で、どうかなさったのですか？　大公殿下」

ノインである。彼はさっさとベシアトーゼの前に出ると、彼女を背中に庇《かば》うようにその場に立った。

ノインの行動にも驚いたが、それよりも彼は今、何と言ったのか。思わずベシアトーゼの口から、聞いたばかりの身分が零《こぼ》れ出る。

「大公……殿下……？」

「そうですよ。そちらにいらっしゃるのは国王陛下の弟君、サトゥリグード大公ヨアド殿下でいらっしゃいます」

高位も高位、何と王族だった。しかも大公という事は、ベシアトーゼが仕える王妃ヤレンツェナや、セベイン叔父《おじ》の政敵だ。

ベシアトーゼがそっと窺《うかが》うと、大公殿下は苦り切った顔をしている。ノインに見つかった事がまずいのか。しかし、そもそも相手の地位を考えれば、王妃の侍女を力ずくでどうこうしようとしている現場を誰かに見られた時点で、醜聞《しゅうぶん》に繋がるだろう。

「殿下はこちらの令嬢に何の用がおありなのでしょうか？　ロンカロス伯爵令嬢が王妃ヤレンツェナ様のお気に入りの侍女である事は、ご存知《ぞんじ》でいらっしゃいますよね？」

ノインが殊更《ことさら》ヤレンツェナの身分を強調したのは、大公より王妃の方が、地位が上だからだ。しかも、その王妃お気に入りの侍女にもしもの事があれば、大公とて無事では済まさないという気迫が声に表れている。

はて、この声の感じ、どこかで聞いた覚えがある気がする。おぼろげな記憶の糸をたぐり寄せようとするが、どうにもうまくいかない。この場の剣呑《けんのん》な雰囲気のせいだろうか。

ふと見ると、ノインと睨《にら》み合っていた相手の護衛騎士がとうとう剣の柄《つか》に手をかけた。

けれど、大公自身は腰が引けたのか言い訳を口にし始める。

「い、いや、何、お互いに少々急いでいた為、侍女を驚かせてしまったようなのでな。哀れ故《ゆえ》、どこぞの部屋で少し落ち着かせようと思っただけなのだ」

「そうでしたか。大公殿下のお心の広さに、ただ感服するばかりです。出過ぎた真似《まね》を致した事、どうぞお許しいただきたく存じます」

「う、うむ。そなたの職務に忠実なる姿に免じて、許す。これからも我が国の為に忠義を尽くすがよい」

大公はそう言ってその場を立ち去ろうとしたが、彼の取り巻きや護衛騎士は、まだノインを睨《にら》んでいる。

そのうちの一人の悪態が、ベシアトーゼの耳に入った。

「ふん、王妃に媚《こ》びへつらう犬めが」

「な！」

何ですって、と言い返そうとした彼女を止めたのは、肩を掴んだノインの手である。

「放っておきなさい。というより、今噛みつくのは得策ではありませんよ」

「でも！」

振り返って抗議するも、ノインは首を横に振った。それどころか、その秀麗な容貌に満面の笑みを浮かべたではないか。

だが、彼の口から出てきたのは、かなり辛辣《しんらつ》な一言である。

「自分の立場もよく理解していない愚か者共の戯言《ざれごと》など、放っておけばいいのです」

ノインの言葉に、ベシアトーゼは毒気を抜かれた。確かに「犬」と呼ぶのであれば、それを言い放った大公の取り巻きの方が相応《ふさわ》しい。

ノインは騎士らしく鍛えているのが傍目《はため》にもわかるし、先程、ベシアトーゼの肩を掴んだ手は、大きく力強かった。きっと何者からも自分を護ってくれると思えるような力。

そこまで考えて、はっと我に返った。自分は今、何を考えたのか。戦う術《すべ》を習った際、降りかかる災いは自《みずか》らの力で払いのけると決めたのに。こんな弱い考えを持つなど、自分らしくない。

「それにしても……」

ベシアトーゼの内心の葛藤など知らぬ様子で、ノインは大公ヨアドが消えた方角を見ている。

「大公はあなたに何の用があったんでしょうね?」

問われた内容に答える術《すべ》はなかった。

「さあ……」

本当に、大公は何をしたかったのか。首を傾げるベシアトーゼを見つめるノインの目には疑う色があったが、構わず思案する。

大公は自分を、王妃の侍女と知っていて連れ出そうとしていた。「王妃の侍女」である事が重要なのか、それとも「ルカーナ」である事が重要なのか。いずれにせよ、確かめようもない事だった。

「ところで、小間使いを連れてどちらに行かれるつもりだったのですか?」

今度のノインの言葉には、少々苛立ちが滲《にじ》んでいた。

「父から、用があると呼ばれたのです。先を急ぎますので、失礼」

これ以上は居たたまれないので、ベシアトーゼは元々の用事を口にし、足早に去ろうとする。しかし、あっという間にノインに捕まってしまう。

「父君のもとまで、お送りしますよ」

結局そのまま、セベイン叔父《おじ》のもとまで送られた。自身の執務室で待っていたセベイン叔父《おじ》は、ノインを伴って現れたベシアトーゼに驚いている様子だ。

それはそうだろう。娘の振りをしている姪《めい》が、王妃とただならぬ関係にあると噂《うわさ》されている騎士と現れたのだ。何事が起こったのかと訝《いぶか》しんで当然である。

だが、当のノインはそんな空気を察しようともせず、にこやかにセベイン叔父《おじ》に告げた。

「ご息女をお送りして参りました」

「あ、ああ。ご苦労であったな」

動揺しながらも礼を述べるセベイン叔父《おじ》に、ノインはすっと近寄る。

「それと、少しお耳に入れたい事が」

そう言って、彼は叔父《おじ》の耳に何事か囁いた。途端に驚いた顔となった叔父《おじ》の様子からして、先程の件を報告したのだろう。

ノインは一礼して執務室から出ていった。残された叔父《おじ》と姪《めい》の間には、妙な空気が流れている。仕方なく、ベシアトーゼから話を切り出した。

「あの、ノネを使いに出したのは、一体……」

「あ、ああ、そうだな。実は、私のもとにこのような手紙が送られてきたのだ」

我に返った叔父《おじ》が、一通の手紙を手渡してくる。手紙の封に紋章はなく、差出人不明のようだ。中身を取り出して目を通すと、そこには驚愕《きょうがく》の事実が書いてあった。

「これ！」

「うむ……それが本当だとすると、あの子は自分の意思で姿を消したのではないのだな」

手紙には、宮廷にいる偽物を早く下がらせろという内容が書かれている。つまり、本物のルカーナが行方《ゆくえ》知れずである事、そしてベシアトーゼが入れ替わってここにいる事を知っている者がいるのだ。

もし本当にルカーナが駆け落ちをしているだけなら、彼女の不在を知る者はいないはずである。ロンカロス伯爵家はルカーナの不在を周囲に報《しら》せていないし、駆け落ちの相手は身分違い故《ゆえ》、相手の周囲から貴族に情報が流れる可能性も考えにくい。

これらから、やはり彼女は誘拐されていて、手紙を送ってきた相手こそルカーナを攫《さら》った本人、もしくは関係者という事だ。

この手紙の内容からして、ベシアトーゼの存在は犯人達を確実に揺さぶったらしい。焦ったからこそ、叔父《おじ》に直接、脅迫紛《まが》いの手紙を送ったのだ。

「あの子が幸せでいるなら、もうそれでいいと思っていたが……」

駆け落ちと誘拐では、重みがまったく違う。気落ちした様子の叔父《おじ》に、かける言葉がない。そう言えば故郷にいた時に起きた、領民の娘が盗賊に攫《さら》われた事件でも、娘の父親は憔悴《しょうすい》していたではないか。

その時、ベシアトーゼの脳裏に閃《ひらめ》いたものがあった。

「……届いたのは、手紙だけですか？」

「何？」

「他に、何か届いていませんか？　その、彼女の衣装の一部とか、髪とか」

領民が誘拐された際に、相手が身代金を要求する手紙と共に娘の髪を送ってきたのだ。もし犯人のもとにルカーナがいるのなら、その証拠として彼女の髪なり衣装なり、体の一部なりを切り取って送りつけてきてもおかしくはない。さすがに叔父《おじ》の様子に配慮して、最後の可能性は口に出来なかったが。

そう説明すると、セベイン叔父《おじ》の瞳に力が戻ってきた。

「いや、届いたのは手紙だけだ。そうか、だとするとあの子は、手紙の送り主のもとにはいない可能性がある」

叔父《おじ》の言葉に、ベシアトーゼは何も言えない。確かにその可能性はあるが、一方で不安もある。以前聞いた話では、身代金を要求する場合でも、生きているように見せかけてすぐに殺してしまう事が多いそうだ。今回もそうでないとは言い切れない。

それにしても、ベシアトーゼは最初からルカーナの駆け落ちが偽装ではないかと疑っていたが、父であるセベイン叔父《おじ》は疑っていなかった。何か予兆のようなものがあったという事だろうか。

──もしくは、願望からの思い込みかしら……

これまで新生活のめまぐるしさにかまけていたが、ルカーナの件も本腰を入れねばならないのではないか。

ベシアトーゼが考え込んでいると、ノネがぶるぶると震えながら口を開いた。

「あ、あの……お嬢様……」

「どうしたの？　ノネ」

「あの……先程の方は、お嬢様の事を疑っておいででした」

衝撃の一言だ。ベシアトーゼは、ノネに詰め寄る。

「先程の方とは、一体誰の事!?」

「ひい！　た、大公殿下ですう」

室内は、水を打ったように静かになった。

「それはル……あの子の失踪《しっそう》に、あの方が関わっているという事、か？」

ややして声を絞り出したのは、セベイン叔父《おじ》だ。名前を口に出来ないのは、現在ベシアトーゼがルカーナとして王宮にいるからだった。

確かに、動機的に一番可能性があるのは大公だ。けれど、王族であり暫定《ざんてい》とはいえ継承順位第一位の彼が、そんな大それた真似《まね》をするだろうか。

もし露見すれば、継承権はおろか大公位も失う。さすがに極刑まではいかずとも、一生幽閉暮らしになるのは確実と思われる。

それに、王位に関する陰謀の一環として考えるにしても、一貴族令嬢を誘拐するというのはお粗末な手と言わざるを得ない。

本当に王位を確実にしたいのなら、目標は王妃であるヤレンツェナに絞るべきなのだ。だが、今回標的になったのは、彼女の侍女になるはずだったルカーナである。

確かに彼女を誘拐する事で、王妃派の重鎮であるロンカロス伯爵家に打撃を与える事は出来るだろう。だが、伯爵家は重鎮であって派閥の長《おさ》ではない。王妃派への攻撃材料としてはいささか弱いのだ。ちなみに、王妃派の長《おさ》はツエメーゼ侯爵という人物で、長年ダーロとの関係を良好にするように努めている大物貴族だという。

そこまで考えをまとめたベシアトーゼは、セベイン叔父《おじ》に向き直った。

「あの方があの子の件に関してどう関わっているかはわかりませんが、私の事を疑っているのは事実です」

「何故、そのような事がわかるのかね？」

果たして、ここで叔父《おじ》にノネの能力を教えていいものだろうか。大抵の場合、彼女の能力を話したところで信用されないのだ。

逡巡《しゅんじゅん》した結果、叔父《おじ》には話しておく事にした。

「これから話す事は、どうかご内密に願います。また、どれだけ荒唐無稽《こうとうむけい》な事を聞いても、今は黙って信じていただきたいのです」

それが出来るのなら話す。言外にそう滲《にじ》ませると、セベイン叔父《おじ》は即座に了承した。

「ノネ、こちらに。……この娘は見ての通り、大変臆病《おくびょう》な娘です。ですが、それが故《ゆえ》に周囲の変化や感情などに敏感なのです」

「なるほど……それであの方の君への接し方などから、疑惑を抱いている事がわかったんだな？」

「はい」

意外にも、セベイン叔父《おじ》にはすぐに話が通った。その事を不思議に思っていると、こちらの内心を読んだかのような言葉が返ってくる。

「何、その娘程ではないが、宮廷にいれば嫌でも磨きがかかる能力なのだよ。それに占い師といった生業《なりわい》の者にはそういった特技を持つ者が多いと聞く」

にやりと笑う叔父《おじ》は、以前にもノネと似た能力を持った人間に会った経験があるのだろう。最初の関門を突破出来たからか、ベシアトーゼの肩から力が抜けていく。

「だが、これで厄介《やっかい》な事が確定したな……」

「そうですね……」

確実に大公が絡んでいるとして、主犯なのか、ただルカーナが攫《さら》われたのを知っているだけなのか。どちらも厄介《やっかい》なのは違いないが、前者の方がその度合いは上だ。

「ホザーが君を送ってきた事も、重く考えた方がいいだろう……」

そう言ったセベイン叔父《おじ》は、目を閉じて何か考えている。ややして、こちらを見た時には、ベシアトーゼの望まない未来を決めていた。

「もういい。ここまでにしよう。今までよくやってくれた」

「え？」

「これ以上、君を危険な場所に置いておく事は出来ない。いや、最初から宮廷に上げない方法を考えなくてはならなかったのだ。つい、その姿に甘えてしまった。許してほしい」

そう言うと、叔父《おじ》はベシアトーゼに頭を下げる。慌てたのは頭を下げられた方だ。

「顔を上げてください！　いくらお……父様の執務室とはいえ、誰が窺《うかが》っているかわからないのですから」

「いや、もし露見したとしても、それは私の弱さが原因だ。全ての責任を取る覚悟はついた」

「いやいやいや、覚悟を決めるのなら、別の内容にしてください！」

それからしばらく、叔父《おじ》とベシアトーゼの言い合いが続いたが、結局根負けしたのはセベイン叔父《おじ》だった。

「今更手を引く事は出来ませんし、したくありません。それに、ルカーナ様も助けが来るのを待っていらっしゃるはずです！」

焦るあまりルカーナの名前を口走ってしまったが、叔父《おじ》も気付く余裕はなかったようだ。口にする事は出来ないけれど、正直、彼女が生きている確率はかなり低い。それでも、今は何とかして現状維持を叔父《おじ》に認めさせるべきだ。

「今引いては、敵の思うつぼです。ここまでの事をされて逃げ出すのは、それこそ伯爵家の恥というものです！　私にもロンカロスの血は流れているのですから、家の為、家族の為、最後までやり遂げます！」

本音を言えば、こんな卑怯な手ばかり打ってくる敵に対し、恐怖よりも怒りが勝っているのだ。どうあっても犯人を見つけ出し、泣きを入れさせなければ気が済まない。

――乙女の怒りを思い知れ!!

ベリルなら誰が乙女だと突っ込んでくるだろうが、彼はここにはいないので、ベシアトーゼは思いきり心の中で毒づいた。

結局、ベシアトーゼはこのままルカーナとして宮廷に残る事に決まった。

「とはいえ、一度体調不良を装《よそお》って、里下りをしたいと思います」

「どうしてか、聞いてもいいかね？」

憔悴《しょうすい》していたセベイン叔父《おじ》は、今ではすっかりベシアトーゼに圧《お》されている。本来ならそんな事はないのだろうが、連日の激務と、ルカーナの身を案じての精神的な疲労とで参っているのだろう。

「シーニと直接話して、彼女に王宮外で動いてもらおうと思います。宮廷内の事は何とかなりますが、外の事にまで手が回っていないのが実情です」

「そうか……わかった。我が家の伝手《つて》を使えるよう、手配しておこう」

「ありがとうございます」

さすがは宮廷で地位を持つ伯爵家の当主である。大概の貴族にはそれなりに後ろ暗いところがあるので、そうした事へ対処する組織があるという。

今回、セベイン叔父《おじ》はロンカロス伯爵家が懇意《こんい》にしている組織を紹介してくれるらしい。これでシーニも動きやすくなる。

「大公殿下に関しては、私の方で調べよう。君は、自分の身を護る事だけを考えるように」

「……わかりました」

返答するまでの間をどう捉えたか、セベイン叔父《おじ》は一つ頷くと、早速ベシアトーゼの里下りの申請をすると言って部屋を出ていった。

これが付き合いの長いベリル辺りだと、返答に間があった事を突っ込んでくるところだ。彼女は叔父《おじ》の申し出を受け入れたのではなく、何を言っているかは理解した、という返答をしたに過ぎない。

つまり、これからも思うままに動くつもりでいるのだ。

里下りの申請は、存外すんなりと通った。これには、ヤレンツェナの口添えが大きかったと聞いている。

「具合を悪くしていたなんて……気付かなかった私は、主《あるじ》失格ね」

そう言って寂しそうに笑うヤレンツェナを見て、ベシアトーゼの良心が痛んだが、これもひいてはヤレンツェナの為になるのだ。そう心を鬼にして、周囲を騙《だま》す事にした。

王宮を出る馬車の中で、ノネは浮かない顔をしている。

「どうしたの？　ノネ。もうじき、シーニに会えるわよ？」

「それは嬉しいんですけど、王宮を離れるのが何だか寂しくて……」

来る時はあれ程怯《おび》えていたノネだったが、存外宮廷での小間使い生活を楽しんでいたらしい。

「それよりも、頼んでいたものは用意出来ていて？」

「は、はい。こちらに」

ノネには、例のセベイン叔父《おじ》との会談以降、王宮中を歩き回らせて、彼女の危険察知に引っかかる人間の名を全て書き出させている。

「顔を知らない貴族も多くて、大変だったでしょう？」

「大丈夫です。知らない方の事は、仲間に聞けば教えてくれますし、相手の小間使いや下男辺りに探りを入れました」

「そ、そう……」

あの臆病者《おくびょう》のノネが、随分な成長ぶりだ。一体、何があったというのだろう。自分の小間使いの変わりように驚くベシアトーゼに、ノネは続けた。

「それに……」

「それに？」

「あちらこちらで、ノイン様が助けてくださいました！」

ここでその名を耳にするとは。ベシアトーゼは一瞬遠い目になりかけた。

大公から助けられてからというもの、どこへ行くにも彼がべったりくっついていたのだ。人目も憚《はばか》らぬその態度に、侍女仲間からは羨《うらや》ましがられると同時に、同情もされていた。「素敵な騎士様」は、四六時中、女の後をついて歩いたりしないと、さすがに彼女達も気付いたのだろう。

里下りに関して嘘を吐いて周囲を騙《だま》すのは気が引けるが、彼がいない環境に身を置けるのは心が安まる。彼には何度か助けられた事もあったので、あまり大声では言えないけれど。

それにしても、ノネがあちこちで貴族の名前を尋ねていたなど、ノインに知られて大丈夫なのだろうか。彼は敵ではないかもしれないが、味方とも言えないのだ。

彼がヤレンツェナを大事にしているのは確かだけれど、それが王妃派の助けになるとは限らないのが、面倒なところだった。

──あの噂《うわさ》は、本当なのかしら……

未《いま》だにヤレンツェナとノインの仲むつまじさを疑う噂《うわさ》は流れ続けている。飽きやすい宮廷人達にしては、珍しい事だ。それだけ、二人への関心が高いからかもしれない。

もやもやとした思いのまま、ベシアトーゼは王都のロンカロス邸に到着した。玄関先まで出迎えてくれた使用人達に軽く応え、ベシアトーゼはそのまま邸内へ入る。

「お帰りなさいませ、お嬢様！」

シーニが玄関ホールに飛び出してきた。作法的にそれはどうなのかと思うけれど、あのシーニが今までおとなしく伯爵邸にいたのだから、ここは大目に見るべきか。

「ただいま、シーニ。ジェーナ叔母《おば》様は？」

「居間にてお待ちです」

シーニの先導で家族用の居間に行くと、ジェーナは一人で待っていた。

「ああ、ご無事でお戻りになられましたね」

「ただいま戻りました、叔母《おば》様」

「旦那様から報《しら》せが参りましたが、大変だったのですって？」

大変とは、どの事を指しているのか。正直、宮廷での生活において大変でなかった事を上げる方が難しいくらいだ。

それでも、この国で一番長く過ごしているからか、今ではすっかり宮廷が自分の居場所のように感じる。何せ臆病《おくびょう》で環境に慣れるのが人一倍遅いノネですら、宮廷に慣れているのだ。

「まずは、あちらで見聞きした事をお話し致します」

ベシアトーゼはそう前置いて、宮廷生活のあれこれを話し出した。

宮廷での話の内容は一部、意図的にぼかした部分がある。ノインの事と、彼とヤレンツェナの噂《うわさ》についてだ。おそらく、ジェーナ叔母《おば》もセベイン叔父《おじ》から聞いて知っているだろうが、ここで自分が口にする事ではないという判断からだった。

叔母《おば》が特に反応したのは、やはりヤレンツェナ関連の話である。

「まあ、ほほほ。ご結婚されて少しは変わられたかと思ったのに、やはりヤレンツェナ様はヤレンツェナ様ねえ」

「叔母《おば》様は、ヤレンツェナ様とお親しいと聞きました。先に教えていただきたかったわ」

「ふふ、それを私から聞き出せなかったのは、あなたの失態ですよ？」

どうやら、宮廷に上がるまでの時間は、叔母《おば》による試験期間だったようだ。本来なら、同じダーロ出身という事で、ベシアトーゼから叔母《おば》にヤレンツェナの事を聞かなくてはならなかったらしい。

あの時は詰め込まなくてはならないものが多すぎて、そこまで頭が回らなかった。とはいえ、確かに気付かなかった自分に非がある。

「わかりました。このような失敗は二度としません」

「学んでもらえて、私も嬉しく思います。私がダーロ出身なのは知っているでしょう？ありがたい事に父は宮廷でそれなりの地位をいただいています。その関係で、幼い頃から王女殿下方の遊び相手として私も王宮に上がる事が多かったのですよ」

何と、ジェーナ叔母《おば》はヤレンツェナの幼馴染《おさななじ》みだったのか。てっきり、ダーロの社交界での知り合いだとばかり思っていた。自分にとってのシーニやノネのような存在ならば、王妃となった今でもヤレンツェナがジェーナ叔母《おば》を懐かしむのは理解出来る。

ジェーナ叔母《おば》は、昔を思い出しているのか、遠いところを見ながら続けた。

「懐かしいですね。王宮にいた頃は、ヤレンツェナ様とそれはもう、楽しく過ごしたものです。王宮の大木に登ったり」

「え？」

「一度城壁の上に登った時には、さすがに怒られましたっけ」

「は？」

「王家の森へ狩りにも連れていってもらいましたね」

「……」

何だろう、ジェーナ叔母《おば》の口から語られる思い出は、どこかで聞いたような内容ではないか。これで馬に乗っていたら、伯爵領にいた頃のベシアトーゼの行動とまったく同じだ。

そう思っていたところ、ジェーナ叔母《おば》がにっこりと笑った。

「国王陛下や王妃陛下の目を欺《あざむ》いて、兄やヤレンツェナ様と遠乗りにも行きました。もう出来ないのが、とても残念ですよ」

間違いない。叔母《おば》もヤレンツェナも、ベシアトーゼと同類だ。故国に帰ったら、ベリルに突きつけてやりたい。一国の王妃ですら馬に乗っていたのだと。ベリルは頑《かたく》なに、淑女《しゅくじょ》は馬には乗らないものだと言い続けているのだ。

それにしても、ヤレンツェナも目の前に座るジェーナ叔母《おば》も、とてもそんな暴《あば》れん坊だった過去があるようには思えない。

思わずまじまじと見つめるベシアトーゼに、これまで話した過去が恥ずかしくなったのか、叔母《おば》は頬を染める。

「その、若気の至りと言いますか……いえ、そちらの方が私の素なんです。驚かれましたか？」

「え……ええ、ある意味で。もしかして、叔母《おば》様の活発さを、ルカーナ様は苦手にしてらしたとか？」

ベシアトーゼの一言は、的を射ていたらしい。しまったと思った時にはもう遅く、叔《お》母《ば》からは急に笑顔がなくなり、代わりに沈痛な表情が浮かんできた。

「やはり、私のようながさつな女では、ルカーナさんのような繊細な令嬢の母親は務まらないのかしら……」

「い、いえ、そういう意味ではなくてですね！」

まずい、これでは叔母《おば》を責めた形になってしまう。ベシアトーゼが言いたかったのはそうではなく、領地で館からもろくに出ない生活をしていたルカーナには、ジェーナ叔《お》母《ば》の活発さが眩《まぶ》しかったのではないかという事だ。

本人を知らないので詳しくはわからないけれど、細密画や叔父《おじ》の話から窺《うかが》える彼女の性格を考えると、そんな考えが浮かぶ。

「と、とにかく、ルカーナ様にとって、ジェーナ叔母《おば》様は眩《まぶ》しかったんですわ、きっと」

「眩《まぶ》しい？」

「ルカーナ様は、人と対するのが苦手だった方なのではないでしょうか？　叔母《おば》様は、得意ですよね？　自分が苦手とする分野が得意な人が側にいると、劣等感を刺激されると申しますか……」

「劣等感……」

実は、ベシアトーゼにも覚えのある感情だった。ベリルに淑女《しゅくじょ》らしくしろと言われる度《たび》、必ず引き合いに出される令嬢がいるのだ。顔も見た事がない相手だが、そのせいで何となく苦手意識を持ち続けていた。

ベシアトーゼの言葉に思い当たる節があるのか、ジェーナ叔母《おば》は顎《あご》に手を当てて考え込んでいる。これで気分が浮上してくれれば、先程の失態を挽回出来たと言えよう。

固唾《かたず》を呑んで見守るベシアトーゼの前で、ジェーナ叔母《おば》は目を閉じた。

「そういえば、ルカーナ様はいつも何か言いたげな様子で私を見ていました……」

「も、もしかしたら、社交のコツのようなものを、叔母《おば》様に教えていただきたかったのではないでしょうか？」

あくまで、ベシアトーゼの考えだ。いくら顔立ちや背格好が似ているからといって、考え方まで同じな訳がない。大体、性格そのものがまるで違う。ベシアトーゼは確実に、ヤレンツェナやジェーナ側の人間だ。

それにしても、ヤレンツェナといいジェーナといい、世の淑女《しゅくじょ》然とした女性達は皆裏の顔があるのではないか。外面《そとづら》だけよくしていて、実は中身の方は自分と大差ないのではないかと、ついそんな考えに囚われそうになる。

――いやいや、きっと自分達が珍しい部類なんでしょう……多分……

ベシアトーゼとて、馬に乗ったり木に登ったり、剣や槍や弓を扱ったりする淑女《しゅくじょ》が一般的だとは思っていない。だが、まさか遠く離れた異国で自分と同類の女性達に出会うとは。

しかも、一人は義理とはいえ親類だし、もう一人は大国の元王女にして別の大国の王妃であり、現在自分が仕えている相手だ。

「運命って不思議」

「何か仰《おっしゃ》って？」

「え？　あ、あー……その！　ヤレンツェナ様が叔母《おば》様に会いたがっておられました」

「そう……そういえば、ヘーミリア様も、あの御方の側にいらっしゃるのよね？」

ジェーナ叔母《おば》の口から出た名前に、ベシアトーゼは驚く。

「ヘーミリア様をご存知《ぞんじ》なんですか？」

「ええ、あの方はお年が私より少し上ですけど、同じようにヤレンツェナ様の遊び相手でしたのよ」

「え⁉」

意外な情報だった。ジェーナ叔母《おば》によれば、ヤレンツェナが輿入《こしい》れする際に両国王のお声がかりで、彼女の側にいた女性をエンソールドの貴族へ嫁《とつ》がせたのだそうだ。侍女として同行する例はあっても、こうした政略結婚は前例がないという。

「ヘーミリア様は、一度ダーロ国内でご結婚されていたのだけど、早いうちに夫君を亡くされました。お子がいれば未亡人として婚家に残る道がありましたけど、いらっしゃらなかったから……」

　子供がない状況で未亡人になった貴族女性は、婚家に残る事が出来ずに実家に帰される。一部はそのまま実家で生涯を過ごすが、大半は修道院に行くそうだ。実家とはいえ、肩身が狭い思いをするくらいなら、という事らしい。

　そうした女性の中でも、ごく希《まれ》に再婚話が持ち上がる人もいる。ヘーミリアはその希《まれ》な例のようだ。

「再婚相手のイザロ侯爵も、奥様を亡くされた方なのです。前の奥様との間にご嫡男がいらっしゃるから、ヘーミリア様の相手に良かろうという話だったのですよ」

　侯爵夫人の身分があれば、王妃の筆頭侍女を務めるのに問題はない。だからこその再婚話だったのだろう。

　そう考えると、何という念の入れようか。本来なら王妃の侍女は国内の人員だけで固めるところを、わざわざ王妃の出身国の女性を再婚させてまで側につけるとは。

　それだけ、エンソールドとダーロの婚姻同盟が重要なものだという事なのだろうか。

「それでは、なおさら叔母《おば》様は宮廷にいらっしゃらないと。きっとお言葉にされないだけで、ヘーミリア様も待っていらっしゃるのではありませんか？」

　ヘーミリアは公正な人だが、ベシアトーゼに向けるふとした時の視線や、ちょっとした事への対処などから、気遣ってもらっているのがよくわかった。

てっきり、ノインが言っていた通り「ヤレンツェナのお気に入り」という理由からかと思っていたが、ジェーナ叔母《おば》の継子《ままこ》だからだったのだ。もっとも、継子《ままこ》なのはルカーナで、ベシアトーゼは彼女と入れ替わっている偽物に過ぎないのだけれど。

そうすると、ヤレンツェナが頻繁《ひんぱん》に茶会へ呼ぶのも、ジェーナの件があるからか。なるほど、知らない部分で「贔屓《ひいき》」はあった訳だ。

ベシアトーゼの言葉に、ジェーナはほうと軽い溜息を吐く。

「そうね……ごたごたが収まったら、行こうかしら」

今行ってもセベイン叔父《おじ》の邪魔にしかならない、と懐かしい人に会うのも我慢していたらしい。側にいるジェーナ叔母《おば》がそう思うのだから、セベイン叔父《おじ》の疲労は相当なものなのだ。

そこには当然、ルカーナ及びベシアトーゼの件も含まれている。迷惑をかけたい訳ではないけれど、結果的にそうなっているのなら言い訳は出来ない。

何とか叔父《おじ》の負担を減らせないものか。やはり、自分がルカーナ失踪《しっそう》の真相を探るのが一番ではないか。例の手紙で叔父《おじ》は保守的な考えに傾いているようだが。

そういえば、例の手紙の件を叔母《おば》は知っているのだろうか。ふと気になって、彼女の顔を見つめてしまったからか、叔母《おば》が不思議そうな顔で見つめ返してきた。

「どうかして？」

「いえ、あの……」

誤魔化そうにも、うまい言葉が見つからない。ジェーナ叔母《おば》の視線に負け、結局ベシアトーゼは手紙の事を口にした。

「叔父《おじ》様に妙な手紙がきた事は、ご存知《ぞんじ》ですか？」

「手紙？　いいえ」

しまった。叔父《おじ》は教えていないようだ。叔父《おじ》は叔父《おじ》で、ジェーナ叔母《おば》がこれ以上思い煩《わずら》わないようにと配慮したのかもしれない。

——どうしよう……

心の中で叔父《おじ》に詫びながら、ベシアトーゼはジェーナ叔母《おば》の真剣な視線から逃れる術《すべ》を模索《もさく》した。

「ベシアトーゼ様。手紙の内容をご存知《ぞんじ》なのよね？　教えてちょうだい」

これまでの穏やかさから一転、昔はヤレンツェナと一緒にあれこれしていたというだけはある迫力で、ジェーナ叔母《おば》が問い詰めてくる。

その様子に、逃げられないと悟ったベシアトーゼは降参した。

「……何を聞いても、驚かないと約束してくださる？」

「ええ」

「手紙には、私を偽物と断じ、早く宮廷から去るようにとあったんです」

一気に言い切ったベシアトーゼの前で、ジェーナは目を見開いた。多分、叔母《おば》も叔父《おじ》やベシアトーゼと同じ考えに至ったのだろう。ルカーナは、手紙の送り主に誘拐されたのだと。

「そんな……では、ルカーナさんは駆け落ちなどではなく、何者かによって攫《さら》われたと？」

なさぬ仲とはいえ、ジェーナ叔母《おば》にとってルカーナは娘である。しかも、短い付き合いのベシアトーゼから見ても、彼女は情が深い。

そのジェーナ叔母《おば》が、ルカーナ失踪《しっそう》の真実を知ってショックを受けないはずがなかった。己の迂闊《うかつ》さを悔いながらも、ベシアトーゼは早口で告げる。

「まだ、何もわかっていません。ただ、手紙にはお衣装や髪の毛などは同封されていませんでした。おそらくルカーナ様は手紙の送り主の側にはいないのでしょう。叔父《おじ》様も同意見です」

「そう……そうよね……」

「手紙を出した者の狙いは、私達を攪乱《かくらん》する事にあると考えます。ですから、動揺しては相手の思うつぼです」

「ええ……」

ベシアトーゼの言葉を聞きながら、ジェーナ叔母《おば》は何とか気持ちを立て直そうとしている。これは、もう一押ししておいた方がいいだろう。

「それに、差出人がルカーナ様を攫《さら》った犯人と同一とも限りません。何らかの手段でルカーナ様の不在を知り、こちらを揺さぶっているだけかもしれないんです。その、叔父《おじ》様は立場上、敵が多くていらっしゃるから」

だからといって、同一犯ではないとも限らなかった。それはルカーナの無事についても同様で、殺されたという証拠はないが、生きているという証拠もないのだ。

――ああ、歯がゆい……

己の無力さに腹が立つ。いくら剣を習い、槍を振りまわし、矢を射ようとも、こういった場において自分は何も出来ないでいる。

いつだったか、剣の師に言われた事があった。己の腕を過信してはいけない、常に平常心で周囲を見よ、過信は危険を招くだけだ、と。

何故、今その言葉を思い浮かべたのか、自分でもわからない。でも、こういう時こそ平常心で物事を見なくてはいけないのではないか。

自分はこの国では、どこまでいっても余所者《よそもの》だ。だが、だからこそ見えるもの、見るべきものがあるはず。

改めてロンカロス伯爵家に徒《あだ》なす者へ鉄槌《てっつい》を下すと決意し、ベシアトーゼは犯人の究明を心に誓った。

ジェーナ叔母《おば》の次は、いよいよシーニとの対決である。実は、こちらの方が気合を必要とした。

シーニはベシアトーゼに宛《あて》がわれた部屋にいるらしい。部屋は二階の南側で、庭がよく見える場所だ。

扉を開けた部屋の中央やや手前辺りに、シーニはしゃんと立っていた。

「改めて、お帰りなさいませ、トーゼ様」

「ただいま、シーニ」

「私、今日のこの日を今か今かと待ちわびておりました」

そう言うシーニは、うっすらと頬を染めている。彼女の何とも言えない雰囲気に、さすがのベシアトーゼも引き気味だ。

よく見れば、シーニに引きずり込まれたのかノネもいる。いつの間に……と思う間もなく、シーニが距離を詰めてきた。立ったままだったのが裏目に出たようだ。

「ああ！　王宮はどれだけ大変な場所なのでございましょう。トーゼ様の御髪《おぐし》が……御《お》髪《ぐし》が……」

そう言ってわなわなと震えながら、シーニはエンソールド風に解きっぱなしのベシアトーゼの髪を掬《すく》う。持ち込んだ洗髪料が切れかけたので、王宮出入りの商人から買い求めたものを使ったところ、傷《いた》み気味になっていたのだ。

このくらいならオイルパックですぐに戻せるのに、シーニはまるで世界の終わりが来たかのように嘆いている。

「落ち着きなさい、シーニ。王宮ではとてもよくしていただいているのよ。髪に関しては、洗髪料が少し合わないようで——」

「まあ、それは大変です。ノネ！　あなた、トーゼ様のお側にいたというのに、何をやっているのです！」

「え？　えええええ!?」

とばっちりを受けたノネは、早くも涙目になっている。すぐにでもシーニの意識を逸らさないと、ノネが使い物にならなくなってしまうではないか。

「シーニ！」

「はい、トーゼ様」

少しだけ声を強めて彼女の名を呼ぶと、シーニは追い詰めていたノネを放ってベシアトーゼの前に戻ってきた。

「落ち着けと言ったでしょう？　前にも伝えたけれど、あなたをここに残したのには訳があります。叔父様《おじ》のもとにとある手紙が届いたのは、知っているわね？」

「存じております。差出人もほぼ確定出来ていますが、残念ながら証拠を固める事が出来ませんでした。申し訳ございません」

さすがはシーニである。有能なのだが、暴走癖があるばかりに使い勝手が悪い。

――と言っても、私にとってだけなのよね……ベリルなんかは便利に使っているようだし。

父に習ったのか、それとも母からか。彼女の情報収集能力と探索《たんさく》能力は、ノネの危険察知能力と並んで有用なものだ。しかも、ベシアトーゼに関わる事柄なら、さらに能力が上がるという不思議な存在でもある。

「それで、差出人は誰？」

「ビヤガン伯爵です。王弟サトゥリグード大公ヨアド殿下の取り巻きの一人ですね」

大公の取り巻きというなら、ベシアトーゼの誘拐未遂事件の現場にもいたのではないか。大公の側にいた人物達を思い出そうとしても、記憶に残っているのは大公のきらびやかな衣装のみで、他は貴族が数人、そして護衛騎士が数人いた事しか覚えていない。衣装に施《ほどこ》された紋章も見たはずなのに。

あの時は状況が状況だったたし、正式に紹介もされていないのだから覚えていなくとも不思議はないのだ。そういう事にして自分を慰《なぐさ》めておこう。

「どうやって調べたの？」

「存外簡単でしたよ。隠すつもりがないのか、手紙を届けに来たのは伯爵邸の使用人ですし、その使用人もロンカロス伯爵邸から真っ直ぐビヤガン伯爵邸に戻りました。ですから、尾行も楽だったたんです」

シーニの言葉に、ベシアトーゼは頭を抱えてしまった。どうやら、大公はあまり仲間に恵まれていないらしい。

とはいえ、彼等が浅はかなのは少し考えればわかる事だった。王子を産める王妃がいるのに、王弟に王位を継がせようとするなど、頭のいいやり方ではない。

しかも、王妃の実家は隣の大国なのだ。生まれるであろう王子に取り入った方が後々の為にもなるのは、ベシアトーゼでもわかる。

おそらく、まだ生まれる兆《きざ》しすらない王子の周囲は既に有力貴族が固めていて、今更そこに入り込めないか、入れたとしても軽い扱いになると判断した者達が大公のもとに集まっているのではないか。

要するに、時流が読めない家の者達、という事だ。

「なるほど、出来が悪いのが集まる訳ね……」

「確かに、ビヤガン伯爵の評判はあまり芳《かんば》しくありません」

「そうなの？」

「はい。少し使用人に聞き込みをしただけで、山のように悪口が出てきましたよ。遊び好きで癇癪《かんしゃく》持ち、使用人の扱いもなっていないそうです」

シーニの口からは、他にもビヤガン伯爵邸の使用人から聞いたという、彼の素行不良の内容が出てきた。

貴族の家に勤める使用人は、家の中の事を外に漏《も》らさないよう教育されるものだ。へウルエル伯爵家はもちろん、ロンカロス伯爵家もそうだ。

多分、もうビヤガン伯爵家には使用人を教育出来る人材がいないのだろう。有能な使用人であればある程、時流を読んで仕える家を替える。使用人の中でも立場が上の者には、特にそうした能力が必要といわれていた。そうでないと、家と共に滅んでしまうからだ。

つまり、ビヤガン伯爵家は滅亡寸前という訳か。

「……こちらから打って出るには、材料が足りないわね」

「何でしたら、ビヤガン伯爵を始末しますか？」

「真顔でそういう事を言わないでちょうだい」

確認した事はないけれど、シーニが暗殺の技術を修めていると聞いてもきっと驚かない。一体何の為にそんな技術をと思うし、父親である私兵団長が知っているのかも気になるが、出来ても不思議はないと感じてしまう。

怖い考えが浮かんだベシアトーゼに、シーニが囁きかけた。

「それと、トーゼ様のお耳に入れておきたい事がございます」

一度言葉を切ると、シーニはさらに声の調子を落とす。

「ルカーナ様に関する事です」

その一言に、ベシアトーゼは目を見開いた。シーニは軽く一つ頷くと、ひそひそと話し出す。

「この邸内で耳に挟んだのですけれど、ルカーナ様の小間使いは領地から連れてきた娘だったそうです。彼女はある時期から、周囲の使用人仲間にルカーナ様の事を心配する素振りを見せていたんだとか。『お嬢様が想う方と添い遂げられないのはお可哀想だ』としきりに言っていたそうです」

「それって……」

もしその話が使用人達から叔父《おじ》の耳に入っていれば、書き置きを残して姿を消したルカーナは駆け落ちをしたのだとすんなり信じるのではないか。小間使いによる下準備と思えなくもない。

また、一点気になる事があった。

「シーニ、ルカーナ様の書き置きを代筆した人物は、その小間使いなの？」

「おそらく。ルカーナ様は小間使いを一人しか使っていなかったそうです。領地から連れてきた彼女以外、ご本人が遠ざけていたと聞いています」

ベシアトーゼは、無言のまま考え込む。駆け落ち騒動をねつ造したのは、確実にその小間使いだ。理由はわからないが、大方犯人に金を掴まされたのだろう。

しかし、わからないのはルカーナだ。何故そんな小間使いを側に置いていたのか。ジェーナ叔母《おば》はともかく、父であるセベイン叔父《おじ》もそれに対して何も言わなかったのか気になる。本当に、わからない事だらけだ。

「トーゼ様！　私、何やらわかってしまったようです！」

突然のシーニの宣言に、驚いたベシアトーゼは彼女を止めるのが遅れてしまった。

「きっと、その小間使いはルカーナ様を誘拐犯に売り飛ばしたのですわ！　その証拠に、ルカーナ様が失踪《しっそう》された後すぐに、領地へ帰っていったというのですもの。私、ちょっと伯爵領に行って、その小間使いをとっ捕まえてきます」

「何を言い出すの⁉」

「彼女を捕まえて締め上げれば、きっと誘拐犯など簡単に見つかりますよ」

今にも飛び出していきそうなシーニの暴走を抑える為にも、目先の仕事を与えた方が良さそうだ。

「シーニ！　あなたに頼みたい事があるの！」

「何なりと」

先程までの勢いはどこへやら、シーニは姿勢を正してかしこまっている。

「ノネから名簿をもらって、そこに書いてある名前の人物を調べてちょうだい。あと、大公の取り巻き貴族の中で、人に知られていない建物を王都、もしくは近郊のどこかに持っている人物を捜《さが》して。その場所もよ。あと、クープとネープをいつでも動かせるようにしておいてほしいの」

「承知致しました」

これだけ無理を言っておけば、しばらくは大丈夫だろう。やるべき事を押しのけてまで暴走するシーニではない。何とかなった事に、ベシアトーゼは胸をなで下ろした。

ベシアトーゼの里下りは、あっという間に終わってしまった。元々、ロンカロス伯爵邸に戻った目的はシーニとの打ち合わせの為だったので、問題はない。

伯爵邸を出る際にはシーニがまた盛大に泣いていたけれど、いつもの事だと思って割り切った。これから、ベシアトーゼは再び魔物が跋扈《ばっこ》する王宮へ戻るのだ。気合を入れておかないと、心がへし折られてしまう。

「ノネ、これからも危ない事に気がついたら、すぐに教えてちょうだい」

「は、はい！」

いつになく張り切った様子で答えるノネに、ベシアトーゼは微笑みを誘われた。いつまでも泣き虫のままだと思っていたが、どうやら違ったらしい。とはいえ、積極的なのはいいが、そのせいで危険察知能力が鈍くなるのは困る。

なので、少しだけ活を入れておく事にした。

「これから、王宮では今まで以上に危険な事が起こるでしょう。ノネの危険察知能力は非常に重要だから、気を引き締めておくのよ」

「は、はいいいい！」

既に涙目だ。活を入れすぎたのだろうか。こういった加減は難しいものだと悩むベシアトーゼを乗せて、馬車は一路王宮を目指した。

ユラミロイアの庭は、この季節でも変わらず美しい。この日、ベシアトーゼは恒例のヤレンツェナの茶会に呼ばれたが、今日はいつもと少し様子が違っていた。

隣に座る同僚侍女が、茶会の最初からどうにも落ち着かないのだ。そういえば、彼女と茶会で同席するのは初めてだ。

王宮に戻ったベシアトーゼは、まずヤレンツェナに挨拶《あいさつ》をし、その場で今日の茶会の供を彼女直々《じきじき》に言いつかった。その後は侍女部屋で時間まで仕事に勤《いそ》しんでいたのだが、その時から同僚は挙動不審だったのだ。

それはこの場でも同様で、今も真っ青な顔で俯《うつむ》いている。主《あるじ》の茶の席でこのような態度、侍女としてあるまじき事だ。そのくらい、知らない同僚ではないだろうに。

「大丈夫？」

小声で彼女に確認すると、震える声で「平気」と小さく返ってきた。どう見ても、平気ではなさそうなのだが。

「二人とも、どうかして？」

とうとう、ヤレンツェナに気付かれてしまったようだ。侍女たるもの、主《あるじ》に気遣わせてどうするというのか。

「な、何でもありません。ねえ？」

「は、はい。問題は……あ！」

言っている側から、同僚は手を引っかけてカップを倒した。耳障りな音と共にまだ熱い中身が零《こぼ》れてしまう。

「大丈夫⁉」

ベシアトーゼの言葉も耳に入らないのか、同僚は真っ青な顔でおたおたとしている。

「あ、ああ、申し訳ありません！」

「いいのよ。すぐに取り替えさせましょう」

ヤレンツェナは、ヘーミリアを見て軽く頷いた。それだけで話が通ったようで、ヘーミリアは側にいた小間使いに小声で耳打ちする。多分、全員分のお茶を淹《い》れ直すように指示したのだろう。

茶会で一人が粗相《そそう》をした場合、そのテーブルは悪霊が支配したと見なされ、縁起《えんぎ》が悪いとされる。その為、同テーブルの上のものを全て入れ替えるのがエンソールド流のマナーだ。そうとわかっていても、まだ手つかずだったお茶を淹《い》れ直すのは、少しもったいないと思ってしまう。

小間使いはへーミリアの指示に従い、仕度の為にワゴンへ向かった。その時、ベシアトーゼの肩を力強く掴む者がいた。ノネだ。

「どうしたの？」

「お……お嬢様……お茶……埃《ほこり》……」

ノネが囁いた言葉に、ベシアトーゼは目を剥《む》く。「埃《ほこり》」とは、危険を知らせる為に決めた言葉だ。この場合、お茶に何かが仕込まれた可能性が高い。

茶会に同席する小間使いは、出席者が連れてきている。ベシアトーゼはノネを、へーミリアも自分の小間使いを連れてきており、今お茶を淹《い》れ直しているのは、同僚が連れてきた小間使いだ。

――どうしよう……どうすればいい？

この場でお茶に異物が入れられていると宣言しても、何故わかったのか疑われるだけだ。かといって、ヤレンツェナの口に入れるのだけは阻止しなくてはならない。

刻一刻と、仕度が調《ととの》っていくのがわかる。もう時間がない。疑われたとしても、この場を凌《しの》ぐ方が先だと腰を浮かしかけたところに、来客があった。

「遅くなりました」

ノインである。そういえば、彼もこの茶会の常連だ。一瞬気を逸らしたベシアトーゼは、隣から聞こえた不自然な音に視線を向ける。

同僚が、真っ青な顔で立ち上がったのだ。

「どうかして？」

「あの……いえ……」

そういえば、彼女もノインに憧れていた一人だった。もし、同僚がお茶に何かを仕込んでいたのなら、主《あるじ》であるヤレンツェナだけでなく憧れのノインにまで被害が及ぶ。そう思ったから動揺したのではないか。

ヘーミリアから席に座るよう促《うなが》されても、青い顔のまま立ちすくむ同僚に、ベシアトーゼはそっと囁いた。

「彼も、あなたのお茶で害するつもり？」

「ひい！」

奇声を上げた彼女は、一目散にその場から逃げ出そうとしたが、咄嗟《とっさ》に伸ばされたベシアトーゼの腕に阻《はば》まれ、その場に尻餅《しりもち》をつく。

それでも逃げようともがくので、背中から羽交《はが》い締《じ》めにした。

「お茶を確認してください！　異物が混入されている可能性があります!!」

ベシアトーゼの叫び声に、最初に反応したのはノインだ。彼は素早くお茶を用意していた小間使いに近づくと、あまりの事に呆然としている彼女の手から茶器を取り上げる。淹《い》れたばかりのお茶の匂いをさっと嗅《か》ぎ、一口含んだ彼はすぐさま脇を向いて吐き出して、眉間に皺《しわ》を寄せた。

「……おそらく、毒だと思われます」

「何ですって？」

声を上げたのはヘーミリアだ。ヤレンツェナは大丈夫かと視線を向けると、彼女は強ばった表情をしているが、特に驚いたり怖がったりしている様子は見られない。

ノインの合図により、庭園を護衛していた騎士達が応援に駆けつけ、小間使いと同僚の両名を連行していった。

その姿をやりきれない思いで見送っていると、背後から声がかかる。ヘーミリアだった。

「ルカーナ、お手柄です。それにしても、何故お茶に毒が入っているとわかったのですか？」

当然の質問だ。ここでノネの危険察知能力を言っていいものかどうかほんの一瞬悩んだベシアトーゼは、結果として話さない事に決めた。叔父《おじ》の時とは訳が違う。

「……実は、今日のお茶会の前から、同僚の様子がおかしかったのです。それに、彼女は私の隣の席でしたから、始終落ち着かない様子なのも気になりました。お茶に入っているのが毒とまではわかりませんでしたが、ここで何か起こるのを知っているのかと、かま……聞いてみようと思ったのですが……」

危うくかまをかけると言いかけて、これは下々《しもじも》の言い方だったと改めた。一度使った時に、ベリルに散々怒られたのだ。

ベシアトーゼの言い分を聞いたヤレンツェナ達は、集まって小声で話し合っている。

そういえば、ノインはヤレンツェナだけでなくヘーミリアの信頼も厚いようだ。

よく考えたら、彼等は全員ダーロ出身だった。故国を同じくする者同士、通じ合うものがあるのかもしれない。

――身分的に言って、昔馴染《なじ》みではないだろうし……

騎士の身分では、社交界に出入りする事は出来ない。それに、王侯貴族の側を護るのは、比較的身分の高い騎士である。騎士爵の身分は騎士になれる最低のものだ。

三人の話し合いはわずかな時間で終了したらしく、代表してヘーミリアが口を開いた。

「残念ですが、これから彼女はあの小間使いと共に尋問を受けるでしょう。あなたは待機部屋に戻って、この事を他の侍女達に伝えてください。あと、わかっていると思いますが、詳細は口外しないよう伝える事も忘れないように」

「はい」

ヘーミリアから指示を受けたベシアトーゼがすぐさま立ち上がったところ、背後からヤレンツェナの声が聞こえる。

「ノイン、あなたは彼女を送っていってちょうだい」

「ですが——」

「お願い」

「……わかりました」

さすがは大国の王妃、騎士に口答えを許さない姿には威厳がある。自分としては、彼に送ってもらわない方がありがたいのだが。

それを口にしたい誘惑に駆られたものの、振り返った先に見えるヤレンツェナの厳しい様子に、何も言えなくなった。

当然か。未遂とはいえ、侍女が王妃を毒殺しかけたのだ。それも、下手をすればこの場にいる全員が死んでいた可能性がある。

同僚は、どこまでわかって毒を仕込んでいたのだろう。

「では、参りましょう」

「……はい」

ベシアトーゼの思考を中断したのは、ノインの声だった。彼女はノインのエスコートに従って、ユラミロイアの庭を後にする。後ろをおっかなびっくりついてくるのは、今回の功労者であるノネだ。後でしっかり労《ねぎら》ってやらなくては。

庭を出て角を曲がり、もう庭に声も届かなくなった頃、おもむろにノインが立ち止まった。

「どうかしましたか？」

「……何故、お茶に毒が仕掛けられているとわかったんですか？」

これまでになく低い声だ。感情を押し殺したその声に、ベシアトーゼは背筋が寒くなるのを感じた。

彼は今まで見た事がない程、血の気のない顔でこちらを見ている。気圧《けお》されそうになりながらも、ベシアトーゼは当たり障りのない範囲で説明した。

「先程ヤレンツェナ様方にも申しましたが、同僚の様子がおかしかったので……」

「侍女殿の様子だけで、毒がわかると？」

「ですから、毒かどうかまではわからなかったと――」

最後まで言えなかった。ノインによって、廊下の壁に打ち付けられたからだ。衝撃で痛む背中に顔を歪《ゆが》めると、目の前には酷薄《こくはく》な笑顔のノインが迫っていた。

彼は、あっという間にベシアトーゼの両腕を片手で掴んで、頭の上で束縛《そくばく》してしまう。

「は、放しなさい！　無礼者!!」

「いくら叫んだところで、ここには誰もいませんよ。ああ、あなたの小間使いがいますが、腰を抜かして使い物にならないようです」

ノインの言葉に視線を巡らせると、確かに今にも失神しそうなノネが廊下の真ん中でへたり込んでいる。これがシーニなら助けてくれるのだろうけど、連れてきたのが彼女だったら先程の事件は完遂されてしまっただろう。

自力で何とかならないかと抵抗するも、基本的な力は男性の方が強いし、何より相手は鍛えている騎士だ。いくら戦闘訓練を積んだとはいえ、令嬢のベシアトーゼが敵《かな》う相手ではない。

思えば、これまで対峙した相手には必ず先制攻撃を仕掛けて、それがうまく決まっていた。

――あれは、一緒にいた私兵団員が力を貸してくれていたから？

私兵団と盗賊狩りに参加した時も、周囲がきちんと危なくないよう気を遣っていたのではないか。こんなところでそれに気付かされるなんて。

悔しくて涙が滲《にじ》みそうだけれど、意地でも泣くものかと目に力を入れる。その結果、ノインを睨《にら》む事になった。

ベシアトーゼの様子に、彼は一瞬目を見開く。そのままお互いに目を逸らさず見つめ合った。張り詰めた奇妙な空気の中、ノインの秀麗な容貌に一瞬だけ苦いものが浮かぶ。

今のは、何だったのか。彼の表情から読み取ろうとする間もなく、ノインは一度きつく目を閉じると酷薄《こくはく》な笑みを浮かべた。

「おかしいではないですか。一人の様子が変というだけで、お茶に何かが仕込まれているとわかるなんて」

「それは……」

言葉が続かなかった。お茶に何かが仕込まれていると気付いたのは、ノネなのだ。彼女の能力を話せない以上、言い訳など思いつくはずもない。

押し黙るベシアトーゼに、ノインはさらに迫った。

「あなたも、あの侍女の仲間なのですか？」

「な！」

「思えば、あの時の立ち回りも見事でしたね。領地から出た事がない令嬢が、一体どこであの体術を学ばれたと言うんですか？」

さすがに、これに答える訳にはいかない。本当のルカーナなら、確かにあんな乱暴な真似《まね》は出来ないだろう。

とはいえ、ベシアトーゼも領地から出た事はなかった。単純に、近場に教えてくれる人がいて、こちらに教わる気概《きがい》があれば何とかなるものと思っている。実際、彼女はそうだった。

「沈黙は、肯定と取りますよ？」

「……何を言っても、あなたは信じないのでしょう？　なら、何を言うのも無駄というものです」

間近に迫ったノインの秀麗な顔を睨《にら》み付け、ベシアトーゼは精一杯の虚勢を張った。正直、今まで彼を怖いと思った事はない。ただ、近寄りたくない、苦手だと感じていただけだった。

でも、自由を奪《うば》われるという事がどれ程の恐怖を生むのか、計らずも経験する羽目になったベシアトーゼは、その元凶であるノインが腹立たしいのと同時に恐ろしい。ここまで力の差を見せつけられた事は、今までなかったのだ。

彼が本気になったら、自分の命などあっという間に消えてしまうだろう。たとえ王宮の中だろうと何だろうと。それが堪《たま》らなく悔しい。その思いも乗せて、彼の顔を睨《にら》み上げる。

どのくらいそうしていたのか、あるいはあっという間だったのか、不意に拘束されていた手が解かれる。ずっと頭上でまとめられていた腕は、すぐには思う通りに動かず、ベシアトーゼは顔を顰《しか》めた。

「ご無礼の段、平にご容赦を。それと、この事はご内密に願います」

「……私がヤレンツェナ様に訴えたところで、あなたの方が信用されるのでしょうよ」

「そうですね」

しれっと言ってのけるノインが憎らしい。ベシアトーゼはノネに手を貸して立ち上がらせると、ノインをその場に置いてさっさと待機部屋へ戻った。

もっとも、一定の距離をあけて彼が後ろをついてきているのは感じていたけれど。

年末はどの国も忙しい。当然エンソールドの宮廷も目が回る忙しさに見舞われ、王妃の侍女であるベシアトーゼ達も悲鳴を上げる寸前である。

例の毒殺未遂事件の直後、ベシアトーゼからもたらされた話によって待機部屋は騒然となった。いつかこうなると思っていたと言う者や、捕まった侍女はタナルアと繋がっているのではと推測する者もいたのだ。

その待機部屋限定の騒動は、同僚侍女の尋問が終了した時点で終わった。彼女があんな凶行に走った原因は、彼女自身にあったのだ。

同僚は、宮廷内で秘密の恋人を持ったらしい。相手はノインと同じく騎士の身分で、侍女の護衛にもついた事があり、それが出会いだったそうだ。

ただの幼い恋心ならば、感心されないとはいえ問題ではないが、彼女は未婚のまま相手と一線を越えたという。そして、その件で正体のわからない相手から脅《おど》されたそうだ。

相談しようにも、相手の騎士は既に宮廷内から消えていた。一人追い込まれた同僚は、なんと脅迫相手の言う通りに動いてしまったのだ。その結果があの毒殺未遂事件である。

もっとも、彼女はお茶に仕込まれていたものが毒とまでは知らされていなかったらしい。脅迫状にも、『用意したお茶を茶会に出すように』としか指示されていなかったという。

茶葉には、猛毒がたっぷりと混入されていたそうだ。おそらく、一口飲んだだけで命を落とす程の。現に、すぐに吐き出したノインも、あの後三日間、高熱にうなされたと聞いている。そういえば、廊下で詰問《きつもん》された時にはいやに血の気がなかった。あの時点で、もう大分毒が回っていたのだろう。

結局、実行犯ではあるけれど脅迫された上での犯行という事で、極刑は免《まぬが》れた同僚だが、当然このまま侍女を続ける訳にもいかない。

親元に帰され、事情を知らされた父親によって修道院に送られたという話までは聞いた。とはいえ、それ以降の話などあるはずもない。一度入ったらそうそう出られないのが修道院なのだ。

侍女が二人抜けた穴は、さすがに埋めなくてはならないだろうという事で、急遽《きゅうきょ》人員が補充された。ベシアトーゼの後輩になる。

彼女は最初の挨拶《あいさつ》で堂々と、いい結婚相手を見つける為に侍女になったと宣言した。彼女の挨拶《あいさつ》を聞いた侍女達全員が、「彼女は長続きしない」と心を同じくしたものだ。

その後輩も、当然年末の仕度に駆り出されている。予想に反して、彼女は文句一つ言わずに作業に没頭していた。

その理由も「良妻と認められる為」というから徹底している。内容はともかく、即戦力になるのならベシアトーゼ達侍女に文句はない。

年末は行事が多く、かつヤレンツェナが参加するものが増えるので、彼女の仕度が一番大変な仕事だった。

行事に合わせた色と型のドレスを選び、状況に応じた靴とアクセサリーを出す。それを一日に何回とやるのだから、着替えるヤレンツェナも疲れるだろう。

予想通り、行事と行事の間のわずかな休憩時間に、彼女はソファにもたれてぐったりとしていた。

「お疲れ様です」

「ありがとう」

ベシアトーゼは、王妃お気に入りの侍女と見なされているので、この年末の忙しい時期はヤレンツェナの側についているのが最大の仕事となっている。

「そういえば、あなたからもらったお茶、とてもいいわ。あれ以来ずっと用意してもらっているけど、体調がいいの」

「さようでございますか。よろしゅうございました」

ヤレンツェナの微笑みに釣られ、ベシアトーゼも笑みを浮かべる。以前、体調が優れないと言っていたので手持ちの薬草茶を渡したのだが、気に入ってもらえたようだ。

ヤレンツェナに聞いた症状から判断し、緊張緩和の作用をもたらす薬草を多く配合している。一見そうは見えないけれど、やはり大国の王妃という立場は気苦労が絶えないのだろう。

——しかも、継子《ままこ》があのナデイラ殿下だものね……

いつだったか、ユラミロイアの庭の茶会に乱入してきたナデイラの姿を思い出す。王女としてあるまじき事に、彼女は招かれてもいない茶会へ勝手に割って入ったのだ。しかも終始尊大な態度で、とても気分が悪かった。彼女は何を根拠に、あれ程ヤレンツェナを見下すのか。

言っては何だが、大国の王族という意味では対等ながら、現役の王妃であるヤレンツェナと、いつまで「王女」の称号を保持出来るかわからないナデイラとでは勝負にならない。しかもナデイラは、将来的に「王妃」の称号を得る可能性が低そうだ。

一侍女が考える事ではないものの、エンソールドはタイエントと国境を接している国である。しかも、タイエントの王太子は未婚だ。国同士の関係が変化すれば、エンソールドの三人の王女の誰かがタイエントの王太子妃になる可能性があった。

――まかり間違ってもナデイラ王女が選ばれないよう、国に帰ったらお父様に事実を伝えなきゃ。

そんな事を考えていたベシアトーゼの耳に、扉を叩く音が響く。ヤレンツェナについているのはベシアトーゼだけではない。護衛騎士として、ノインがついている事が多かった。

例の毒殺未遂事件以降、ベシアトーゼはノインを意識の外に置いている。挨拶《あいさつ》くらいはするが、会話はないし、何より目を合わせなくなった。

一度面と向かって謝罪されたけれど、無言でその場を立ち去った事がある。謝罪は受け入れない。受け入れたら、彼がした事を許さなくてはならないから。それがベシアトーゼの出した答えだ。

その意思はノインにも伝わったらしく、それ以降、彼からの接触は少なくなった。時折何か言いたそうな雰囲気を感じるが、気合で振り切っている。

彼は今日も支度を終えたヤレンツェナを迎えに来たが、ベシアトーゼは視線を下げてその姿を見ないようにした。この場では一番下っ端の彼女が騎士に対応する事はない。大抵ヘーミリアが担当するので、別段問題のある行動ではないのだ。

「ご苦労様です、騎士ノイン。ヤレンツェナ様、参りましょう」

「ええ」

ヘーミリアが先導してヤレンツェナ、ノインと続いて部屋を出ていく。ベシアトーゼがつくのはここまでだ。

今日の最初の行事は年末の大祈念会《だいきねんかい》である。一年の終わりに、来年の平和と豊穣《ほうじょう》を王族が神に祈り願うのだ。大がかりなもので、開催場所は王都ギネヴァンにある大聖堂。参加者である王族の他、見物の貴族が多数詰めかけるという。

大祈念会《だいきねんかい》は昼近くまで行われるので、ヤレンツェナを送り出してしまえばしばらく息をつける。彼女が乗った馬車が見えなくなったところで、ベシアトーゼは深い溜息を吐いた。

◆◆◆◆

馬車の中は静かだ。本来、護衛騎士は車外にて周囲を警戒するものだが、ノインは直近護衛としてヤレンツェナの馬車に同乗している。直近護衛は貴人のすぐ側にあって、もしもの時は己の身を盾にしてでも貴人を護る立場の護衛だ。

「浮かない顔ね」

扇《おうぎ》で口元を隠したヤレンツェナが、そう言ってくる。声の調子からも、彼女が楽しんでいるのがわかった。

「少々、厄介《やっかい》事を抱えておりまして……」

「それは、私のお気に入りの侍女に関する事かしら？」

そう言って小首を傾げるヤレンツェナは年齢の割に可愛らしいものの、今は小憎らしいという方が合っている。彼女の察しのよさは苦手だ。

この人は、わかっていて自分をからかっている。昔からそういうところがあるので慣れていたつもりだが、今はやめてほしいと切に願うばかりだ。

「どうか、その事には触れないでいただきたいのですが」

「まあ、どうしてかしら？」

「ぐ……あの、個人的な事ですので」

「あら、あなたの個人的な事なら、なおさら私は聞かなくては。そうでしょう？」

もはや、ノインに反論する術《すべ》はない。物心ついた時には既に側にいた人で随分と可愛がってもらったが、記憶にある限り口で勝てた試しはない。その昔は、腕っ節でも負け続けていた事は、お互いに封印している過去である。

げんなりした様子で黙り込むと、ヤレンツェナの隣で小さく笑うヘーミリアの姿が目に入った。

今でこそ侯爵夫人然としてヤレンツェナに仕えている彼女ながら、その昔はヤレンツェナやジェーナを従えてダーロ王宮の奥庭を駆け回っていた人だ。

ヘーミリアと同様にエンソールドに嫁《とつ》いできたジェーナは、妊娠出産が続いた為に宮廷へ出てきていないが、三人が揃わない事はエンソールド宮廷の為にもいい事だとノインは本気で思っている。

ヘーミリアとジェーナ、二人の結婚もヤレンツェナに絡んだ政略だ。イザロ侯爵はツエメーゼ侯爵と共にダーロとエンソールドの国交安定化に尽力している人物だし、ロンカロス伯爵はダーロの血が流れている為、親ダーロ派として名高い。彼の祖母はダーロから輿入《こしい》れしたのだ。

そういう意味では、娘のルカーナにも遠くダーロの血が入っている。だからだろうか、時折とても懐かしく感じるのは。

ルカーナに関しては、父親のロンカロス伯爵がヤレンツェナの陣営なので問題なしとされていたが、妙な行動が目につく。

調査書にあるルカーナの生い立ちは、領地の館から殆《ほとん》ど出ないで育ったというものだ。その為、内向的な性格だと推察していたけれど、実際にはまったく違う。

宮廷に来た当人は物怖じせず活動的で、とても調査書にあったような生い立ちの令嬢には見えない。まるで別人だ。

もしやどこかで入れ替わってでもいるのかと疑ったが、父親であるロンカロス伯爵と一緒にいる時にも、不自然な様子はない。

では、ロンカロス伯爵家自体に何かあるのかと改めて調べさせたところ、伯爵の姉が嫁《とつ》ぎ先で産んだ娘、つまりルカーナの従姉妹《いとこ》が南の隣国タイエントから来ているという情報くらいしか出てこなかった。

その令嬢は療養《りょうよう》に来ているそうで、一度も邸《やしき》の外には出ていないのだとか。ルカーナの言によれば、令嬢の住むタイエントの地より、ギネヴァンの方が冬は過ごしやすいらしい。

ギネヴァンが冬を過ごすのに適しているのは本当だ。ダーロの王都はここより南にあるのに、山に囲まれている地形のせいか、冬はかなりの雪が降る。おかげで寒く、王都でも毎年凍死者が出る程だ。

令嬢の故国、タイエントも場所によっては豪雪地帯になるという。特に令嬢の実家へウルエル伯爵家の領地はタイエントでも北に位置していて、雪深いのだとか。

なので、令嬢がこの国に療養《りょうよう》に来たという理由は頷けるのだが、彼女の故国がタイエントという辺りが引っかかる。調べたところ、令嬢の父親であるへウルエル伯爵はタイエントの王都で厄介《やっかい》な人物の派閥にいるという。

その人物、ゴラフォジンド侯爵はタイエントの王をすげかえようとしているという噂《うわさ》があった。現国王の従兄弟《いとこ》を担《かつ》ぎ出して次期王に据えようと画策しているそうだ。その後、新王を陰から操るつもりだろう。

現国王には既に立派な後継ぎがいるにもかかわらず、である。権力に色気を出す人間には、ろくな者がいないという事か。

「どうかして？　ノイン。ずっと黙っているけれど」

「っ！　いえ、あの……少し疲れが出たようです。どうか、お許しを」

「別に構わないわ……でも、一体何を考えていたのかしら？」

　疲れているという言い訳は通じなかったらしい。ここは正直に話さないと、ヤレンツェナは諦めないだろう。抵抗を断念したノインは、苦笑してこれまで考えていた事を話した。

　それを静かに聞いたヤレンツェナは、ノインの話が終わった途端、秀麗な眉間に皺《しわ》を寄せる。

「確かに、タイエントには落ち着いていてほしいけど、前も話した通り、それだけでルカーナの従姉妹《いとこ》を疑うのはどうかしら？　第一、その令嬢は王都のロンカロス伯爵邸から一歩も出ていないのでしょう？　外に出なくては何も出来ないのではなくて？」

　ヤレンツェナの言葉は正しい。よく考えれば、令嬢に出来る一番の攻撃手段は宮廷に出てくる事だ。

　エンソールドの宮廷にも、多くの外国人貴族がいる。ダーロ、タイエント、さらに他の国からも仕事や何やらで滞在している人の多くが、宮廷で人脈作りに励んでいた。貴族にとって、人脈は武器になる。もし本当にヘウルエル伯爵令嬢がエンソールドに何か仕掛ける気でいるのなら、宮廷に出てこないというのは確かにおかしい。

　という事は、やはり令嬢は療養《りょうよう》目的で来ているだけなのか。

　今度はノインが眉間に皺《しわ》を寄せていると、目の前からくすくすという軽い笑い声が響いた。

「あなたは頭で考えすぎるのよ。少しは感情で物事を推《お》し量る事も覚えなさい」

「……私には苦手な分野です」

子供の頃はいざ知らず、成人する頃には周囲が見えてくる。人の善意も、悪意も。そうした中で覚えた自衛手段が、感情を表に出さない事だったのだ。

全ては計算だ。怒りや激しい感情は見せず、微笑んだり悲しんだりしてみせて、女性達の気を引く事も簡単に出来る。これで「騎士」とは、と自嘲したものだ。

だが、自分に課せられた役割は心得ているつもりだった。今すべき事は、ヤレンツェナを護り、ダーロとこの国の同盟を長引かせる事。出来ればヤレンツェナには世継ぎを儲《もう》けてほしいが、こればかりはノインにはどうにも出来ない。

だからこそ、一人にかまけている余裕はないのだ。ちょうどいい事に、相手にも嫌われてしまったようだし。

そこまで考えて、何やら重いものを呑み込んだ気分になる。あの廊下での、彼女の顔がどうしても忘れられないのだ。

涙が滲《にじ》んだ目で、それでも気丈にこちらを睨《にら》み付けていた姿。他の令嬢にはない、芯の強さを見せつけられた気がした。

その状況を作った身としては反省しきりだが、彼女のあの表情を見られた事は後悔していない。むしろ、良かったと思っている。

——その結果がこれでも……か。

正直、この状況をどうしたものか。普段のノインならば、嫌われたのをいい事に、ルカーナに覚えた違和感の正体を徹底的に調べただろう。

毒殺未遂事件に関しては、ルカーナに非はない。例の侍女を尋問した結果と、部屋に残されていた脅迫状で事件そのものは片付いている。まだ脅迫した犯人は見つかっていないが、おそらく大公の手の者だろう。ヤレンツェナにとって最大の敵は彼だ。

その大公は、一度ルカーナをどこぞへ連れ込もうとした事があった。今思い出すとはらわたが煮えくりかえるが、何故大公は彼女に目をつけたのか。

確かに、ルカーナは目立つ容姿をしている。輝く金の髪に大空を映したような大きな目、薔薇色《ばらいろ》の頬、真っ赤な唇。それらが最高の場所に配置されていた。

だが、大公が相手にするには若すぎる。実際、彼が好んで手を出すのは、三十路《みそじ》辺りの人妻が多かった。では、何か別の理由があるのだろうか。そこも調べておいた方がいいのかもしれない。

頭の中にこれからやるべき事を記していると、馬車はようやく大聖堂に到着した。聞こえてくる歓声は、大聖堂の周囲に集まった王都の民の声だろう。

手を振り上げる彼等の顔には、笑みが浮かんでいる。ウィルロヴァン三世が国民に愛されている証拠だ。

その様子を馬車から眺めながら、ヤレンツェナが呟いた。

「この国は、いい国ね」

「はい。私も、そう思います」

だからこそ、同盟を長く続かせなくてはならない。ノインは目の前に迫った大聖堂を見上げつつ、再度心に誓うのだった。

◆◆◆◆

年末年始は、さすがの王宮もひっそりと過ごす。殆《ほとん》どの使用人達が休みを取り、貴族達も領地や王都の邸《やしき》で、家族で過ごすのがエンソールド流だ。

ベシアトーゼも、王都のロンカロス伯爵邸に戻っていた。そして今、叔父《おじ》の書斎に呼ばれている。

「年内は無事に乗り越えられそうだな」

「そうですね……」

懸案《けんあん》事項は残っているが、とりあえず乗り切れそうなのはいい事だ。

「その後、妙な手紙などは届いていませんか？」

「ないな。そちらの方も、あの後、問題はないか？」

セベイン叔父《おじ》の言う「あの後」とは、茶会での毒殺未遂事件を指している。

「特に何も。新しく入った侍女も、よく働いてくれています」

「そうか」

事実、あれ以降事件らしい事件は何もない。後輩にしても、当初の読みとは裏腹に、これは長く残るかもしれないという意見が多くなっていた。

もっとも、侍女で長く残る女性は、未婚のままでいる事が多いようだけれど。

「こちらの方も、成果は芳《かんば》しくない」

「そうですか……」

叔父《おじ》の言う成果とは、ルカーナの捜索に関してだ。ベシアトーゼが彼女と入れ替わっている以上、おおっぴらに捜《さが》す事は出来ず、捜索も難航しているらしい。

例のルカーナの小間使いの話は、結局叔父《おじ》に報告しておいた。最初はあまり重く考えていなかったようだが、小間使いがジェーナ叔母《おば》の事を悪《あ》し様《ざま》に罵《ののし》っていたという情報も出てきた為、一度領地のあれこれを調べるそうだ。

ルカーナが失踪《しっそう》してから、既に二ヶ月以上が経過している。無事でいてくればいいが、その場合、かなり不自由な生活を強《し》いられている可能性があった。

何にせよ、彼女の消息を掴むのが先決だ。先の事は、その後に考えればいい。そう結論づけたベシアトーゼの耳に、セベイン叔父《おじ》の声が入った。

「最近、宮廷でおかしな事は起こっていないな？」

「はい、ヤレンツェナ様の周囲の警戒が強まったおかげか、特には」

ベシアトーゼの回答を聞いた叔父《おじ》は、盛大に顔を顰《しか》めている。

「君の事だ」

「私……ですか？」

「聞いているぞ。騎士が君に無体を働いたそうだな」

危うく噴き出すところだった。騎士とはノインの事で、無体とは例の廊下での事か。

一体誰が見ていたというのか、と思った時、部屋の隅で侍っているノネが視界に入る。

「ノネ……？」

「も、もももも申し訳ありません!!」

ベシアトーゼの声に咎《とが》める色を認めたからか、ノネは慌てて謝罪してきた。謝るくらいなら、最初からやらなければいいものを。

そう思って軽く睨《にら》み付けると、それだけでノネは涙目になる。その様子を見ていた叔《お》父《じ》は、苦笑交じりに取りなしてきた。

「あの娘を責めるな。君にもしもの事があったら、タイエントの義兄上に顔向けが出来ん。なので、何か起こったら私に報《しら》せるよう、言い含めておいたのだよ」

知らなかった。まさかノネが叔《お》父《じ》の諜報員《ちょうほういん》をしていたとは。とはいえ、その理由を聞いた以上、怒る訳にもいかない。

「わかりました。ノネ、以降、叔《お》父《じ》様にした報告は私にもするように」

「は、はいぃ……」

まったく、主《あるじ》に黙って他者に報告をするなんて。いくらセベイン叔《お》父《じ》が要請したからといって、その事をベシアトーゼに黙っているなど、あってはいい事ではなかった。

――どうせ叔《お》父《じ》様が口止めしたんでしょうけど。

ノネは常におどおどしている子なので、隠し事をしていても周囲に漏《も》れにくいという利点がある。まさか、叔《お》父《じ》はそこまでわかっていてノネを抱き込んだのだろうか。

「とにかく、騎士ノインにはこちらからも厳重注意をしておいた。もう二度とあのような真似《まね》はすまい」

「……ありがとうございます」

「敵の手口が巧妙になってきている。君も十分気を付けるように」

「はい」

毒入り茶葉の件は調査の結果、同僚の侍女と深い仲になった騎士も脅迫犯の仲間だった事がわかっている。ただ、当人は事が露見しないよう殺されたらしく、王都郊外で死体が見つかった。

彼を騎士に推薦した貴族が、例のビヤガン伯爵だ。今度こそ証拠になるかと思いきや、またもや証拠不十分という事で捕縛《ほばく》には至っていない。

だが、セベイン叔父《おじ》の話では、宮廷での噂《うわさ》はかなり広まっていて、ビヤガン伯爵のみならず、彼が取り巻きをやっているサトゥリグード大公ヨアドまで立場が危うくなっているのだそうだ。

「彼等に関しては自業自得というものだが、追い詰められた者は時として思いも寄らない行動に出る。だからこそ、この先の自衛が大事なのだ」

そう言ったセベイン叔父《おじ》に、ベシアトーゼも頷く。

「という訳で、そろそろ宮廷から下がってもいいのではないかね？」

きたか、と内心身構える。叔父《おじ》はこのところ、何かというと侍女を辞めて邸《やしき》に戻らないかと持ちかけてくるのだ。

「……何故そうなるんですか？」

「宮廷にいる以上、危険に巻き込まれる可能性が高くなるからだ。ルカーナとして、ここまで君は本当によくやってくれた。もう体調不良を言い訳にして下がってもいいと思うのだよ」

一定期間宮廷に上がったのだから、ロンカロス伯爵家の体面は保たれた。だから、これ以上厄介事《やっかい》に首を突っ込むなという事なのだろう。

心配してくれているのはわかっている。何より、叔父《おじ》の娘であるルカーナは宮廷のごたごたに巻き込まれて現在行方《ゆくえ》不明なのだ。この上、姪《めい》の自分にまで何かあったらと心配する叔父《おじ》の心中もわかる。

とはいえ、ここで引き下がるベシアトーゼではなかった。

「叔父《おじ》様。これまでにも何度か申し上げましたが、やり始めた以上、今回の件が片付くまでどうあっても続けたいのです。我《わ》が儘《まま》をお許しください」

殊勝な態度を見せてから、だめ押しをしておく。

「それに、ヤレンツェナ様には大変可愛がっていただいております。突然私が宮廷から下がったなら、きっと不審に思われるでしょう。そこから今回の入れ替わりやルカーナ様の実情が漏《も》れ出ないとも限りません」

　だからこのまま、もうしばらく侍女として宮廷にいさせてほしい。ベシアトーゼの懇《こん》願《がん》に、結局今回もセベイン叔父《おじ》は折れてくれた。

　叔父《おじ》との話し合いが終わると、いよいよシーニからの報告が待っている。内容によっては、叔父《おじ》のもとへ持っていかなくてはならない。

　里下りの際に使用した部屋に向かったところ、満面の笑みを浮かべたシーニが待ち構えていた。

「お帰りなさいませ、トーゼ様」

「ただいま、シーニ。早速で悪いけど、報告をお願い」

「わかりました」

　シーニは手元の報告書を見ながら口頭で調査の結果を報告し始める。

「まず、名簿の貴族達ですが、三分の一は殆《ほとん》ど大公と一緒に行動しているようです。自身の邸《やしき》に戻るのも希《まれ》なんだとか。残りはイェロス侯爵という方と行動を共にしている方々でした」

「イェロス侯爵……爵位は高いわね。大公とは、どんな関係なのかしら……」

「お望みでしたら、そちらも調べておきます。それと、王都郊外に別荘などを持つ者につきましては、大公の取り巻きは一通り持っているようです。ですが、人に知られないように所持している物件は見当たりませんでした。ちなみにここ数ヶ月、それらの別荘に管理人以外の人の出入りは一切ありません」

「そう……」

ルカーナが監禁されているとしたら、おそらく王都の近くにある人に知られていない別荘などだろうと当たりをつけていたのだが、外れたらしい。

となると、いよいよルカーナの安否《あんぴ》が心配になる。考え込むベシアトーゼの耳に、少し声の調子を落としたシーニが囁いた。

「それと、大公周辺で気になる事が……」

「何？」

「大公には、隠し子がいるそうなのです。ですが、どんな人物なのか、どこにいるのかなど、まったくわかりませんでした」

貴族の隠し子なんてよくある話だが、大公の隠し子となると話は別だ。大公は現国王の正式な弟であり、王位継承順位は現在第一位である。

その隠し子という事は、公《おおやけ》になれば少なくとも伯爵位を賜《たまわ》る事になるだろう。万が一、大公が次期国王になった場合、隠し子の爵位は公爵に上がる。

なのに、いるという噂《うわさ》だけで本人が見つからないとは。普通、自称隠し子が出てきて騒ぎになり、結局偽物でしたという騒動が起こったりするものなのに。

「……大公夫妻にお子はあったかしら？」

「それが、ご夫妻の間には一人もいらっしゃらないそうです」

「子供がいない……」

国王と大公の年の差は三歳くらいだと聞いている。という事は、大公も既に四十路《よそじ》に近い年齢だ。普通なら、成人した子の一人や二人、早ければ孫の一人もいる年齢である。

嫡子がおらず、隠し子の噂《うわさ》だけが出回るとは。考えるべき事が多すぎて、少し整理しなくてはならないようだ。

「それと、気になる事がもう一つ」

「何？」

「ここしばらく、ロンカロス伯爵邸の周囲を嗅《か》ぎ回っている者がいます」

シーニが言うには、伯爵邸の周囲であれこれ聞き込みをしている者がいるそうだ。しかも複数。とはいえ、ロンカロス伯爵家は宮廷内でもそこそこの地位にある家だ。政敵も多く、そうした事もままあるのではないか。

ベシアトーゼの意見に、シーニは首を横に振った。

「それが、聞き込んでいる内容はトーゼ様に関するものが多いようなんです」

「何ですって？」

意外な言葉に、ベシアトーゼは目を丸くした。


新年の王宮は華やかさを取り戻している。年越しを地元や自宅で過ごした貴族達が、ぞくぞくと宮廷に戻って社交活動に精を出しているからだ。

「はあ、年が改まっても仕事は減らないわね」

そんな愚痴《ぐち》をこぼしながら手紙の分類をしているのは、ベシアトーゼの同僚侍女の一人だった。彼女はベシアトーゼよりほんの少しだけ早く侍女になった、いわばほぼ同格の同僚である。

彼女のぼやきに、ユーヴシナが苦笑で返した。

「あら、お仕事が少なくなったら私達の誰かが侍女でなくなるかもしれないわよ？　あなた、侍女を辞めて実家に帰る？」

「え⁉　い、いや、そんな事は望んでいないけど……ねえ？」

焦った同僚侍女が周囲を見回して同意を求めたが、誰からも賛同を得られない。皆自分の仕事で忙しいのだから、当然だ。

意気消沈する同僚に、ユーヴシナが優しく声をかける。

「ほら、愚痴《ぐち》を言うのは構わないけれど、口と一緒に手も動かしましょうね」

「はーい」

侍女の待機部屋の日常的な風景だった。

本日の廃棄手紙の運搬は、久しぶりにベシアトーゼの当番だ。そういえば、ここしばらくこの仕事はやっていなかった気がする。当番にも入っていなかったのは、ヤレンツェナの側でする仕事が多かったからか。

共に立ち会う護衛騎士がノインだったらどうしようかと、少し不安になってしまう。一方で、そんな弱気な自分が腹立たしい。

——私は何も悪い事をしていないんだから、堂々としていればいいんだわ！

身分や名前を詐称《さしょう》するのは立派な犯罪だという事が、彼女の頭からは抜け落ちている。身構えていたベシアトーゼだったが、やってきた護衛はノインではなかった。顔と名前だけは知っている騎士で、彼の顔を見た時、ほっとしたのと同時に寂しさを感じる。

——さ、寂しいって何よ、寂しいって！　あんな無礼な騎士など、いない方が仕事も捗《はかど》るってものでしょうよ！

内心で自分に言い聞かせ、作り笑いを浮かべて騎士と共に廃棄手紙の運搬に立ち会った。行きも帰りも会話はなく、お互いの足音だけが響く。この仕事は、こんなに静かなものだっただろうか。

運搬の立ち会いの仕事は、帰りは騎士が同行せずともよい事になっている。廃棄手紙の中に異物をまぜられたり、手紙を抜かれたりすると困るから立ち会うのであって、帰りはその危険がない為だ。

今回の騎士も、帰りの途中で護衛を抜けて別の仕事に向かうらしい。別れの挨拶《あいさつ》をされたので、そこからは一人で侍女の仕事部屋に戻る事になった。

部屋へ戻る最中、いくつかの中庭の近くを通る。一番仕事部屋に近い中庭は、侍女達の憩《いこ》いの場でもあり、秘密の恋人と語り合う密会場所でもあった。

そこから、抑えた女性の声が聞こえてくる。

「お、お放しください！」

「下女の身分で、私に逆らうとはいい度胸だな？　ん？」

声のした方に目をやると、王宮に初めて来た日にも見た、貴族男性が下女に無理強《むりじ》いしようとしている光景が視界に入った。ここで見て見ぬ振りが出来るベシアトーゼではない。

あの時は何も出来なかったけれど、今は王妃の侍女という立場がある。おおよその貴族なら、何とか退かせる事が出来る身だ。

ベシアトーゼが庭に一歩踏み入った途端、反対側から声がかかった。

「そこまでになさいませ」

「だ、誰だ!?」

聞き覚えのある声だ。咄嗟《とっさ》に近くの茂《しげ》みに隠れて向こうを窺《うかが》うと、予想通りの相手が立っている。ノインだった。

「名のある方がこのような場所で下女に構うなど、お家の名が泣きますよ」

その一言を聞いた途端、記憶が鮮明に蘇《よみがえ》る。初めて王宮に上がった時、待たされていた部屋で聞いた言葉だ。あの時も、彼は今と同じ事を言っていた。

――では、あの場で女性を庇《かば》っていたのは、彼だったの!?

思い返せば、彼に初めて会った時にどこかで会ったような感覚があったではないか。今考えるに、あれはノインの声と話し方を覚えていたからだ。

心のどこかに引っかかっていたものがようやく取れた反面、重たいものが胸につかえたように感じた。

自分の事は疑って責め立てたノインが、他の女性を助けている。この事が、自分でも驚く程ショックだったのだ。

その場で動けなくなっているベシアトーゼの耳に、貴族男性の悔しげな捨て台詞《ぜりふ》が入る。

「ふ、ふん！　王妃のお気に入りだからって、いい気になるなよ！」

足早に去っていく音が聞こえた。その後、庇《かば》われた女性の礼の言葉を早々に切り上げたノインは、あっさりと庭から去っていく。彼の後ろ姿を見送るのは、庇《かば》われた女性とベシアトーゼだけだった。

どうもここ数日、ベシアトーゼは調子が悪い。仕事で失敗をする程ではないが、妙に胸がざわめいて集中力に欠けるのだ。

そんな時に脳裏に浮かぶのは、決まってノインの姿だった。特に先日、中庭で見た下女を庇《かば》う姿が浮かび上がってくる。

「ふう……」

軽い溜息を吐いて、王宮の私室で鏡を見つめる。夜も更《ふ》けたこの時間帯は、王宮内も静かなものだ。

王宮に勤める侍女は、その殆《ほとん》どが王宮に用意された専用の建物で寝泊まりしている。一人に一区画が与えられ、小間使い用に続き部屋も備わっていた。無論、ベシアトーゼも王宮に上がってからずっとこの部屋を使っている。

私室でこうしている時は、落ち着いて自《みずか》らと同じ顔をしているルカーナの無事を祈る事が出来た。年末以来、宮廷ではこれといった行動が起こせていない。こうしている間にも、彼女には危険が迫っているかもしれないのに。

そう焦る反面、彼女は既に天に召されてしまっているのではないかという思いもある。その度《たび》に悪い考えを振り払うようにしているのだけれど、こういう夜にはつい浮かんでくるのだ。

ノイン、ルカーナ、ヤレンツェナ、セベイン叔父《おじ》、ジェーナ叔母《おば》。考えなければいけない事、やらなければならない事が増えて、何から手をつければいいのか正直悩む。なのに、思い浮かべる顔が最後はノインだけになるのはどうしてなのか。

考えすぎて、疲れているのかもしれない。もう夜も遅いのだから、さっさと休んだ方がいいのだ。そう結論づけて寝仕度を整えベッドへ入ったベシアトーゼの耳に、かすかな音が聞こえた。

金属の触れるような音と、何かぶつかり合う重い音。これは領地にいた頃に聞いた覚えのある、剣戟《けんげき》によるものだ。彼女は身構え、サイドテーブルに置いてある三つ叉《また》の燭《しょく》台《だい》と小さな箱を手に、ベッドからそっと下りる。

外にいるのが誰かは知らないが、王宮内で、しかもこんな時間に剣を交えるなど普通ではない。しかも、音は近かった。じっと耳を澄ますと、剣戟《けんげき》の音はやんでいた。続いて、窓が開けられた気配がする。この部屋に侵入してきたのだ。

暗闇に慣れた目でそっと見たところ、確かに人影が見える。そこからは、考えるより先に体が動いた。侵入者の顔付近めがけて箱の中身――とある粉末をぶちまけた。

悲鳴じみた声が上がったのを聞きつつ、足を払い、倒れた相手へ馬乗りになって燭台《しょくだい》の先端部分を喉元に突きつける。

相手は箱の中身が鼻や喉にも入ったのか、酷く咳《せ》き込んでいた。それでもベシアトーゼは燭《しょく》台《だい》の狙いを外さず、相手が誰か確かめようとする。

その時、今まで雲に隠れていた月明かりが窓から差し込む。先程より明るくなった室内で彼女が見たのは、目と鼻が真っ赤になったノインだった。

「あなた……」

しかも、彼の騎士服の上着の袖には黒っぽい染みがある。おそらく、血だ。先程までの剣戟《けんげき》は、彼と誰かとのものだったのだろう。腕に負傷をしているのもわかった。

それにしても、王妃の護衛の為にダーロからエンソールドに来ている騎士が、真夜中に侍女の住む棟の近くで斬り合うとは。一体何があったというのか。

「こ、これは……ごほっごほっ！」

涙目で咳《せ》き込むノインを見て同情的になったベシアトーゼは、続きの間の扉の陰で震えているノネに、お湯と布、明かりと薬箱を持ってくるよう言いつける。

まずはお湯でノインに顔を洗わせ、別のお湯でうがいもさせた。これで目と喉の症状は緩和するはず。鼻の方は、時間が解決するだろう。次は腕の傷だ。ベシアトーゼは無言のまま、ノインの上着を脱がせにかかった。慌てたのはノインである。

「ちょ！　何を――」

「お黙りなさい、抵抗しても、いい事はありませんよ」

それでも抵抗するノインを押さえ込み、彼の上着を剥《は》ぎ取った。上着に滲《にじ》み出る程だから覚悟していたが、彼のシャツは血でかなり濡《ぬ》れている。

シャツも剥《は》ぎ取ろうとしたけれど、これればかりは彼の抵抗がすさまじく、仕方がないので薬箱に入れてあるはさみで肩口からざっくりと袖の部分を切り落とした。怪我は上腕の部分で、深く切りつけられている。しかし、縫わなくても済みそうだ。

もう一度ノネにお湯を持ってこさせ、無言でそっぽを向く彼の傷口をがしがしと洗う。

くぐもった声が聞こえたが、傷はまず洗えと教えられたので、無視して続けた。

新しい布にいくつかの軟膏《なんこう》や粉薬を混ぜたものを塗り、傷口に貼り付ける。痛みからか、うめき声が聞こえたものの、これも気にしない。傷の手当とは痛むものだ。

「さあ、これでいいわ。一応、後でお医者様に診《み》てもらった方がいいでしょう」

「随分、手際がいいのですね」

「……領地にいる間に、色々と教わりました」

嘘は言っていない。ただ、どこの領地かは言っていないだけだ。ベシアトーゼは話題を変えるように、ノインに確認する。

「他に痛む場所はありますか？」

「目と鼻と喉が痛みます」

例の小箱の中身のせいだ。とはいえ、こんな夜中に無断で人の部屋に忍び込んできたノインが悪いので、これに関して謝罪する気はない。

その為、少し冷たい声で返答してしまった。

「それは、時間と共に消えますよ」

「あれは、一体何なんですか？」

「毒ではない事は確かです」

嫌み交じりだが、これも嘘ではない。小箱の中身は香辛料の一種で、打ち身などの薬にもなるものだ。けれど、粉にしたものが目や鼻、喉などの粘膜《ねんまく》につくと、酷い痛みと一時的な炎症をもたらす。

ノインの場合、目と喉はすぐに洗い流したので炎症も酷くはないようだ。痛みも、先程言った通りじきに消える。聞いても無駄だと判断したのか、ノインはそれ以上聞いてこなかった。

静まりかえった部屋に、燭台《しょくだい》の明かりが揺らめいている。ロウソクで微妙な陰影が出ているノインの顔は、これまで目にしたどの彼よりも荘厳《そうごん》な美しさを湛《たた》えていた。祭壇で見る宗教画めいた美しさである。そんな彼を見ていると、まるでこの世界に二人だけしかいないような錯覚を覚えた。

ほんの少しの間の後、ノインが立ち上がった事で、ベシアトーゼは我に返る。

「そろそろ、お暇《いとま》致します。夜分、失礼しました」

上着を肩からかけた姿で出ていこうとする彼に、思わず声をかけた。

「何があったか、聞いてもよくて？」

「……お許しを」

何も話す気はないという事か。頑《かたく》なな彼の態度に、これ以上聞いても無駄だと悟った。

だが、納得した訳ではない。

ふと、いつぞや彼が貴族男性から庇《かば》った下女の事を思い出す。途端、自分でもよくわからない感情に突き動かされて、つい口が滑った。

「……どこぞの下女にでも関わっているのかしら？」

「ほう？」

一瞬、ノインの声の温度が下がる。しまったと思った時には遅かった。形勢逆転、一瞬でベシアトーゼは壁際に追い詰められる。

「あなたは、本当に何者なんですか？」

「……何者、とは？」

手当の為にと、燭台《しょくだい》を手放した事が悔《く》やまれた。いつかの廊下のように拘束こそされていないが、詰め寄られている構図はそのままだ。叔父《おじ》から注意されて、二度とやらないという事になったのではなかったのか。

間近で見る彼の姿に、動悸《どうき》が激しくなる。その事が何だか悔しくて、ベシアトーゼは視線を逸らした。

「お……父様から、注意があったのではなくて？」

「確かに、ありましたね。伯爵は余程あなたが大事らしい。あの件に関しては、再度謝罪致します。どうか許していただきたい。それにしても」

そう言ったノインの手がすいっと伸びたのが、目の端に入る。何が起こるのかと身構えたが、髪を一房取られただけだ。それでも、二人の間に漂《ただよ》う緊迫感は消えていない。

「茶の毒を察知し、侍女を取り押さえ、今日は私の事も押さえ込む。かと思えば手際よく手当してくださる。本当に、あなたは何がしたいのか」

ノインの言葉に、ベシアトーゼ自身、自問した。自分はこの王宮で何がしたいのか。

答えはすぐに出てきた。

「私は、真実が知りたいのよ」

ルカーナは何故姿を消したのか、一体何に巻き込まれているのか。そして、彼女は今どこでどうしているのか。その全てを知る為にこそ、自分はここにいるのだ。

「真実？」

ノインは怪訝《けげん》な顔をしているが、これ以上詳しく話す訳にはいかない。

「さあ、もう行くのでしょう？　今後は二度とこのような時間に勝手な訪問などなさらないように」

つっけんどんに言ったのに、相手には響いていない様子だ。それどころか、さらに距離を詰めてとんでもない事を口にした。

「では、前もって宣言しておけばよろしいので？」

瞬時に頬が熱くなったのを感じる。

「そ、そういう意味ではありません！」

何という事を言うのだ。大体、騎士が乙女の部屋を訪れるなど、あっていい事ではない。しかも、相手はあろう事か王妃とただならぬ仲だという噂《うわさ》のある騎士なのだ。

これはあれか、戦い方の師であるバイドが、酒が入るとたまに口にする「女たらし」というやつか。

「言っておきますが！　私は軽々しく女性と交流するような男性は嫌いです！」

ベシアトーゼは目の前にある秀麗な顔に人差し指を突きつけた。本来、作法的にはやってはいけない事だが、それくらい憤《いきどお》っているのだと伝えてやりたい。

だが、やはり相手には何も伝わっていなかった。

「同感です。私もそういった男は唾棄《だき》すべき存在だと思っておりますよ」

ノインがそう言った直後、突き出した人差し指の先に柔らかいものが触れる。それがノインの唇だとすぐに理解して、耳まで熱くなった。

「な！」

「大きな声をお出しになりませんように。いくら音が通りにくいとはいえ、この夜中ですから。誰かに聞かれないとも限りません」

何をするのか、と声を上げかけたベシアトーゼの口を、あろう事か彼は手のひらで押さえ込んだ。慌てているのは自分だけだと思うと、冷静なノインが憎らしい。

手をはずそうとすればこちらの手を拘束され、暴《あば》れて逃れようとしたら体全体で壁に押しつけられる。あまりの事に、頭が沸騰しそうだ。

だが、耳元で囁かれた言葉に、熱が一瞬で下がる。

「大きな声や音を出すと、誰かが来てしまうかもしれませんよ?」

冗談ではない。貴族令嬢が夜中の寝室に男性を入れていたなど、とんでもない醜聞《しゅうぶん》だ。こんなところを人に見られたら、自分の人生はもちろんルカーナの人生まで終わりにしてしまう。

固まったベシアトーゼをどう解釈したのか、ノインはようやく体を離す。

「それに、夜番の騎士がここに来たりしたら、あなたのその姿を見せる事になりますしね」

ノインが何を言っているのかわからず首を傾げると、彼は再び耳元に囁いた。

「あなたの夜着姿は素敵ですが、他の男には見せたくない」

言われて思い出す。そういえば、自分は寝る直前だったのだ。ドレスで寝る訳もなく、着替えた記憶もある。そっと自身を見下ろすと、下着よりはまし程度の薄い夜着姿だった。

悲鳴を上げるのも忘れて、ベシアトーゼは両腕で体を隠してうずくまる。

「そこの君、ルカーナ嬢に上着を。ああ、見送りは結構ですよ。それと、今夜の事は他言無用で願います」

そう言ったノインは、こちらに見せつけるように自分の手のひらに口づける。あの手は、先程までベシアトーゼの口を押さえていた側の手ではないか。

彼の手のひらを介して口づけを落とされた気がして、ベシアトーゼの頬は再び熱くなった。だが文句を言おうにも、彼は既に音も立てず部屋から出ていってしまっている。

ノネが持ってきた上着に袖を通しながら、何て夜なのかとがっくりうなだれるベシアトーゼだった。


翌日の仕事は最悪だった。寝不足も相まってこれまで以上に集中力が欠け、間違いを連発したのである。

同僚侍女からはもちろん、ヘーミリアからも叱責を受ける羽目になった。だが、何故かヤレンツェナだけは何とも言えない笑みを浮かべてこちらを見ていたのが気になる。

それも、もう数日は前の話だ。年が改まって一ヶ月が経つ王宮は、いつも通りの姿に戻っている。とはいえ、ベシアトーゼ達がいる王宮の奥は普段から静かなものなのだが。

毒殺未遂事件の後、しばらく開かれなかったヤレンツェナの茶会は、数日前から復活している。

ベシアトーゼも参加するその日の茶会でヤレンツェナの口から出た言葉は、衝撃的なものだった。

「そういえば、少し前にこの王宮で騒動があったのですって。皆は知っていて？」

「騒動ですか？　一体、どのようなものでしょう」

「何でも、衛兵が何人か切りつけられたのだとか」

「まあ、何て恐ろしい……」

ヤレンツェナ達の会話を聞いて、ベシアトーゼは心臓が飛び出るかと思う程に驚いている。例の、ノインが部屋に来た日の事だ。外で聞こえた剣戟《けんげき》の音は、彼が王宮警護の衛兵と斬り合った音だったらしい。

だが、ダーロの騎士で王妃の護衛でもある彼が、何故衛兵と斬り合ったのだろう。

「その事件に関して、大公殿下が陛下に犯人逮捕の陣頭指揮を執《と》りたいと申し出ていたのだけど、昨日改めて願い出たのですって」

「大公殿下が……でございますか？」

ヤレンツェナに聞き返したヘーミリアの気持ちは、よくわかる。サトゥリグード大公ヨアドという人は、知れば知る程、悪い意味で貴族らしい人物だ。

尊大で横暴。気に入った人間には寛容さも見せるが、公明正大とは程遠く、王宮内の事件に積極的に関わるような人物ではない。

「また、どうして大公殿下が……」

「何でも、衛兵の中に顔見知りがいたそうなの。彼の仇《かたき》を取りたいのですって」

「え？　その方は亡くなったんですか？」

ヤレンツェナの最後の一言に、ベシアトーゼは驚いて思わず声が出た。

まさか、ノインは兵士を殺したのだろうか。そうだとすると、彼は罪人という事になる。だが、ベシアトーゼの心配は無用のものだった。

「それがね、全員手や足を少し切りつけられただけなの」

「まあ……」

それで仇《かたき》を取りたいとは。大公の性格に大仰《おおぎょう》という一言も付け加えるべきか。それとも、王宮にいる貴族とは皆そうなのだろうか。

「それで、陛下は何とお答えに？」

「大公が出るまでもない、と仰《おっしゃ》ったそうよ」

「まあ……」

今度の「まあ」には、先程の呆れを表すものとは違う意味が含まれている。その場の全員が、国王の判断に納得した証拠だ。

「とにかく、事が起こったのが王宮内ですから、あなた方も気を付けておいてちょうだい」

「はい」

ヤレンツェナの言葉に答えながら、ベシアトーゼはこの場にいないノインの事を考えた。彼は自分に何者なのかと問いかけてきたが、それはこちらの言葉である。

彼は、一体何者なのか。優しさや礼節を見せる場面もあれば、ベシアトーゼを追い詰める苛烈な面も見せる。ヤレンツェナとの親密ぶりといい、下女との事といい、他にも親密にしている女性がいるのかもしれない。

――なのに、私にあんな事を！

思い出すだけで、顔から火が出そうだ。おかげで周囲の話題についていけなかったが、特に問題にならなかったので助かった。

このところ寝不足が続いていたからか、ベシアトーゼは周囲への注意が散漫になっている。そんな彼女は、ユラミロイアの庭からの帰り道にある中庭に、いきなり引きずり込まれた。

「な！」

「お静かに」

そう言って彼女の口を手で塞いだのは、ノインである。あの夜以来だ。彼は植え込みの陰にベシアトーゼを抱えるようにして隠れている。

密着すると、嫌でも相手の体格がわかるというものだ。騎士服の上からでも理解出来る、鍛えられた肉体、逃れようともがいてもびくともしない力、口元を覆う細くて長いが意外にごつごつとした指。それらを意識してしまい、顔どころか全身が熱くなる。

その熱から逃れたくて、さらにはこんな状況を作り出した事に文句を言う為に彼の顔を睨《にら》み上げるが、ノインは厳しい表情で一点を見つめていた。一体、そちらに何があるというのか。

しばらくノインと隠れていると、廊下の奥から複数の足音が聞こえてくる。

「いたか？」

「いや……」

「庭にはいなかったぞ」

「では、もう待機部屋に戻ったのか？」

「ちっ！　おい、行くぞ。殿下にご報告しなければ」

複数の男の声だ。待機部屋という言葉が出た事から、捜《さが》していたのは侍女だろう。今日の茶会に出席していた侍女は、ベシアトーゼとユーヴシナだ。

彼等が言っていた「殿下にご報告」の殿下とは、やはり王弟サトゥリグード大公ヨアド殿下の事だろうか。だとすれば、彼等が捜《さが》していたのはユーヴシナではなく……

「私を……捜《さが》していた？」

いつの間にかノインの手がはずれていて、そう呟いた声が自分の耳にも届いた。

「手荒な真似《まね》に関してはご容赦を。ですが、理由は先程の事に絡んでいると言えば、察していただけますね？」

殊更《ことさら》優しい声音のノインに、ベシアトーゼはゆっくり頷く。そして、直感した。やはりルカーナは攫《さら》われたのだ。おそらくは、彼等の上にいる人物に。そしてその人物は、当然ながらベシアトーゼがルカーナではないと知っている。

——だから、私を捜《さが》している？

だが、偽物だと糾弾《きゅうだん》するだけなら捜《さが》す必要などない。宮廷に噂《うわさ》を流せばいいだけだ。貴族にとって、噂《うわさ》程怖いものもない。たとえ真実でなくとも、一度広まった噂《うわさ》をなかった事になど出来ないのだから。

相手の方にその手を使えない、もしくは使いたくない理由があるのだ。

——それは、何？

「大丈夫ですか？」

至近距離でノインの声が聞こえた。はっと気付くと、彼が心配そうな表情でこちらを見ている。何をそんなに……と思ってすぐ、先程の男達の事が浮かんだ。

普通の貴族令嬢なら、このような状況に恐怖を抱くのが当然なのだろう。ベシアトーゼも確かに怖いと感じたが、それ以上に今起こっている事に気が向いていた。

「大丈夫です。あの、助けていただいた……のですよね？　ありがとうございます」

そう言って、この場から立ち去ろうとしたベシアトーゼの手を、ノインはがっしりと掴んでくる。かっと耳が熱くなった。

「少しは、恩を返せたと思っていいのでしょうか？」

恩とは、部屋に乱入してきた時の事か。そういえば、あの時に彼の怪我の手当をした。何だか胸の奥がかすかに痛む。彼が自分をここで助けたのは、恩返しがしたかったからだったのだろう。それが無性に寂しい。

だが、ここでそんな感情を出す訳にはいかない。内心などおくびにも出さず、ベシアトーゼは努めて冷静な声を出した。

「……怪我の具合はいかがですか？」

「大事ありません。的確な手当とあの薬の効き目に、医者が驚いていましたよ」

せっかく褒《ほ》められても、あの薬は自作ではなかったので何も言えない。薬草茶の配合は知っているが、傷薬の材料は知らないのだ。以前、領内の偏屈薬師に聞いた時には、まだ早いと教えてもらえなかった。

それにしても、彼はいつまでこちらの手を握っているつもりだろう。非常に落ち着かない。

「あの、手を放してもらえませんか？」

「あなたは、ヤレンツェナ様のお味方と思っていいのですか？」

意外な言葉が返ってきた。驚きに目を丸くするベシアトーゼを、ノインは酷く真剣な様子で見つめてくる。こちらも真摯《しんし》に答えなくては。

「以前にも申しましたが、ロンカロス伯爵家は王妃派です。それに、私はヤレンツェナ様の侍女でもあります。主《あるじ》の味方をするのは、自然な事ではありませんか？」

ベシアトーゼがヤレンツェナの味方なのも、伯爵家が王妃派なのも事実だ。それでも、はっきりと味方だと言い切れないのは、入れ替わりの事実を隠している罪悪感からだった。

ノインはこの返答がお気に召さなかったらしい。

「優等生な回答ですね。ですが、私が聞きたいのはそれではない」

ずいっと迫られたので、同じだけ後ろに仰《の》け反《ぞ》る。先程、恩を感じているような事を言っていたくせに、この状況は何なのだ。

その事を問いただそうとした瞬間、ノインが声を潜《ひそ》めた。

「あなたは、疑われています」

ベシアトーゼは言葉が出ない。誰が、何を疑っているというのか。

「……あなたに、ですか？」

震える声でようやく問うと、即答された。

「私だけではない。おそらく、大公殿下もあなたの事を疑っている。先程の連中があなたを捜《さが》していたのは、大公殿下の命令だからですよ」

彼も、あの男達が誰の命令で動いているか、気付いている。あんなに堂々と自分を捜《さが》し回るくらいだから当然か。本来なら、もっと人目を気にするだろうに。

考え込むベシアトーゼに、ノインが言葉を続ける。

「おそらく、尋問でもするつもりなのでしょう」

「尋問……」

多勢に無勢では、為《な》す術《すべ》がない。武術の師であるバイドからも、相手の人数が多い時には抵抗しようとせず逃げろと教えられている。

「真実を、話してはいただけませんか？」

ノインの言葉は、予想もしないものだった。思わず彼の顔を真正面から見つめる。そこには真摯《しんし》な表情があるだけだ。

だが、ここで真実を口にする訳にはいかない。

「さて、何の事でしょう」

「……信用していただけないのは、致し方ない事なのかもしれませんね。今更ですが、過去の自分が憎らしいですよ」

何と言われようと、叔父《おじ》の許可もなく入れ替わりの件は話せないのだが、それを説明する事もまた、出来なかった。

「残念ですが、今は引きましょう。ですが、いつかは話していただけると信じています」

今のノインへ返せる言葉はない。押し黙ったまま、ベシアトーゼは彼に送られて待機部屋へと戻った。

翌日、ベシアトーゼは思い悩んでいた。大公は手段を選んでいられないのかもしれない。そうなったら、一伯爵令嬢に過ぎない身でどこまで抵抗出来るものなのか。

いっそ叔父《おじ》の言うように、適当な理由をつけて宮廷から下がった方がいいのだろう。

けれど、なかなか思い切れるものではなかった。そのせいか、今回の件を叔父《おじ》に報告する手紙を書くのに一晩使ってしまっている。

ベシアトーゼは、そうして書き上げた手紙を見下ろした。これを叔父《おじ》に渡せば、確実に伯爵邸に戻されるだろう。渡さなければ宮廷に残る事は出来るものの、後で事実を知った叔父《おじ》に怒られるのは免《まぬが》れない。どちらも嫌だが、叔父《おじ》にこれ以上いらぬ心配をかけるのも気が引ける。

結局、ベシアトーゼはノネを呼んで叔父《おじ》への手紙を言付けた。おそらく、今夜にでも宮廷を去る事になるのではないか。誰にも言えないが、今日が最後のお勤めと思い、精一杯働いてこなくては。

そう気合を入れ直したベシアトーゼは現在、おなじみになったユラミロイアの庭での茶会に出ていた。今日の茶会はちょっと特別らしく、ヤレンツェナ付きの侍女が揃っている。

「年も改まって少しは手が空《あ》いたと思うから、懇親会《こんしんかい》を兼ねて」

そう言って微笑むヤレンツェナは、やや顔色が悪い。また体調を崩しているのだろうか。心配だがここでそれを口にする訳にもいかず、ベシアトーゼはおとなしく目の前のカップを手に取った。

本来ならば庭で茶会をする季節ではないのだが、この庭には仕掛けがあるという。地面の下にいくつもの水路が走っていて、冬はそこにお湯を流すのだそうだ。その結果、庭全体がほんのり暖かくなる。

しかも、この時期だけの設《しつら》えとして、庭の四阿《あずまや》の周囲に布の壁が出現するのだ。光源はきちんと確保されているので、明るさには問題がない。そしてテーブルの下には、焼いた石を布でくるんだものが置かれている。これらのおかげで、冬場でも庭で茶会を楽しめるという訳だ。

そこまでせずとも、普通に室内で楽しめばいいのでは、と思わないでもない。だが、こうした贅《ぜい》をこらすのもまた王侯貴族の楽しみ方なのだと教えてくれたのは、セベイン叔父《おじ》である。

そんな茶会に、闖入者《ちんにゅうしゃ》があった。

「ごきげんよう、王妃陛下。相変わらずこの庭がお好きだこと」

第一王女ナデイラだ。彼女の後ろにいる侍女のうち、一人は見知った顔だった。以前は共にヤレンツェナの侍女をしていたタナルアである。場の空気が凍り付いた。

——よりにもよって、ヤレンツェナ様の侍女が勢揃いしているところにタナルアを連れてくるなんて……

眉を顰《ひそ》めているのは、ベシアトーゼだけではない。ユーヴシナ達も不快感を露《あら》わにしていた。元同僚ではあるけれど、我の強い彼女には何かと嫌な思いをさせられた者が多い。場の空気は最悪だ。

そんな中、ヤレンツェナは好戦的な笑みを浮かべてナデイラに言い放つ。

「ごきげんよう、ナデイラ。礼法のお勉強はきちんと進めているのかしら？　前回私が言った事、理解出来ていないようだけれど」

招かれていない茶会にナデイラが乱入するのは、ベシアトーゼが知っているだけでも二回目だ。礼法を学んでいれば、これが如何《いか》に淑女《しゅくじょ》としてやってはいけない行為かわかるはずなのに。

ナデイラは自覚があるのかないのか、ヤレンツェナの言葉に口の端をつり上げた。

「まあ、一応あなたは私の母親にあたるのでしょう？　義理だけれど」

「親子の間でも、礼儀は大事なものよ」

「ふん、まあいいわ。今日は私だけではないの。あなた達、いらっしゃい！」

ナデイラが背後に向けてそう声をかけると、今まで布の壁で見えなかった場所から、二人の少女が入ってくる。

「ごきげんよう！　お母様」

「ご、ごきげんよう」
朗《ほが》らかな笑顔の十三、四歳くらいの少女と、十歳にも満たない年齢の少女……という
より幼女だ。顔立ちはどことなく似ていて、どちらも申し分のない美しさである。
見た事のない少女達にベシアトーゼが面食らっていると、隣のユーヴシナがそっと囁
いた。
「第二王女殿下のセウィーサ様と第三王女殿下のインレシルナ様よ。まさか、ナデイラ
様がお二人の妹君まで連れてくるなんて……」
なるほど、二人の顔立ちはよく見ると父親のウィルロヴァン三世に似ている。見たと
ころ、ヤレンツェナに敵意があるのはナデイラだけで、セウィーサもインレシルナも別
段嫌っている様子はない。
それは、ヤレンツェナの方も同様のようだ。
「あなた達まで……いけない事だと、わかっていて？」
先程までナデイラに見せていた顔とは打って変わって、優しい笑みを浮かべている。
そこには「仕方のない子」という色がたっぷりと滲《にじ》んでいた。
対するセウィーサは、王女らしからぬ様子でぺろりと舌を出す。
「後でちゃんと反省します。でも、一度お母様のお茶会に来てみたかったの。ね？　レー

シェ」

セウィーサの言った「レーシェ」というのは、インレシルナの愛称のようだ。自分より背の低い妹の顔を覗き込んで言うセウィーサに、インレシルナはこくりと頷いている。

微笑ましい姉妹の姿に、その場の大半の人間の顔がほころんだが、そうでない人物もいた。

「あなた達！　そんな事を言う為にここに来たのではないのよ!?　ここは私達のお母様が愛した庭。それをこの女が我が物顔で使うのはおかしいと、抗議する為に来たんじゃないの！」

甲高い声で叫んだのは、彼女達の姉であるナデイラだ。おそらく、妹も巻き込んでヤレンツェナに嫌味を言おうとしたのだろう。だが、妹達は純粋に興味本位でここに来たようだ。もっとも、末の姫であるインレシルナは、ただ姉達に引っ張り出されただけの様子だが。

その証拠に、セウィーサは嫌そうな顔を隠そうともせずにナデイラへ向き直っている。

「それは、お姉様が勝手に決めた事でしょう？　私やレーシェがいつそんな事を言ったのかしら？」

「セウィーサ！　お前はまた生意気な口を利いて！」

「あなた達、いい加減になさい」

二人の王女の言い合いを、ヤレンツェナが冷静な声で止めた。

「特にナデイラ、あなたはきちんと自分の立場をわきまえなさい」

「な⁉」

「それとセウィーサ、どんな理由があるにせよ、淑女《しゅくじょ》たるもの礼儀を忘れるべきではないわ」

「はい、お母様……本当に悪かったと思っています。お許しください」

ヤレンツェナの言葉に激高したナデイラと、素直に謝罪したセウィーサ。姉妹でも、こうも違うものなのか。

それは、ヤレンツェナの態度にも表れてきた。

「茶会に関しては、近いうちにインレシルナと二人で招待するわ」

「本当に⁉　嬉しい‼」

飛び上がって喜ぶセウィーサの後ろから、「姫様！　はしたない」とお小言がある。ベシアトーゼより少し年上の彼女は、おそらくセウィーサの筆頭侍女なのだろう。王族の筆頭侍女は、年上をあてるのがエンソールドの慣習なのかもしれない。

招待されないのが決定したナデイラは、怒りに顔を真っ赤に染めてぶるぶると震えていた。あれだけ嫌味を言われれば、誰だって招きたくなくなるというものだが、彼女にはわからないらしい。

ナデイラに意識を持っていかれていたせいで、ベシアトーゼはそれに気付くのが皆より遅れてしまった。

「ヤレンツェナ様‼」

「お母様‼」

誰の悲鳴だったか、その声に驚いて視線をヤレンツェナに戻すと、彼女は口元を押さえてテーブルに突っ伏していた。ヘーミリアが隣で介抱している。やはり、ヤレンツェナは体調が悪かったのだ。

ヘーミリアの緊迫した声が辺りに響いた。

「ルカーナ！」

「はい！」

「急ぎ、薬草茶を調合してください。効能は目眩《めまい》と嘔吐感《おうとかん》の解消を中心に」

「安眠も入れますか？」

「頼みます」

「わかりました‼」

ベシアトーゼは、その場から文字通り走り出した。本来王宮の廊下は走ってはならないし、ましてや淑女《しゅくじょ》が走るなどもってのほかだ。だが、今は一刻を争う。

「何があったんですか?」

気付けば、ノインが併走していた。ベシアトーゼが庭を飛び出したのを見て、後を追ってきたのだろう。

「ヤレンツェナ様の具合がお悪いのです！　部屋に戻って薬草茶を調合します!!」

「わかりました。人のいない廊下を知っています。こちらへ」

ノインがそこまで王宮に詳しいというのは驚きだが、それもヤレンツェナの為なのだろう。そう思うと胸の辺りが痛んだけれど、今は無視しておく。

王宮の一番奥にあるユラミロイアの庭から自室まで、本当に全力疾走をしたが誰にも行き合わなかった。王宮には常に多くの人がいるというのに、不思議な感じだ。おかげで、はしたない場面を誰にも見られずに済んだのだから、助かったけれど。

ベシアトーゼは部屋に飛び込むと、薬箱から必要な薬草を選び出していく。ヘーミリアからは、目眩《めまい》と嘔吐感《おうとかん》を解消する効能を、と注文を受けていた。

「あと、安眠……これだわ！」

乾燥した薬草束からいくつか選別し、部屋に置いてあるカップに入れていく。これを庭のお湯で煮出せばいい。皿を蓋《ふた》代わりにして、再び庭を目指して二人で疾走した。

戻った庭には、既に王女達の姿はない。四阿《あずまや》に飛び込んだベシアトーゼの目に入ったのは、いくつかの椅子を並べて作った簡易寝台に横たわった、青い顔のヤレンツェナだった。

「お湯を！」

お茶の仕度をする小間使いに言いつけてお湯を用意させ、真新しいポットに先程部屋で調合したばかりの薬草をカップから移す。そこにお湯を注ぎ、しっかり効能が出る頃合いを見計らって、カップに注いだ。

「こちらを」

「ありがとう」

ベシアトーゼは薬草茶の入ったカップをヘーミリアに渡す。彼女はそれを一口含み、しばらくした後にヤレンツェナに少しずつ飲ませた。

皆が息を呑んで見守る中、薬草茶を飲んだヤレンツェナの頬に赤みが戻っていく。その様子に、誰もがほうっと溜息を吐いた。

「お加減はいかがですか？」

「大分、楽になったわ……」

ヘーミリアの問いにも、ヤレンツェナはしっかりと答えている。もう大丈夫だろう。

「皆にも、心配をかけてしまったわね」

「いいえ、そんな事……」

侍女達を代表して、ユーヴシナが答えた。何にしても、大事にならなくて本当に良かった。

その場はそこで解散となり、後片付けは小間使いや王宮付きの侍女達が受け持った為、王妃付きの侍女達は待機部屋へ戻る事になった。

「ヤレンツェナ様、本当に大丈夫なのかしら……」

そう口火を切ったのは誰だったか。侍女達は待機部屋にて、ヘーミリアの指示を待つ事になっている。その間、侍女達はおしゃべりで時間を潰すことにしたのだ。

「無理をしてらっしゃるように見えたものね……」

「このところ気温が下がっていたし、最近色々とあるから……」

口々にヤレンツェナの容態を心配する声が上がる中、唯一違う見方をした者がいた。

「ご懐妊ではないでしょうか？」

ベシアトーゼの唯一の後輩侍女である。けろっと言った彼女に、侍女達の視線が集中した。

「姉が妊娠して里帰りしてきた時、同じような状態になってましたよ?」

この発言に、侍女部屋は騒然となった。何せ、ヤレンツェナの懐妊となれば、国家の一大事である。生まれてくるのが男児ならば、待望のお世継ぎだ。

一挙に皆が盛り上がった中で、冷静な判断を下したのは最古参のユーヴシナだった。

「待ちなさい! まだそうと決まった訳ではないのだから、やたらな事を言ってはだめよ!」

彼女の言葉に、室内は再び静まりかえり、今度はユーヴシナに視線が集まる。それに少し居心地悪そうな顔をして、彼女は軽く咳払いをした。

「と、とにかく、ヤレンツェナ様の体調に関しては、一切外に漏《も》らしてはいけないわ。もし……その、そういう事だったとしても。いいえ、そうなら余計に口外しては駄目よ。国の行く末に関わる事なのだもの」

確かに、王妃付きとはいえ、侍女が軽々しく口にしていい内容ではない。全員が納得して頷き、この話はここまでとなった。

その後すぐ、ヘーミリアが待機部屋へ来る前に、すっかり忘れていた事態がやってきた。

「ルカーナ、父君がいらしたわよ」

「え!?」

何事か、と慌てたが、すぐに今朝ノネに届けさせた手紙の件だとわかった。てっきり呼び出されるものとばかり思っていたが、向こうからやってきたらしい。

「ごきげんよう、お父様」

「ああ、やっと来たか。すぐに邸《やしき》に戻る」

「え? いえ、でもまだ――」

「王妃陛下には既に使いを出しているから問題ない。さあ」

「え……ちょ、ちょっと待って……」

周囲の侍女達がぽかんとした表情で見送る中、ベシアトーゼは叔父《おじ》に手を取られ待機部屋から連れ出されてしまった。

そのまま馬車に放り込まれ、あっという間に王宮を後にする。目の前に座る叔父《おじ》に、さすがに怒りを隠せない。

「いくら何でも、強引過ぎはしませんか?」

「君の命を護る為だ。当然の事だよ」

セベイン叔父《おじ》にそう言われては、これ以上文句を口にする事も出来ない。

窓から王都の街並みを見る。もしかしたら、もうこれらも見納めかもしれない。宮廷を下がる理由には「体調不良」を使っているだろうから、街中に出る事も出来なくなるのだ。

　ロンカロス伯爵邸に到着して馬車を降りると、何やら邸《やしき》が騒がしい。

「何事か？」

　叔父《おじ》も気付いているようで、出迎えた執事に、眉間に皺《しわ》を寄せて問いかけた。執事の方は焦った様子でセベイン叔父《おじ》の耳元に囁く。

「何⁉　それは本当か⁉」

「は、はい」

「今どこに⁉」

「居間の方においでです」

　執事とのやり取りの後、セベイン叔父《おじ》は走って邸《やしき》の中に入ってしまった。残されたベシアトーゼとノネは、馬車の側で立ち尽くしている。

「……何があったの？」

　残っていた執事に問いただすと、彼は噴き出る汗をハンカチで拭《ぬぐ》いながら答えた。

「その……私の口からは何とも……」

「そう……」

叔父《おじ》があれ程慌てるという事は、由々《ゆゆ》しき事態があったと見るべきだ。居間で何が起きているのかはわからないが、自分は行かない方がいいのかもしれない。

「お部屋に戻っていても、いいかしら？」

「は、はい。すぐに小間使いに荷物を運ばせます」

執事の言葉に頷き、ベシアトーゼはノネと共に与えられた部屋へ入る。そういえば、急な里下りだったから、荷物を全て王宮内の部屋に残したままだ。もう戻らないのであれば、あれらも引き上げなくてはならない。

溜息を吐きつつ部屋に入ると、シーニが待っていた。

「お帰りなさいませ、トーゼ様」

「ただいま、シーニ。……邸《やしき》で何かあったようなのだけど、知っていて？」

「いいえ。ですが、トーゼ様方がお戻りになる少し前から、邸内全体が慌てた様子でした」

「そう……」

一体何があったのやら。とはいえ、他家の事情に首を突っ込むのは躊躇《ためら》われる。既にルカーナの件で大分突っ込んでいる状態なのだけれど、一応は遠慮しておいた。

「それと、ご報告がございます」

「何？」

「前回ご報告した中にあったイェロス侯爵ですが、サトゥリグード大公ヨアド殿下のお妃《きさき》様、レーヤデラ様のご父君だそうです」

「何ですって？」

つまり、イェロス侯爵はヨアドの舅《しゅうと》だ。繋がりは見つかった。では、やはり自分を疑っていた貴族は全て、大公派という事でいいだろう。

そこまでわかったところで、もう王宮に戻る事はないのが悔しい。

——まあ、それは後でもいいわ。

邸《やしき》に戻ったのだから、着替えを済ませてくつろごうかというところで、執事が呼びに来た。

「旦那様が、居間でお待ちです」

どうやら、家の方から首を突っ込んでくれと言ってきたらしい。シーニとノネも一緒にという執事の言葉通り、ベシアトーゼは二人を連れて居間へと向かった。

何度か入った事がある家族で過ごす部屋は、南向きで居心地がいい。部屋の中にはテーブルと、それを囲む形でソファが置かれている。

その部屋が、重苦しい空気に包まれていた。一体何事があったのか、と室内を見回すと、叔父《おじ》夫婦の他に人がいる。

そちらに視線を移したベシアトーゼは、目に入った人物の容姿に驚き過ぎて声も出なかった。向こうも同様なのか、驚愕《きょうがく》の表情でソファから立ち上がる。

自分と同じ顔が目の前にあれば、誰でも驚くだろう。まるで鏡を見ているようだ。

「驚かせてすまない。改めて紹介しておこう。こちらは私の嫁《とつ》いだ姉の娘で、タイエントのヘウルエル伯爵令嬢ベシアトーゼ。ベシアトーゼ、ここにいるのが私の娘のルカーナだ」

やはり。ここまでそっくりで、ルカーナではなかったとしたら驚きである。ベシアトーゼは叔父《おじ》の紹介に合わせて名乗った。

「ヘウルエル伯爵家のベシアトーゼ・マツェーレアです」

「ロ、ロンカロス伯爵家のルカーナ・ユシアにございます」

ルカーナも慌てて名乗る。ベシアトーゼの方は、ルカーナが自分にそっくりであると聞かされていた為、彼女より精神的余裕があった。そうでなければ、今のルカーナと同じく動揺しただろう。

邸《やしき》の騒動は、彼女が戻ってきた為だったようだ。何ヶ月も行方《ゆくえ》知れずだった娘がいきなり戻ってくれば、そうなるのも当然だった。

それにしても、どうして彼女はいきなり帰ってきたのだろう。攫《さら》われたと思っていた

のだが、実は本当に駆け落ちしていただけなのだろうか。

――でも、そんな状況で実家に戻ってきたりするものかしら……しかも、半年足らずで。

生まれも育ちもお嬢様なルカーナが、いざ駆け落ちしたら庶民の生活に慣れなくて、結局家に出戻ったという事なのかもしれない。そういえば、彼女の隣には見慣れない男性が座っている。身なりからして、貴族という事はなさそうだ。

とはいえ、彼の顔立ちはとても整っていた。髪型や着ているものを少し変えれば、宮廷の貴公子といっても通りそうだ。濃い茶色の髪は豊かで、長めの前髪の奥には凛々《りり》しい眉が存在している。瞳の色は緑だ。

それにしても、娘が戻ったというのに叔父《おじ》の表情が優れないのはどうしてか。ジェーナ叔母《おば》も表情を曇《くも》らせている。

――何か、問題でもあったのかしら？

「あの、叔父《おじ》様。それで、ルカーナ様がお戻りになられた他にも、何かございましたか？」

「うむ……実はな……」

そう言ってセベイン叔父《おじ》が語り出した内容は、ベシアトーゼを驚かせるものだった。

「ルカーナは、やはり駆け落ちなどではなく、攫《さら》われていたのだよ。それも、攫《さら》ったのはそこにいるエサクスという男だ」

「ええ⁉」

誘拐犯が何故この場にいるのだ。しかも、ルカーナの隣に座っているとは。ベシアトーゼの視線に、エサクスはいささか居心地の悪そうな様子を見せるが、それでも逃げ出そうという素振りはなかった。何とも奇妙な図である。

「あの、彼が誘拐犯なんですよね？」

ベシアトーゼが確認すると、セベイン叔父《おじ》は苦い顔をして答えた。

「そうだ。そして、ルカーナの命の恩人でもある」

「はあ？」

ますますわからない。誘拐犯と命の恩人という言葉は、普通並び立たないのではないか。ベシアトーゼの訳がわからないという顔に、もっともだとばかりに頷くセベイン叔《お》父《じ》は、もう少し詳しく話してくれた。

エサクスがルカーナを攫《さら》ったのは、とある人物に指示されたからだという。だが、本来の指示はルカーナ殺害も含まれていたそうだ。

息を呑むベシアトーゼに、セベイン叔父《おじ》は続けた。

「彼はその命令にだけは背《そむ》き、知り合いの店で娘を匿《かくま》っていたのだ。店は下町にあり、人の行き来も多い場所だったそうだよ……」

「盲点でしたね……」

ルカーナが姿を消した際、王都は最初にくまなく捜《さが》しただろうに。まさか下町の、しかも店に匿《かくま》われていたとは。

エサクスは、依頼主にはルカーナは死んだと嘘の報告をしておいたという。死体も見ずにそれを信じたというから、相手は抜けているのか、それともエサクスにそれだけの信頼を置いていたのか。

それにしても、どうしても気になる事がある。ベシアトーゼはつい疑問を口にした。

「でも、どうして今頃になって、ルカーナ様をこちらに帰そうと思ったのかしら？」

「それが、匿《かくま》い切れなくなったというのが理由らしいが……」

そう口にする叔父《おじ》は、エサクスの言い分を疑っている様子だ。

――確かに嘘が含まれているように思える……他にも、理由があるのかしら？

疑問があるならば、聞いておく方がいい。ベシアトーゼはエサクスに向き直る。

「エサクス……というのよね？　少し質問してもよくて？」

「は、はい」

ルカーナによく似た顔で、ルカーナがしない表情をするベシアトーゼに、彼もどう反応していいのか測りかねているようだ。

「ルカーナ様をこちらに戻したのは、本当に匿《かくま》い切れなくなっただけ？　他に、理由はないのかしら？」

切り込んだ彼女の言葉に、エサクスは言葉に詰まる。これだけで、先程叔父《おじ》から聞いた理由だけではないというのが丸わかりだ。

「答えなさい。今この場では、あなたは罪人なのよ。黙秘は認めません」

脇から叔父《おじ》の「お、おい」という声が聞こえたけれど、無視する。本来なら、家長であるセベイン叔父《おじ》がこの場を支配すべきなのだが、ルカーナの手前、恩人であるエサクスに気兼ねしているのか、どうにも態度が煮え切らない。

ならば、代わって問いただしてもいいではないか。

「どうなの？」

逃がすつもりはない。その意思を瞳に込めたベシアトーゼの前で、エサクスは逡巡《しゅんじゅん》した後、深く頭を下げた。

「理由は……他にもあります。すみません！　俺は、自分の為に彼女を攫《さら》いました!!」

「エサクス！　待ってお父様！　彼が悪いのではないの！　全ては、大公殿下がお悪いのよ!!」

「え？」

謝罪するエサクスの隣で、ルカーナは彼を庇《かば》う。それよりも彼女は今、何と言ったのか。叔父《おじ》も同じように思ったのか、いささか硬い表情でルカーナに問いただした。

「どういう意味だね？」

「私を攫《さら》うように彼に命令したのは、大公殿下です。それに、彼のお母様も危ないのです！」

「ルカーナ！」

叔父《おじ》の言葉に答えたルカーナを止めたのは、彼女の隣に座るエサクス本人だ。平民の彼がルカーナを呼び捨てにしたからか、それとも名前で親しげに娘を呼んだからか、叔父《じ》は憤怒《ふんぬ》の表情になっている。ジェーナ叔母《おば》とベシアトーゼは、お互いに顔を見合わせた。

叔父《おじ》の話では、ルカーナは自分の意見もまともに言えない娘だったはず。だが、今目の前にいる女性は、ベシアトーゼ程ではなくとも、きちんと自分の思いを口にした。

攫《さら》われて匿《かくま》われているうちに、ルカーナの中で何かが変化したのか、それともエサクスの窮地《きゅうち》という事で瞬間的に力が出ているのか。いずれにしても、エサクスがルカーナに与える影響は大きい。誘拐犯で、平民の彼がだ。

内心頭を抱えているベシアトーゼを余所《よそ》に、エサクスとルカーナの言い合いはまだ続いていた。

「それは今ここで言う事じゃないんだ！」

「どうして⁉　お父様に話せば、きっといいようにしてくださるわ！　あなたのお母様だって、きっと助けてくださるもの」

ルカーナ達は見事に二人だけの世界に入り込んでいるらしい。叔父《おじ》ですら口を挟めないでいる。

「……俺は君を攫《さら》った犯人なんだ。そんな俺を助ける筋合いは、伯爵にはないんだよ」

「でも！　悪いのは全部大公とその周りにいる人達なのでしょう⁉　あの人達、あなたがいない時に店にも来たのよ。とても横柄で嫌な人達だったわ」

「待て！　君はあいつらに顔を見られたのか⁉」

「あの時は、ベールを深く被っていたから、多分顔まではわからなかったと思うの」

「何て事だ！　君が生きていると連中が知ったら、ここに攻めてくるかもしれない」

「いや、それはないでしょう」

冷静なベシアトーゼの突っ込みに、ようやく二人はここがどこで、自分達が何を口走っていたかに気付いたようだ。二人して顔を真っ赤にして、それまでの興奮した様子はどこへやら、俯《うつむ》いておとなしくなる。

「先程のエサクスの話だけれど、ルカーナ様が生きているとわかっても、伯爵邸に攻めてくる事はありません。王族とはいえ、国の重鎮である貴族の家を単独で攻撃などしたら、どのような理由であっても厳罰は免《まぬが》れないもの。あの大公がそんな危険な橋を渡るとは思えないわ」

ベシアトーゼの意見に、セベイン叔父《おじ》も頷いているのが見えた。

「そうだな……それに、エサクス、君の事情も聞いておこうではないか。何しろ、我が娘がいたく君の事を気にかけているようなのでねえ？」

セベイン叔父《おじ》はとてもいい笑顔だが、目だけは笑っていない。ルカーナは父の言葉に感動しているようなので、ベシアトーゼはあえて何も言わなかった。エサクスは気付いて顔を青くしているけれど、試練と思って乗り越えてもらおう。

「君の母親の事が度々《たびたび》話に出ているようだが、もしや大公側に人質に取られてでもいるのかね？」

セベイン叔父《おじ》の問いかけは図星だったか、一瞬エサクスは肩をびくりとはねさせた。しかし、事実はこちらの予想の上をいっていた。

「……近いものです。母は……いえ、俺は、大公の落とし胤《だね》なんです」

「ええ!?」

エサクスの重大発言に、叔父《おじ》夫婦のみならず、ベシアトーゼも驚きの声を上げた。シーニの言っていた大公の隠し子が、まさかこんな形で見つかるとは。

しかも庶子とはいえ大公の実子が、犯罪に手を染めている。しかもルカーナの言い分が正しければ、命令しているのは父親である大公本人なのだ。

「……詳しく話しなさい」

「はい」

叔父《おじ》が促《うなが》すままに、エサクスは話し始めた。

エサクスの母親は、エンソールドの北方にある小国の出で、身よりがない為、流れてこの国に来たそうだ。やっと見つけた飲食店で働いていたところ、お忍びで店に来た大公に目をつけられ、そのまま邸《やしき》に奉公に上がる事になったという。

邸《やしき》で下働きとして働いている間に大公のお手つきとなり、エサクスを身ごもると、いきなり邸《やしき》から放り出されたそうだ。着の身着のまま、手切れ金すらもらえなかったらしい。

母親は苦労しつつも彼を産み育て、貧しいながら親子二人幸せに暮らしていたという。

その幸せは、彼女が倒れた事で崩れた。

働き過ぎが原因だったらしい。薬を飲んで安静にしていれば治ると言われたけれど、肝心の薬が高価でエサクスには手が出なかったのだとか。

最後の手段として、母親が隠し持っていた高価な短剣を売ろうとしたが、紋章が入っているせいで簡単には売れず、途方に暮れていたところに訪問者があった。

訪問者は、短剣を売ろうとした店から話を聞いて、エサクスを訪ねてきたのだという。恰幅《かっぷく》のいい、五十がらみの貴族らしい男性だった。

彼は、エサクスが大公の隠し子である事、大公なら母親の薬を用意出来る事、のみならず彼女が安静に過ごせる場所と身の回りの世話をする人間も用意出来ると言ったらしい。

その代わり、エサクスに大公の隠し子である事を口外しない事と、大公の為に働く事を約束させたのだ。その仕事の内容が、犯罪紛《まが》いどころか、完全な犯罪ばかりだったのだとか。

「これが、その短剣です」

彼が懐《ふところ》から取り出した短剣は、鞘《さや》や柄《つか》に小ぶりの宝石があしらわれた金細工で、どちらにも紋章が彫られている。叔父《おじ》が確認したところによると、確かに大公家ではなくヨアド個人の紋章だった。

王族は個人でも紋章を持つ習慣があり、それは嫁《とつ》いだり養子に入ったりした先の家の紋章とはまた別に、生涯持ち続けるものなのだそうだ。

目の前に戻された短剣を見ながら、エサクスは今にも泣き出しそうな顔をしている。

「早くやめたかったんですが、母の容態が良くなるまではと思い、汚い仕事をしてきました。人を痛めつけたり、攫《さら》った女性を人買いに渡したり……でも、言い訳になりますが、人殺しだけはしなかったんです！　なのに、あいつら……」

ルカーナの件を思い出したのだろう。彼女を誘拐して殺すよう指示したのは、例の恰《かっ》幅《ぷく》のいい貴族男性だそうだ。というか、仕事は全て彼か、彼の手下から命令されていたらしい。

「それで、あなたのお母様は今どこに？」

敵の手中にあるのなら、その身が危うい。だが、エサクスも同様に考え、貴族の男に用立ててもらった家からは連れ出しているそうだ。

「彼女を匿《かくま》ってもらった店の、知り合いのところに行ってもらってます。王都の下町でも外れの方だから、連中にも見つからないだろうと思って」

一応母親の安全を確保した上で、ルカーナを連れてきたようだ。ベシアトーゼは、セベイン叔父《おじ》に囁く。

「これ、どうなさいます？　庶子とはいえ、大公の血筋となると、少々厄介《やっかい》なのでは？」

「少々どころの騒ぎではない。大公殿下には、後継ぎが一人もいないのだ」

苦い表情の叔父《おじ》の言葉に、ベシアトーゼも納得した。一番の問題は、大公夫妻に子供が一人もいない事にある。それどころか、どの愛人との間にも女児はいても男児はいないのだとか。

「大公家はただの貴族の家ではない。王族であり、王家存続の為の家でもあるのだ。確かに、これまでに大公家が継承権争いの火種になった事は何度かあるが、大公家の存在があればこそ、現在の王家が存続しているとも言えるのだから」

大公家は、世継ぎを持たない王の為の「予備」なので、女児は後を継げない。

つまり、庶子とはいえ、この国において大公家の後継ぎになれるのは現在エサクスだけなのだ。これで彼の母親より身分の高い女性に男児がいればそちらの方が優先されるけれど、他にいない以上、母親の身分の低さは問題にならないらしい。

この先、大公夫妻に男児が生まれれば話は別だが、夫婦仲が冷え切っているという話であり、おそらくその可能性は低いだろう。

そして、現在の王であるウィルロヴァン三世には世継ぎとなる男児がいないのだ。

ヤレンツェナの出産が期待されているが、未《いま》だその兆候すらないのだから、徒《いたずら》に大公家をなくす訳にはいかない。そして、現在大公の地位に就《つ》けるのは王弟ヨアド以外にいなかった。

「……他に、例えば国王陛下の従兄弟君などはいらっしゃらないんですか？」

ベシアトーゼの疑問に、セベイン叔父《おじ》は首を横に振りながら答える。

「いらっしゃるが、全員陛下よりも年嵩《としかさ》の方ばかりなのだよ。それでは大公位に就《つ》いていただく訳にはいかない」

何せ予備なので、国王よりも若い事が条件の一つになっているそうだ。

「という事は……」

現状、エサクスは唯一人の「予備の王位継承者」の後継者になる。万一、ヤレンツェナに男児が生まれず、大公が他に男児を儲《もう》けぬまま没すれば、彼が王位に就《つ》くのだ。

「この事は、ルカーナの件と合わせて王宮に報告しなくてはならないな……」

頭の痛い事だ、と言いつつ叔父《おじ》はソファに背を預けた。室内では、エサクスとルカーナが何やら小声で話し合っていて、それをジェーナ叔母《おば》が心配そうに見つめている。

エサクスは、これからどうするのだろう。おそらくはこのまま伯爵邸に留め置かれるとは思うが、彼の母親の身も心配だ。果たして、本当に大公側に見つからずに済むのか。

それに、大公の側にいるという恰幅《かっぷく》のいい貴族男性も気になる。年齢的に、大公の取り巻きとは少し異なる印象だ。王宮で見た彼等は、総じて二十代後半から三十代前半といった年齢だった。

大公という地位を考えれば、付き合いのある貴族の数は多いと思われる。それこそ、五十がらみの貴族家当主など掃《は》いて捨てる程いるはずだ。

そこでふと、ベシアトーゼの脳内に一つの存在が浮かんだ。

「叔父《おじ》様、イェロス侯爵がどんな方かご存知《ぞんじ》？」

「大公妃の実家のか？　確か……そうか、そういう事か」

セベイン叔父《おじ》も気付いたらしく、部屋の端に控えていた小間使いを呼び、何やら耳打ちする。彼女は部屋を出ていくと、しばらくしてから分厚い一冊の本を持って戻ってきた。

「こちらになります」

「……エサクス、この紋章に見覚えはないか？」

セベイン叔父《おじ》はそう言って、本のあるページをエサクスに提示する。そこには、向かい合った一角獅子《いっかくしし》が塔を支える紋章があった。

「これ……ありました！　あの男の服のボタンに、こんな絵が」

「そうか……」

顔を曇《くも》らせたセベイン叔父《おじ》は、開いたページがよく見えるように掲《かか》げる。

「これは先程君が言った、大公妃の実家イェロス侯爵家の紋章だ」

予想は的中したようだ。婚家と嫁の実家が手を組むのは、政略結婚の基本である。

「では、やはり」

「うむ。エサクスのもとに現れた貴族男性は、大公妃レーヤデラの父でありイェロス侯爵家当主マジェーモ殿だな。彼はレーヤデラ妃の件で大公とは不仲と言われているが、そう見せかけていただけだったのか……猜疑心《さいぎしん》の強い人物だから、人任せにせず自《みずか》らエサクスに指示を出していたのだな」

貴族家の紋章を身につけるものに刻めるのは、直系の男子か当主以外にいない。侯爵家の直系男子は二人ともまだ二十代前半らしく、紋章を刻んだボタンを身につけられる五十がらみの男性は当主マジェーモ以外いないそうだ。

「ですが、そんなすぐわかる格好をしてエサクスに会ったりするでしょうか？」

「エサクスは庶民育ちだ。紋章の知識などないよ。現に、こうして絵で見せたから思い至ったが、これまで男性の特徴としてボタンの意匠など出てきていないだろう？」

「確かに。年齢と体形だけでしたね」

そう考えると、彼がよくボタンの意匠を覚えていたものだ。本人に確認したところ、エサクスは細工師になるのが夢だったそうで、今でも街中にある意匠を見るのが癖になっているという。だから、男性のボタンにも目がいって覚えたらしい。

貴族同士ならば、必ず相手が身につけているものを見る。紋章が刻まれていれば直系か当主、そうでないなら傍系もしくは当主になれない存在という事だ。相手の顔を知らずとも紋章さえ押さえておけば、対応を間違う事はない。

——宮廷に上がる前の付け焼き刃な知識だったけど、案外覚えているものね。

貴族にとって家の紋章とは、それだけ重要なものなのだ。そして、その紋章を隠す事なくさらけ出していたのを考えると、イェロス侯爵の計画が見えてくる。

「叔父《おじ》様、もしかして、侯爵は彼の事を……」

ベシアトーゼの小声での問いに、セベイン叔父《おじ》も小声で答えた。

「遠からず、処分するつもりだろうよ。侯爵にとっては、エサクスは邪魔な駒でしかない。彼に裏の仕事をさせたのも、いざという時に全ての罪を被せて切り捨てるつもりだったのだろう」

イェロス侯爵の最終目的は、大公ヨアドと娘レーヤデラとの間に生まれた男児を王位に就《つ》ける事だ。その為には、大公ヨアドが王位に就《つ》く事が最低条件であり、ヨアドの後継ぎはレーヤデラが産まなくてはならない。エサクスは、まさしく邪魔な存在なのだ。

彼は実にいいタイミングで大公のもとを離れた。おそらく、彼はルカーナの為だけに行動したのだろう。でも、結果としてそれが彼の命を救っている。

「もう一つ、これはノネの能力を活かして調べたのですが……」
ベシアトーゼはそう前置いてから、大公派の貴族とイェロス侯爵の派閥が繫がってい
る可能性を告げた。聞き終わったセベイン叔父《おじ》は、苦い顔をしている。
「……イェロス侯爵は大公がレーヤデラ妃を蔑《ないがし》ろにしている事に腹を立てていると噂《うわさ》
されていた。それは隠れ蓑《みの》だったのか……それにしても……」
イェロス侯爵は大公と裏で繫がり、しかもエサクスを使ってルカーナを攫《さら》わせた。そ
れ以外にも、彼には後ろ暗い仕事を押しつけていたと思われる。おそらく、大公家だけ
でなく、侯爵家の分も。下手をすれば、派閥の他の家の分までやらせていたのではないか。
そうなると、やはりエサクスは強力な生き証人となる。敵方が彼の不在を知ったら、
草の根を分けてでも捜《さが》そうとするだろう。
「叔父様《おじさま》、彼はこのままここに置いておいた方がいいのでは？」
「当然だ。明日にでも王宮に報告に参る。陛下のご裁可が下るまでは、我が家にて預か
る事になるのだろうなあ……」
叔父《おじ》の語尾がおかしな事になったのは、目の前で娘ルカーナと親密そうにしているエ
サクスを見ているからだろう。もっとも、二人は真剣な表情で何かを言い合っているの
だが。

叔父《おじ》は二人を見て、今にも歯がみしそうな様子だ。

「と、ところで、二人は何をそんなに話しているのかしら？」

このままにしておいたら、叔父《おじ》が先程の考えを翻《ひるがえ》して彼を追い出しかねないので、ベシアトーゼは話題転換の為に聞いてみた。

すると、二人の口からは意外な言葉が出てくる。

「エサクスが、大公のもとに戻るって言うんです！」

「え!?」

驚くベシアトーゼ達に、エサクスは慌てて説明した。

「いや、彼等のところではなくて、仕事で使っていた隠れ家の方です。そこに隠し戸棚があって、これまでの悪事の証拠が取れるだけ取ってあるから、持ってこようと思って」

「それ、本当？」

「ええ」

ベシアトーゼは、セベイン叔父《おじ》を見た。彼も、先程の様子とは打って変わって厳しい表情になっている。

「エサクス、その隠れ家と隠し戸棚の場所を教えなさい。私の手の者に取りに行かせる」

「え……でも……」

内容が内容だからか、エサクスはすぐに了承しなかった。だが、彼自身に取りに行かせる事は出来ない。

「あなたの為なのよ。今この邸《やしき》から一歩でも外に出たら、あなたの命を保証出来ないの」

「え……」

ベシアトーゼの直接的な言葉は、彼に響いたようだ。嘘は言っていない。伯爵邸も、イエロス侯爵の手の者に見張られている可能性があるのだ。

エサクスがルカーナを連れてきただけでも、向こうにとっては計算違いだろう。それを言ったら、ベシアトーゼの存在そのものが大きな計算違いなのだが。

「あなたはとてもいい時期にこの邸《やしき》へ来たわ。ほんの少しでも遅れていれば、ルカーナ様共々、あなたもこの世から消されていたでしょうね」

「そんな……」

「あなたを使っていた貴族男性は、そういう事が平気で出来る人なのよ。だからこそ、ルカーナ様を殺せと命令したのでしょう？」

「……」

ベシアトーゼに畳みかけられ、エサクスは反論出来ないでいる。今になって、自分が関わっていた人物達がどういう存在なのか気付いたのだ。

「ここは叔父様《おじ》に任せておきなさい。決して悪いようにはしないわ」

エサクスは逡巡《しゅんじゅん》するが、彼の隣で心配そうな顔でルカーナが彼の名を呼ぶと、意を決したようにベシアトーゼを見上げた。

「わかりました。伯爵に全てお任せします」

彼の決断に、ベシアトーゼは笑顔で頷く。これでうまくいくだろう。サトゥリグード大公やイエロス侯爵の悪事の証拠があれば、彼等を失脚させる事が出来る。そして悪事に荷担したとはいえ、大公の庶子であり、証拠を提出するエサクスは恩赦《おんしゃ》を得られるはずだ。

そうなれば、ルカーナとの未来にも希望が見えてくる。正直、深窓の令嬢である彼女が平民と結婚してうまくやっていけるか心配な部分があるが、そこは周囲が手を貸せば何とかなるのではないか。

叔父《おじ》が渋っても、ジェーナ叔母《おば》が率先して動いてくれると信じている。何せ、叔母《おば》には最強の昔馴染《なじ》みが王宮にいるのだ。

王妃ヤレンツェナは、こういう話が大好きだし、何よりなかなか会えない昔馴染《なじ》みに頼られたら嬉しいだろう。きっと二人を祝福して、いいようにしてくれる。

完全に他人頼みで不甲斐《ふがい》なくはあるけれど、他国でベシアトーゼに出来る事などたかが知れていた。

——こういった事は、権力を持っている人にこそ頑張ってもらわなくては。

そんな呑気《のんき》な事を考えていたベシアトーゼが、現実の波に押しつぶされそうになるのは、ほんの少し後だった。


その報がロンカロス邸に届いたのは、世間一般では夕食の時間帯と言われる頃だ。あの後、居間で解散したベシアトーゼ達は、それぞれ好きなようにくつろいでいた。

セベイン叔父《おじ》は書斎に、ジェーナ叔母《おば》は厨房《ちゅうぼう》。ルカーナは自室に送られて、エサクスは客間に案内されている。ベシアトーゼは、この館で与えられた部屋にいた。

玄関先が騒がしいので、思わず早足で階段まで出てきたところ、玄関ホールには叔父《おじ》も出てきている。

叔父《おじ》の前にひざまずいているのは、エサクスの残した証拠を取りに行った者達らしい。

彼等は叔父《おじ》の前で、焦った口調で報告していた。

「王宮襲撃の計画あり！　標的は王妃陛下です！」

「詳しく話せ！」

「は！」

その様子を階段の上から見ていたベシアトーゼは、足下から力が抜けていくのを感じる。

「トーゼ様！」

危うく階段から落ちるところをシーニに助けられた。二人で手すりにもつれるようにしていると、階下の声がよく聞こえてくる。

「王宮に火を放ち、その混乱に乗じて王妃陛下を拉致《らち》する計画との事です。王宮の東、普段は使われないヤヒドの口から連れ出すと」

「真《まこと》か？」

「はい。隠れ家に参りましたところ、例の方がお見えで、我々が潜《ひそ》んでいるのにも気付かずに計画の確認をしていました」

「そうか……決行はいつだ？」

「今夜です」

「何だと!?　こうしてはおれん。馬を引け!!」

「は！」

王宮、火をつける、王妃、拉致《らち》、ヤヒドの口。それらの言葉がベシアトーゼの中で渦《うず》を巻いた。王宮にはいくつもの出入り口があり、それぞれに名前がついている。これはエンソールドの古い神の名だそうで、出入り口がある箇所にちなんでいるという。

王宮で過ごしていた間に、ヤヒドの口という名は聞いた事がない。という事は、普段働いていた奥ではなく、中間辺りにある出入り口か。ノネに確認すると、王宮の東側にある出入り口との事だった。

ベシアトーゼは階下に向けて走り出した。

「叔父様《おじさま》！　私も参ります!!」

「馬鹿を申せ！　女の身で何が出来る!?」

「剣でも槍でも弓でも！　シーニ！　私の武器を持ってきて！」

「ここに！」

ベシアトーゼの言葉に面食らっている叔父《おじ》の前で、彼女はシーニが捧げ持つ剣とマントを手に取った。剣帯をドレスの上からつけてマントを羽織《はお》る。彼女愛用の剣は小ぶりで、ドレスにもつけられるよう工夫してあるものだ。ちなみに、例の元婚約者の肩を貫《つらぬ》いたのも、この剣である。

「トーゼ様、私も参ります」

シーニも剣を手にしていた。ベシアトーゼの分を持ってくるついでに、自分の剣も用意していたらしい。

「その格好のままで平気なの？」

「それはトーゼ様もですよ」

シーニの言葉に、ベシアトーゼは笑う。そういえば、自分達はヘウルエル領にいる頃から、スカートで剣を振りまわしていたのだ。それがドレスと小間使いのお仕着せに替わっただけなのだから、何も問題はない。

「叔父《おじ》様、参りましょう」

「あ、ああ」

すっかりこちらの空気に呑まれていたセベイン叔父《おじ》は、やっと正気に戻ったようだ。

馬丁《ばてい》が引いてきた馬の手綱《たづな》を取り、ベシアトーゼを振り返る。

「王宮までは馬で行くぞ。乗れるか？」

「もちろんです」

自領では男の格好で乗馬を嗜《たしな》んでいたが、ドレスでも乗れない訳ではなかった。周囲の視線が少し痛いが、今は構っている場合ではない。ベシアトーゼは迷う事なく馬にまたがった。

王都の大通りを疾走する三頭の馬に注目する人は意外に少なかった。時間帯から言って、人通りが少なくなっているせいもあるが、外にいる人々は皆、王宮に視線を向けているのだ。

大通りの向こうに見える王宮が、赤く染まっている。

「もう火の手が上がっているのか」

隣を走る叔父《おじ》の、呆然とした声が聞こえてきた。火が放たれたという事は、既にヤレンツェナが攫《さら》われているかもしれない。手遅れになる前に、何としても救い出さなくては。

「叔父《おじ》様、急ぎましょう！」

「ああ」

これまで以上に馬を急がせ、王宮へと向かう。近づけば近づく程、混乱しているのが見て取れた。逃げ惑う人々、消火活動に勤《いそ》しむ者、むやみに走り回る者までいる。

王宮の正門付近で馬を下りると、ベシアトーゼはセベイン叔父《おじ》に告げた。

「私はヤヒドの口へ急ぎます。叔父《おじ》様は、陛下のもとへ」

「二人だけで大丈夫なのか？」

「多分……いいえ、何とかします！　行くわよ、シーニ」

「はい！」

表の中央にある一番大きな出入り口であるチェードンの口から入り、奥へと走っていく。途中すれ違う人々は、我先にとチェードンの口や脇にある出入り口へと向かっていた。それらの人の流れに逆らって奥へ行くのは困難かと思われたが、シーニがうまく誘導してくれるおかげで難なく進めている。

王宮の中程を過ぎて、そろそろ奥の区域に近づこうかという辺りに差しかかると、剣《けん》戟《げき》の音が響いてきた。振り返ったシーニと視線を交わし、頷き合う。音は東側から聞こえてきている。おそらく、ヤヒドの口だ。

音のする方へ足を向けると、予想通り数人の騎士と黒ずくめの男達が切り結んでいる。どう見ても、騎士の方が少人数で劣勢だ。黒ずくめの向こう側には、意識を失っているヤレンツェナの姿があった。

「ヤレンツェナ様!!」

叫んで走る速度を上げるベシアトーゼは、胸元のペンダントトップを指先で割る。このペンダントトップは、ヘウルエル領の偏屈薬師が特定の樹木の樹液から作り出した、一見ガラスのように見える入れ物だ。

ガラスよりも柔らかくて指先で強く押すと割れるのだが、破片で指先を傷つける事がない優れもので、中には愛用の香水が詰め込まれている。この香水には、ちょっとした面白い効能があるのだ。

ベシアトーゼはあっという間に前を走るシーニを追い抜いて、切り結んでいる騎士に加勢する。走った勢いそのままに斬りかかった相手を倒し、すぐに次の相手と対峙した。

それまで切り結んでいた騎士達が驚いている気配が伝わってきたものの、今は相手をしている暇はない。目の前で、ヤレンツェナがヤヒドの口から連れ出されようとしているのだ。

「そこをどけえええええ!!」

ベシアトーゼの怒号に一瞬驚いた男達だったが、すぐに我に返って剣を向けてきた。それらを捌《さば》いて奥へと足を進めるも、次から次へと黒い壁が湧いてくる。

いくら剣が扱えるとはいえ、女の体力、しかも多数の相手だ。あっという間に黒ずくめの男達に囲まれ、布で鼻と口を覆われてしまった。きつい臭《にお》いがするそれには、何かの薬品が染み込ませてあったらしい。ベシアトーゼの意識は抵抗虚しく、ゆっくりと落ちていった。

遠くで誰かの声が聞こえる。聞き覚えのある声だ。誰かに呼びかけているが、それは自分の名前ではない。では、誰のものだったか……

段々と意識が浮上するにつれ、声の主を認識出来るようになった。

「……カーナ、しっかりしなさい、ルカーナ！」

「……ヤレンツェナ……様？」

「ああ、良かった！　目が覚めたのね！」

目の前には泣き笑いのような顔のヤレンツェナがいる。そうだ、彼女が呼んでいた名前は入れ替わった従姉妹《いとこ》のものであり、現在ベシアトーゼが名乗っている名だ。

完全に意識が戻ったので、勢いよく起き上がったベシアトーゼは状況を確認する。確か、意識を失ったヤレンツェナを見て、黒ずくめの男達に突っ込んでいったのだ。そこまでは覚えている。では、その後どうなったのか。

「ヤレンツェナ様、お怪我はありませんか？」

「大丈夫よ。あなたの方こそ、問題はなくて？」

逆に問われて、ベシアトーゼはざっと自分の体を確認する。特に痛む箇所はない。

「私も問題ありません」

改めて周囲を見回すと、石造りの壁が剥《む》き出しになった、粗末な狭い場所である。高いところに小さな穴が開いていて、そこが窓のようだ。絨毯《じゅうたん》も壁かけも、ましてや暖炉《だんろ》などもない部屋は、冬の寒さで満ちている。マントを取られていなかった事だけが救いか。

ヤレンツェナの方は暖かそうな外出着だ。おそらく公務で視察に出るところか、戻ってきたところを攫《さら》われたのだろう。何にしても、凍死を免《まぬが》れたのはいい事だ。

反対側の壁には頑丈そうな扉があり、確認するとやはり鍵がかかっている。どうやら、自分達はあのまま攫《さら》われたようだ。状況確認が終わって、ベシアトーゼは軽い溜息を吐いた。

まさか、自分まで攫《さら》われるとは。ヤレンツェナが無事なのが救いとはいえ、襲撃された王宮の方も心配だ。セベイン叔父《おじ》や侍女達、それに国王は無事なのだろうか。

「あなたまで一緒に誘拐されるなんて、巻き込んでしまった事を許してちょうだい」

「もったいないお言葉です。それよりも、お助けする事が叶わず、申し訳ございません」

「まあ、それこそ、あなた一人の力ではどうにも出来なかった事でしょう。謝罪の必要はありませんよ」

このような状況でも気丈に微笑むヤレンツェナに、ベシアトーゼはほっと息を吐く。

――それにしても、どうしてヤレンツェナ様を誘拐などしたのかしら……

存在が邪魔なら、あの王宮の火事騒動のどさくさに紛れて命を奪《うば》う方が簡単だっただろう。何故わざわざ手間をかけてまで攫《さら》ったのか。

それは、自分に関しても言える。あの場で切り捨てる方が余程楽だったはずだ。予定外の人間を一人攫《さら》うのは手間がかかるだろうに。何か、別の目的があるのかもしれない。

考えても答えが出てくる訳ではない。どうしたものかと考え込むベシアトーゼの耳に、ヤレンツェナのぼやきが入った。

「それにしても、硬い床ねえ。ソファどころか、クッションの一つもないなんて、気が利かないと思わない？」

「あの」

「部屋も狭いし、暖房もないから寒いし。これがダーロなら、私達寒さで参ってしまうところよ。本当、エンソールドで良かったわね」

「ヤレンツェナ様」

「何？」

ベシアトーゼの呼びかけにこちらを向くヤレンツェナの顔には、火事や攫《さら》われた事に対する悲壮感や絶望感といったものは微塵《みじん》もない。

大国の王女として生まれ育ち、大国の王妃となった彼女だというのに、この落ち着きぶりはどういう事だろう。

——もしや、王宮が火事になった事をご存知《ぞんじ》ない……？

知っていたら、国王や侍女達の安否《あんぴ》を気遣う言葉が出てもおかしくはない。だとすると、火事騒動が起こる前に意識を奪《うば》われたと見ていい。

そんなヤレンツェナに言える事は、一つしかなかった。

「頑張って、王宮に戻りましょうね！」

「そうね！」

徒《いたずら》に心配の種を蒔《ま》く必要はない。ここで出来る事は、生きる事と無事に脱出する事だけだ。

心が決まると、何だか本当に乗り越えられそうな気がしてくるから不思議だ。ベシアトーゼは、自分の手を見下ろす。既に手についた香水は乾燥しているけれど、これが効果を発揮するのはこれからだ。

ヘウルエル領から連れてきた猟犬、クープとネープなら香水の匂いを辿って今いる場所を特定出来るだろう。あの二頭はバイドが手ずから仕込んだ犬達で、命令次第で剣を持った相手にも怯《ひる》まず立ち向かう勇敢な子達である。捜索に関しては、シーニがうまくやるはずだ。

あの場に置いてきてしまったが、きっとシーニなら切り抜けている。何より、黒ずくめ達の目的はヤレンツェナの誘拐で、シーニ達追っ手の殲滅《せんめつ》ではないのだ。

「ヤレンツェナ様、ここに連れてこられた時の事を、覚えていらっしゃいますか？」

「いいえ、私もつい先程目を覚ましたばかりで、何もわからないのよ。でも、この部屋の壁を見て、場所はわかったと思うわ」

「本当ですか!?」

意外な答えだ。壁を見てわかる事実があるとは、ベシアトーゼには思ってもみない事だった。ヤレンツェナは高い窓がある壁の一部に手で触れる。

「ここに、小さくだけど名前と年号が彫ってあるのよ。見える?」

「……ええ、見えました」

年号は今から百五十年近く前のもので、名前は見た感じ庶民の男性のもののようだ。

「この年代にエンソールド国内で制作された建物で、こうした彫り物が許される現場は一つしかないの。王都の外れにある聖モンユーカナ聖堂よ」

「聖堂!? じゃあ、この誘拐事件には教会が関わっているんですか?」

だとしたら、大問題だ。教会が王妃の誘拐に手を貸していたとなったら、王家と教会との対立になってしまう。そうなったらエンソールド一国の問題ではない。

だが、ベシアトーゼの懸念をヤレンツェナが吹き飛ばした。

「いいえ、それはないと思うわ。多分、勝手に使っているんでしょう。ここは建築が始まってから二百年近く経っているんだけど、まだ完成していないの。しかも、今は工事が止まっているわ」

「工事が止まっている……だから、簡単に入れたと？」

「警護担当の者はいるわよ。多分、金の力で黙らせたわね」

完成前とはいえ、教会の聖堂だ。不埒《ふらち》な者が入り込まないように管理されているそうだが、管理者が金で言いなりになっていては、意味がないのではないか。

「あ、でも何故、彫り物だけでそこまでわかるんですか？」

「答えは簡単。貴族や富裕な商人が建てる建物には、こんな彫り物を入れる事は出来ないのよ。大抵は監視されているから。でも、教会が建てる建物だけは見逃されているの。それで石工達は教会建立に携《たずさ》わる場合、必ずどこかにこうして自分の名前と関わった年代を彫り込むのよ」

すらすらと答えるヤレンツェナに、ベシアトーゼは感心しきりだ。それと同時に、自分は何と物知らずなのかと恥じ入る。

これまで勉強を怠《おこた》った覚えはないが、こうした知識を取り込む努力は怠《おこた》っていたのではないか。確かに大国の王女であったヤレンツェナに比べれば、一貴族の娘に過ぎないベシアトーゼが受ける教育の質には差があるだろうが、それを努力しない言い訳には出来なかった。

――ヘウルエルに戻ったら、勉強をやり直そう……

やがては自分が女伯爵として領地を治め、他の貴族達と渡り合っていかなくてはならないのだ。知っていて損する知識はない。

攫《さら》われた女二人が奇妙な時間を過ごしていると、唐突に鍵を開ける音が響いて扉が開いた。

「何者!?」

ベシアトーゼは咄嗟《とっさ》にヤレンツェナを背後に庇《かば》い、誰何《すいか》の声を上げる。入ってきたのは仮面をつけた男が四人だ。

中央にいるのが、おそらく黒幕だろう。身につけているものや態度からそう推察出来る。その後ろにいるのも、身なりのいい男性だ。残る二人は剣を佩《は》いている事から、護衛役と思われる。

「随分と元気な娘だ。さすがは素性の知れぬ卑しい者よ」

中央の仮面の男が、笑い交じりに言った。どこかで聞いた覚えのある声で、引っかかる物言いである。

「ロンカロス伯爵の娘などと称して王宮に入り込むとは。いやはや、伯爵にも驚いたものだ。忠義面をしながら、その実、王家を欺《あざむ》いていたとは」

王家に徒《あだ》なす輩《やから》はお前の方だ、と反論したいが、背後にヤレンツェナがいる以上、危険な真似《まね》は出来ない。ベシアトーゼは無意識のうちに胸元のペンダントを探った。

トップにはまだ香水が残っていたらしい。指先に、わずかな湿《しめ》り気を感じる。乾いた状態でも触れれば効力を発揮するが、濡《ぬ》れていた方がよりはっきりと結果が出るのだ。これ幸いと、ベシアトーゼは指先で香水の残りを拭《ぬぐ》う。

その間も、仮面の男はべらべらと喋っていた。愚にもつかない内容が多かったが、段々とその内容は国政に関する不満へと移っていく。

「まったく、だからダーロとの同盟など無意味だと言ったのだ。力で押せば落ちるというのに」

興奮してきたのか、仮面の男はベシアトーゼ達を前に己の妄想をひけらかし続けた。曰《いわ》く、軍隊を強くしてダーロに攻め入り、征服するべきだ、エンソールドは大陸に並ぶ者なき強国でなくてはならない、その為にも同盟などという手ぬるい手段を使うべきではない。

一通り持論をぶちまけた男は満足したのか、何の反応も返さない女二人に不用心に近づいてきた。

「それにしても、本当にお前は誰なのだ？　伯爵がどこから連れてきたのか、まるでわからんとは……」

「どういう意味かしら？　私はロンカロス伯爵家の娘です」

「馬鹿を申せ。ロンカロスの娘ならば、とうに死んでおる」

仮面の男の言葉に、ベシアトーゼは目を剥《む》く。その事を知っているのは、エサクスに嘘の報告をされた者だけだ。そういえば、この仮面の男の甲高い声は、大公の声ではないか。

その後ろにいるもう一人の仮面の人物が、イェロス侯爵だろう。確かに、恰幅《かっぷく》のいい体形だ。ただ、今日はさすがに紋章入りのボタンは身につけていないらしい。

驚くベシアトーゼを見て満足したのか、大公はさらに口を滑らせた。

「ロンカロスを慌てふためかせたかったのだが、あの男、娘にも情を持たぬとは。やれ大公としての威厳がどうの、王族としてその態度はどうかだのと口うるさかったから、少しは困ればいいと思ったというのに」

目の前の男の言葉に、ベシアトーゼは目眩《めまい》を感じた。背後の男が手前の仮面の男を制しているが、手前の男は気分良く喋っているのを遮《さえぎ》られた事に腹を立てているのか、殊《こと》更《さら》後ろの男を無視する形でべらべらと話しまくった。

セベイン叔父《おじ》は宮廷でも国王の信任厚く、大公に対しても怯《ひる》まず苦言を呈《てい》していたようだ。それに対する意趣返しで、ルカーナを攫《さら》って殺させたという。何という酷い話だ。

といっても、ルカーナは生きている。それをここで言ってやりたいけれど、ヤレンツェナの手前それは出来ない。何しろ、今は自分がルカーナなのだ。

なので、少しだけ仮面の男の言葉に乗ってみる事にした。

「それで……殺したというの……?」

「ふむ、そのように命じたからな。ああ、いっそあの娘も他国に売れば良かったか。いや、実に惜しい事をしたものよ。何しろ、下級であっても貴族の娘は高値がついたからな。伯爵家の娘ならば、さぞ高額になった事だろう」

下卑《げび》た笑い声を上げる仮面の男を、驚愕《きょうがく》の思いで見つめる。では、エサクスが言っていた攫《さら》って売った娘というのは、平民ではなく貴族なのか。

平民でも大事だが、売られたのが貴族とあってはさらに大事《おおごと》だ。大公とその取り巻きは、考える頭がないのだろうか。それとも、万が一にも事が露見すると思わない甘い考えの持ち主達なのか。

その時ふと、叔父《おじ》の言葉が頭をよぎる。いざという時には、エサクスを全ての犯人に仕立てて殺すつもりだろうというもの。だから彼等は安心しきっている。思い至った途端、怒りが振り切れた。

一度胸元のペンダントトップに触れた後、手前の仮面の男の横面を張り倒す。

「ぐお！」

痛みからか、うめき声を上げて倒れた男の後ろ、あまりの出来事に呆然としているもう一人の仮面の男も、返す腕の肘で顎《あご》の辺りを強打した。その際に、手が相手の顔に触れて仮面が剥《は》がれる。

そうこうしているうちに、あっという間に彼等の護衛らしき男達に押さえ込まれてしまった。

「やめよ！　傷をつけるでない!!」

意外な事に、ベシアトーゼを押さえ込んだ男達を制したのは、甲高い声の仮面の男、今は素顔が剥《む》き出しのサトゥリグード大公ヨアドである。

彼は頰を何度も手でさすりながら、背後の男性に助け起こされていた。

「やはり、あなただったのねヨアド。それに、彼とは仲違いをしているのではなかったかしら？　イェロス侯爵。娘のレーヤデラを蔑《ないがし》ろにされているのにねえ？」

冷静な声が背後から聞こえた。ヤレンツェナだ。大公の方は、手についた血に小さな悲鳴を上げている。どうやら、爪で頰をえぐってしまったらしい。大公の頰には、三本の赤い線が走っていた。

背後の男性、イェロス侯爵は一言も発しない。ただ冷静な視線でこちらを見てくるだけだった。ヤレンツェナは手応えなしと判断したのか、大公にのみ言い放つ。

「王弟とはいえ、王妃を誘拐した罪は重いと知りなさい」

「ふん！　そのような事を言っていられるのも、今のうちだ。ここから遠く離れた国では、高貴な血を持つ女を欲しがる下衆《げす》が多くてな。そこからぜひにも売ってほしいと請われておるのよ。何故私がお前達を生かしたままここに連れてきたと思っておる。それなりに使い道があるからに決まっておろうが」

まさか、この男はヤレンツェナを他国に売り飛ばすつもりでいるのか。ダーロの王女で、エンソールドの王妃を。先程傷をつけるなと言ったのは、売り物だからという事だ。

あまりの事に言葉をなくすベシアトーゼに、ヨアドはにたりと笑った。

「身ごもっている女でも、需要はあるそうだ。そちらの娘も、一応伯爵家の娘として売ってやろう。何、伯爵がそう言い張るのだから、問題はあるまい。では参ろうか、舅《しゅうと》殿」

そう言い残すと、ヨアドは護衛達と共に部屋から出ていった。再び鍵がかけられる音を聞いて、ようやくベシアトーゼの頭が動き出す。

先程、大公は何と言ったのか。

「……ヤレンツェナ様、このような状況でお伺《うかが》いするのは大変恐縮でございますが、その、本当にご懐妊されているのですか？」

「いいえ？　つい二日前に月のものが終わったばかりよ？」

不思議そうに首を傾げるヤレンツェナに、これ以上はっきりした証拠はないなとベシアトーゼも納得する。では、サトゥリグード大公は何をもって、彼女が懐妊していると判断したのか。

「大公は誰かに嘘を吹き込まれたのでしょうか？」

「もしくは、吹き込んだ誰かが私が身ごもっていると誤解したか……ね」

「ヤレンツェナ様の近くにあって、懐妊らしき兆候を目にした人物といったところでしょうか？」

二人で首をひねっていると、途端にヤレンツェナが閃《ひらめ》いた。

「ナデイラだわ」

「え？　第一王女殿下ですか？」

「ええ。少し前のお茶会で、ナデイラが妹達を連れて乱入してきたでしょう？　あの時、私は体調不良で倒れたわよね？　ナデイラはそれを見て、私が身ごもったと誤解したのではないかしら。ヨアドとは叔父《おじ》と姪《めい》の関係だから、気安い間柄だと聞いた事があるの。それにあの子は私を嫌っているし、ヨアドに荷担していても不思議はない」

実際にナデイラがどこまでサトゥリグード大公と結託しているかはわからないが、少なくともヤレンツェナ妊娠の誤報を大公にもたらしたのは、ナデイラで間違いないと思われる。

そういえば一時、侍女達の間でもその話題で盛り上がったではないか。だとすると、ナデイラが誤解したのも無理はないのかもしれない。あの茶会での体調不良を見て即妊娠に結びつけ、それを大公に教えた為にこの誘拐騒動に繫がった訳か。大公達はヤレンツェナが出産する前に片をつけねばと焦ったものと見える。

第一王女という立場であっても、さすがに王宮の侍医から王妃の体調を聞き出す権限はない。確認も取らずに動く辺り、叔父《おじ》と姪《めい》でよく似ていた。

――おかげで私達が大変な目に遭《あ》ってるけど……

助けを待つのも手だが、あの大公をやり込めたい気持ちで一杯だ。一度も会った事はないけれど、エサクスの母の苦労が偲《しの》ばれる。

そんなベシアトーゼの背後から、怪訝《けげん》そうな声が響いた。

「それよりも、先程のヨアドの言葉は本当なの？」

正直、「きたか」という思いだ。ここで全てをぶちまけたい誘惑に駆られるが、ルカーナとの入れ替わりは、ベシアトーゼ一人の問題ではない。ロンカロス伯爵家、引いてはタイエントのヘウルエル伯爵家にも話が及ぶかもしれないので、迂闊《うかつ》に口にする事は出来ないのだ。

なので、もっともらしい嘘を吐く。

「……おそらく、私と間違われて攫《さら》われた娘の事でしょう。領地から共に出てきた、乳兄弟《ちきょうだい》にございます」

心の中で、ヘウルエル領にいる本物の乳兄弟《ちきょうだい》に謝っておく。話の中だけとはいえ、攫《さら》われて殺された事にしたのだから。しかも、「彼女」ではなく「彼」だ。ノネの兄である。

ベシアトーゼの嘘に、ヤレンツェナは痛ましい様子で「そうだったの……」と呟いた。心優しい彼女に嘘を吐くのは良心が痛むが、致し方ない。

――お許しください、ヤレンツェナ様……

内心で謝罪はするものの、それを表に出す訳にはいかなかった。まずは、売り飛ばされる前にここから逃げ出さなくてはならない。

「御前《ごぜん》、失礼致します」

そう言い置くと、ベシアトーゼはスカートをまくり上げた。太股の内側にベルトで留めたナイフは、攫《さら》ってきた連中に気付かれなかったらしい。

これは常に装備しているもので、実は宮廷にいた時にも毎日身につけていたのだ。表側からは決して見えないからこそ出来た事である。ちなみに、王宮に突入した時に手にしていた愛用の剣は、どこにも見当たらない。大公達に没収されたか、王宮にそのまま捨て置かれたのだろう。

ナイフを手にするベシアトーゼを見て、ヤレンツェナは半ば呆れた様子だ。

「あなた……そんなところに……」

「ここが一番見破られにくいと聞いたものですから……」

少々気まずいのは、この際、横に置いておく。ヘウルエル領で特別に作らせたナイフなら、もしかしたら扉の鍵を壊せるかもしれない。

「そのナイフ一本で、どうするの？」

「まずは扉の鍵を壊そうかと」

「外には見張りがいるのではないかしら？」

「そうですね……」

焦っているからか、そんな簡単な事にも思い至らなかった。ベシアトーゼより、ヤレンツェナの方が余程落ち着いている。

彼女はにっこりと笑って自身の見解を述べた。

「焦らずとも、今夜中に売り飛ばされる事はないでしょう。買い手が来るとしたら、明日ね」

「どうして、そんな事が？」

「外はもう暗いわ。こんな時間に下手に動けば、逆に怪しいと目をつけられるわよ。でも日中堂々としていると、人って不思議と怪しいと思わないのですって。だから、違法な取引をするなら夜の闇に紛れるよりも、日中、人の中に紛れる方がいいのよ」

「なるほど……」

高い位置にある窓からは、確かに夜の空が見えていた。という事は、結構長い時間眠っていたのではないだろうか。

——シーニ、無事でいてちょうだい……

彼女が生きていれば、ヤレンツェナと自分が攫《さら》われた事が叔父《おじ》に報告される。そうれば、捜索隊が組まれるだろう。シーニなら、うまく叔父《おじ》に言ってクープとネープを出せるはずだ。

問題は、ヤレンツェナも攫《さら》われている為、まずは王宮の近衛《このえ》が動くのではないかという事だ。その場合、シーニが捜索に加われるかどうかわからない。

不意に、ノインの顔が浮かんだ。彼ならどのような手を使ってでも、ヤレンツェナを救いに来るはず。自分ではなく。

——……当然じゃないの。

ベシアトーゼ自身、自分とヤレンツェナのどちらを優先させるか問われれば、ヤレンツェナを選ぶ。一貴族の娘で入れ替わっている偽物より、王妃であるヤレンツェナの方が大事だ。

たとえそれで胸が痛くなろうとも、死ぬ訳ではない。ただ自分は彼女のついでの存在だというだけだ。

頭を振ってノインの面影《おもかげ》を頭から締め出そうとしていると、ヤレンツェナの明るい声が聞こえてきた。

「そんなに悩まなくても大丈夫よ。きっとノインが捜《さが》しに来てくれるわ」

どきりとした。心の内を読まれたのかと思ったのだ。すぐにそうではないとわかったが、それでも心臓に悪い。おかげで、返す言葉が遅れた。

「……ノイン様……ですか？」

「ええ、あの子は優秀だから」

あの子？　確かにノインはヤレンツェナに比べれば年下だろうが、そんな呼び方が似合うような年齢でもない。そういえば、あの王宮の火事の際、彼の姿は見かけなかった。ヤレンツェナの側を離れていたのだろうか。

それにしても、やはり彼とヤレンツェナは相当親密なのだ。ここまで信頼される彼が憎いのか、無邪気に信頼しているヤレンツェナが羨《うらや》ましいのか。ベシアトーゼは自分の中にある感情に名前がつけられず、戸惑った。

助けを待つ間、二人きりなのだからこの際に聞いておきたい事があると、ヤレンツェナに根掘り葉掘り聞かれる事になってしまった。

部屋の中には椅子などないから、床にマントを敷いてその上に座っている。

「ロンカロス伯爵領はどんなところ?」

「侍女仲間とはうまくやれていて?」

「ジェーナとの仲はどうかしら?」

「ヘーミリアは怖い時があると思う?」

段々と答えるのに躊躇《ちゅうちょ》するような内容になっているのだが、わざとなのだろうか。答えに詰まってしどろもどろするベシアトーゼを見て、ヤレンツェナは微笑んでいる。

それでも何とか当たり障りのない答えを出すと、次に来た質問がまたとんでもなかった。

「ノインの事は、どう思っていて?」

どきり、と再び胸が鳴った気がする。最初は、どうとも思わなかった。よく喋る、容姿の綺麗な男性だとしか認識していなかったのだ。例のヤレンツェナとの噂《うわさ》は、信じていなかったのでどうでも良かった。

何て嫌なヤツだと思ったのは、例の廊下での一件からか。あの時、何故自分がこんな目に遭《あ》わなくてはならないのかと憤《いきどお》ったが、彼の立場で考えれば、あの時の自分は確かに怪しい存在だったたし、彼はそれだけ、ヤレンツェナに忠誠を誓っているとも言える。

その後の謝罪を受け入れなかった事は悪かったかもしれないけれど、何だかうやむやのうちに流されている気がした。きっと、あの深夜の手当がよくなかったのだ。

では、改めてノインという存在は、自分にとって何なのか。彼をどう思っているのか。答えようとしても、言葉にならなかった。

近寄りたくない、でも彼が他の誰かと親しくしているのは見たくない。助けなんていらない、なのに彼が他の誰かを助けるのは嫌。我ながら、なんと嫌な人間なのだろう。

俯《うつむ》くベシアトーゼに、ヤレンツェナの優しい声がかかった。

「答えられないのかしら？」

「よく……わかりません」

「どうして？」

「どうしてって……」

何故か、この質問に関しては逃げる事を許してくれない。もしかして、ノインに群《むら》がる女は全て排除しようという考えなのだろうか。

ちらりと頭をよぎった考えが、見当違いも甚《はなは》だしいと理解したのは、ヤレンツェナの表情を目にしたからだ。彼女は、まるで慈愛に満ちた母のような表情でこちらを見ている。

「考えるのではなく、感じてみて。ノインの事、嫌い？」

ヤレンツェナの言葉に、ベシアトーゼはゆるく頭を横に振る。嫌いではない。それは本当だ。とんでもない真似《まね》をする男だが、助けてくれた事もあるし、手当した時の事は今でも温かな記憶として残っている。

ヤレンツェナの質問はまだ終わらないらしい。

「では、好き？」

この一言に、胸の動悸《どうき》が激しくなった。好き？　誰が？　自分が？　誰を？　ノインを？　まさか!?　いや、その前に、人を好きになるというのはどういうものなのだろう。

振り返ってみると、これまで自分は異性を好きになった事があっただろうか。記憶を掘り返してみても、張り合った事こそあれど、同年代の少女達が話すような想いを抱いた覚えはなかった。

思い至った結果に愕然《がくぜん》とするベシアトーゼの耳に、ヤレンツェナの声が響く。

「人を好きになるって、色々な形があると思うの。その人の事を考えて夜も眠れないとか」

寝ているところに不法侵入された事ならある。そういえば、あの後はよく眠れなかった。

「ほんのちょっと触れただけで、天にも昇る気持ちになるとか」

一度廊下で詰め寄られた事があった。あの時は、怒りで我を忘れそうになったのだが。

「その姿を見かけただけで、その日一日幸せに過ごせるとか」

中庭で見かけた時には、胸のざわめきが一日続いていた。あの時は、下女を助けていたのだったか。何故その光景を見て、あれ程ざわめいたのだろう。

「そんな風に感じた事は、なくて？」

「……ないと思います」

正直に答えると、ヤレンツェナの笑顔が段々としぼんでいく。しょんぼりする彼女は見たくない。

とはいえ、自分としてもかなりがっかりだ。先程ヤレンツェナが言った事が恋する乙女に起こるというのなら、自分には永遠に起こらない気がしてならない。ノインに対しては、どうもドロドロとした感情ばかりを感じる。

でも、よくよく考えれば、彼と関わるのはエンソールドにいる間だけだ。故国の問題が解決すれば、自分は帰国し、二度とこの国に来る事はないだろう。

ならば、後もう少しの間だけ平静を装《よそお》えれば問題はない。

「あの……ノイン様は、共にヤレンツェナ様をお支えする人、という事でいいのではありませんか？」

「ええー？　駄目よそんなの」

ベシアトーゼの提案に、ヤレンツェナは盛大に顔を顰《しか》めた。先程のしょんぼりした様子よりはましだが、何故か彼女は謎のやる気を出している。

「ちょっと待ってね。んー、他にどんな感じがあったかしら……」

額に人差し指を当てて考え込むヤレンツェナを見て、ベシアトーゼは脱力しながらも問うてみた。

「あの……何故そこまでして――」

「それはね！　あなたにもノインにも幸せになってほしいからよ！」

満面の笑みで食い気味に言い放たれて、思わず胸の辺りが温かくなる。敬愛する主人が自分の幸せを願ってくれるというのは、何とも嬉しいものだ。

しかし、それと先程までの質問とが、一体どう繋がってくるのか。まるでノインと自分が恋仲になればいいとでも言わんばかりの内容だったのだが。

そこまで考えて、ベシアトーゼは瞬時に頬が熱くなるのを感じた。

今度は耳まで熱くなってきたようだ。改めて考えると、ノインという人はよくわからない存在だった。

ヤレンツェナと親密にしたり、あちらこちらの下女や侍女達を助けたり、そうかと思えば自分の事を疑って責め立ててくる。なのに、怪我の手当をした時には、何やら急に距離が近くなったような感じで……

考えにふけるベシアトーゼの隣で、ヤレンツェナはまだあれこれ言っている。それにしても、この状況は何なのだろう。薄暗い石造りの粗末な部屋で、エンソールドの王妃と恋愛談義とは。しかも内容は「あの」騎士ノインと自分の事なのだ。

この緊迫感の欠片《かけら》もない空気は何なのか。何とも言えないおかしさがこみ上げてきて、つい笑ってしまいそうになった時、扉の向こうから複数の足音が聞こえた。

途端に、ヤレンツェナの顔つきが変わる。ベシアトーゼも、取り出したナイフを構えてヤレンツェナを背後に庇《かば》い、臨戦態勢に入った。ヤレンツェナの読みが外れて、この夜中に人買い連中が来たのかもしれない。

緊張した空気が満ちる中、扉のすぐ前で足音が止まったと思ったら、鍵を開ける音が響いて扉が開いた。その向こうにいたのは、輝く美貌の騎士、ノインである。普段の騎士服とは違い、随分くだけた格好だ。先程まで話題に上《のぼ》っていた人物の登場に、ベシアトーゼはただぽかんと彼を見つめていた。

ノインはあっという間に部屋の中に入って距離を詰めると、ナイフを構えたベシアトーゼの腕をうまく避けて、無言のまま彼女を抱きしめる。

「え――」

あまりの事にノインを見上げたベシアトーゼは、次の瞬間、自分に何が起こったのか理解出来なかった。

キス、されている。しかも唇が触れ合う程度の軽いものではなく、いや、それでも大問題だが、今されているのは酷く深いものだ。

我に返って逃れようにも、鍛えた体でがっちり抱きしめられていては逃げようがない。しかも顎《あご》までしっかり大きな手で押さえられていて、振りほどく隙すらないのだ。

――何これ、何これ、何これえええええ!!

ベシアトーゼはパニックに陥《おちい》っていた。その彼女の耳に、呆れたような声が入る。

「ノイン、いい加減になさいな。ルカーナが困っていてよ?」

その言葉を聞いたからなのか、それとも満足したからなのか、ノインはようやくベシアトーゼを解放した。ベシアトーゼはその場にへたり込みかけたけど、それを助けたのは腹立たしい事にこうなった原因のノインである。

　彼は器用にベシアトーゼを抱えて立たせると、ヤレンツェナに向き直った。

「このような格好で失礼します。お迎えに上がりました。お二人とも無事で良かった、神に感謝を」

「この部屋に入って最初に言うべき言葉よね、それ」

　そう言いながらも、ヤレンツェナは楽しそうに微笑んでいる。目の前でノインがとった無礼な行動は、不問にするらしい。

　――いや、問題とすべきは私の方なんだけれど……

　二人の親密さは傍《はた》で見ていてもわかるくらいだったというのに、ヤレンツェナにはノインを取られた事への嫉妬《しっと》は見られない。別に、ベシアトーゼも取った覚えはないからいいのだが。

　混乱するベシアトーゼの前で、ノインは苦い顔をした。

「今回の事は、完全にこちらの裏をかかれた形です。大公の力を読み誤っていました。この件に関する叱責は後でいかようにも受けます」

「それは私にではなく、彼女に仰《おっしゃ》い。我々の問題に巻き込んでしまったのだから」

　そう口にするヤレンツェナの視線は、こちらに向かっている。そんな事、と言いかけた途端、抱えられていた体が再び真正面から抱き込まれた。

またか！　と身構えつつ仰ぎ見たノインの顔は、苦渋の色に満ちている。

「あなたまで危険な目に遭《あ》わせてしまいました。お許しください。この責任は、必ず取ります」

お構いなく、と告げようとして、彼の最後の言葉に首を傾げる。はて、責任を取ってもらわなくてはならないような事があっただろうか。

「いえ、どうぞお構いなく……」

「ご安心ください、どのような手を使ってもロンカロス伯爵には了承してもらいます」

「は？　それはどういう意――」

「まあ！　やっとやる気を出したのね、ノイン」

何だか不穏な言葉が続いたので、どういう意味かと尋ねようとした言葉を遮《さえぎ》り、嬉々としたヤレンツェナの声が部屋に響く。

そんな彼女に向けて、ノインは満面の笑みを浮かべていた。

「はい。もうこれ以上悩むのはやめます。今回の件で、私の心は決まりました。というか、いつから気付いていたんですか？　本当にあなたは油断も隙もない……」

何だか、ヤレンツェナとノインの二人で妙に盛り上がっているのだが、これは突っ込んだら危険な気がする。その前に、そろそろ放してほしい。動悸《どうき》が激しくて苦しくなってきた。

抱き込む腕をはずそうにも、巻き付く腕は力強く、ベシアトーゼの腰の辺りから動かない。その間にも、ノインはヤレンツェナと二人、何やら話し合っている。しかし、それを聞いている余裕はなかった。

どうしたものかと辺りを見回すと、扉の辺りに人影がいる。

「お嬢様……」

「うわ！　って、シーニ！　やっぱり無事だったのね？」

扉の陰から湿《しめ》った視線を送っていたのは、シーニだった。いつもの小間使いのお仕着せではなく、ヘウルエル伯爵領で猟の際に着る男装をしている。周囲に配慮して、いつもの「トーゼ様」ではなくノネと同じく「お嬢様」呼びだ。

そのシーニは、視線同様じっとりとした話し方で経緯を説明する。

「お嬢様のお命をお護りするのが私の役目ですもの、怪我など負っている場合ではございません。あの場では、お嬢様を奪《うば》われた後に、煙幕を張られて後を追えなかったんです。ですからすぐに旦那様に掛け合いまして、一度お屋敷に戻ってクープ達を連れ出し、ついでに動きやすいよう着替えてきたんです」

バイドが子犬の時分から手塩にかけて育てた二匹は、彼に似て頑固そのものの性格をしている。己が主《あるじ》と定めたベシアトーゼか、常に世話をしてくれるシーニ、それに育ててくれたバイド以外の人間の命令は頑《がん》として聞かないのだ。

その後は香水の匂いを辿って、二匹が先導したらしい。シーニならば気付いてくれるとは思っていたが、うまく事が運んだものだ。

「ここに来たのは、あなた方だけなの？」

「他にも騎士様が数人いらっしゃいます。皆様手練《てだ》れで、あっという間にここにいたならず者達を捕縛《ほばく》したんです」

「彼等には、現在この聖堂の中を調べさせています。何人かは捕縛《ほばく》しましたが、残党がいるかもしれませんので」

シーニとの会話に、ちゃっかりノインが交ざってきた。とはいえ、内容が内容なので文句を言う訳にもいかない。

そんなノインに、ヤレンツェナは真剣な表情で問うた。

「来ているのは、近衛《このえ》かしら？」

「いえ、ダーロから連れてきた者達です。陛下には許可をいただいていますよ。近衛《このえ》は近衛《このえ》で別で動いています」

ノインの答えは、何やら聞き捨てならない。ダーロから来ているのは、騎士ノインだけではないのか。とはいえ、国王陛下に許可をもらって動いているのなら、問題ないのだが。

――でも今の言い方だと「許可をもらった」のが、近衛《このえ》と別で動く事なのか、ダーロから連れてきた者達を使う事なのか、はっきりしないのでは？

もしかして、わざとそう言っているのだろうか。未《いま》だに自分を抱きしめて放さないノインを睨《にら》み上げるベシアトーゼを余所《よそ》に、ヤレンツェナは顎《あご》に手を当てて考え込んでいる。

「そう……それにしても、よくここがわかったわね」

「それに関しては、彼女のお手柄です。ルカーナ嬢の小間使いだとか」

ノインがそう言って視線を向けた先にいるのは、こちらをじっとりと睨《にら》んでいるシーニだ。

「彼女が連れてきた犬が大変優秀で、あっという間にこの聖堂まで辿り着けましたよ。後で褒美《ほうび》をやらなくては」

「そうだったの……ロンカロス伯爵はいい使用人を持っているわね。あなた、名前は？」

「……シーニと申します」

シーニがやや不満そうなのは、ロンカロス伯爵家の者と言われた事に対してだ。彼女の行きすぎた忠誠心は、こういった場面ではかえって徒《あだ》になる。

ノインの説明によると、シーニ達が捜索に加わる事を近衛《このえ》が嫌った為、別行動になったという。確かに、王族を護る近衛《このえ》が他国の騎士や伯爵家の使用人と共に行動するとは思えない。

「それにしても、首謀者を逃したのは残念です。ここで捕らえられれば、この国の膿《うみ》を出し切る事が出来たでしょうに」

「でも、私と彼女がしっかり顔を見たわよ？」

「物的証拠がないと、厳しいですね。相手は王族で、継承順位が暫定《ざんてい》一位の人間なんですから」

暫定《ざんてい》一位は言い得て妙だ。今回の事が露見すれば、少なくとも継承権は剥奪《はくだつ》される。その後の処罰がどういったものになるかは、エンソールドの法に疎《うと》いベシアトーゼではわからなかった。

とはいえ、継承権剥奪《はくだつ》だけで済むとは思えない。何せ隣国との同盟にまでひびを入れかねない事態なのだ。

そして、物的証拠に関しては、ベシアトーゼに手がある。というか、もう手を打ったというべきか。

「物的証拠について、少しお話ししたい事があります」

そう言い置き、自分が使っている香水の特殊効果を説明した。それが既に効いている事も含めて。

最後まで聞いたヤレンツェナとノインは、顔を見合わせて大変黒い笑みを浮かべていた。

夜の闇に紛れて、王都の大通りを粗末な馬車が疾走する。王都の外れにある聖モンユーカナ聖堂から王宮までは、馬車を使っても三時間はかかる距離だった。

本来なら既に就寝している時間だが、薬で強制的に眠らされたヤレンツェナとベシアトーゼは眠気を感じていない。

車内では、王宮火事の話題も出た。やはりヤレンツェナは火事騒ぎの前に意識を失っていたようで、話を聞き、国王やセウィーサ達の身を案じている。

国王以下、王族にも貴族や使用人達にも、死者は出ていないらしい。火傷《やけど》による怪我人は出ているが、火災の規模にしては少ない人数だそうだ。ただ、王宮の建物自体は大分損傷しているので、今後の修繕が大変なのだとか。

そんな情報交換の後、これからの相談が始まった。

「とにかく、向こうもこちらが王宮に戻る事は計算済みでしょう。動くなら、早い方がいいわ」

主にヤレンツェナとノインが意見を出し合っているのだが、たまにベシアトーゼも意見を求められる。大した事は言えないのが心苦しいけれど、つまはじきにされないだけ嬉しい。

そんな中で決定したのは、王宮に戻り次第、国王へ内々に報告する事、早い時期に他の貴族達の前で大公の罪を暴《あば》く事だ。

「大公の表向きの取り巻きと裏の取り巻きの事は調べてあります。彼等が何を画策していたかも、既に把握済みです。ロンカロス伯爵が大公とイェロス侯爵の悪事の証拠を提供してくださるのなら、大分仕事が進むでしょう」

そう言って凄みのある笑みを浮かべるのはノインだった。一体、彼は何をしにこの国に来ているのやら。

彼が言うには、別件で人身売買組織の全容は把握していて、ちょうど今夜、一斉摘発に動く手筈《てはず》だったという。ノインはその責任者として現場に向かうはずだった為、ヤレンツェナの側を離れていたらしい。偶然とはいえ、間の悪い話だった。

「裏の取り巻き……イェロス侯爵がまとめている連中は、ダーロとの戦争を起こすのが目的のようです。だからこの誘拐計画を立てて、両国間に緊張をもたらそうとしたのでしょう」

同盟の要《かなめ》であるヤレンツェナの存在を消し、現国王も退位させてサトゥリグード大公ヨアドを傀儡《かいらい》の王として即位させる。その後ダーロとの戦争を始める予定だったそうだ。

ウィルロヴァン三世は、ダーロとの共栄路線を掲《かか》げている人物なので、彼等の望む主君ではないらしい。

「どうして戦争なんて……」

思わずこぼれたベシアトーゼの問いに、ヤレンツェナもノインも苦い笑みを浮かべている。

「戦争ってね、お金儲《もう》けが出来るものなのよ」

「食料や武器、それらを運ぶ馬や荷馬車。全てに金がかかります。そうした面を利用して、儲《もう》けようと思ったのでしょう。それに、ダーロとの戦争になれば西側の辺境伯家の負担が大きくなります。北側、南側の辺境伯家にとっては、西の権力を削《そ》ぐいい機会と見たのではないでしょうか。そうした連中をまとめているのが、イェロス侯爵なのです」

つまり、金儲《もう》けを狙っている連中と、実家の権力増大を狙った連中が手を組んでいた訳か。北側はまだしも、南側の辺境伯家が腐敗しているとなると、故国タイエントにも影響があるかもしれない。見逃せない情報だ。

ノインの説明に、ヤレンツェナが溜息交じりにこぼす。

「戦争を有利に終わらせられれば、西の辺境伯の権力は増すのにね」

「そこまで考えていないんですよ、ああいった連中は」

吐き捨てるようなノインの言葉は、何だか彼らしくない。ベシアトーゼの知っているノインは、騎士であるにもかかわらず、宮廷の誰よりも貴公子然としている人だ。こんな風に、泥臭い話に表情を歪《ゆが》める様《さま》は、何だか人が違って見える。

――……そもそも、これって一介の騎士が考えるような内容？

どちらかといえば、国政に携《たずさ》わる大貴族の当主が考える事ではないのか。やがて父の後を継いで女伯爵になるベシアトーゼにとっては、他人事ではないのだが。タイエントでは、女性領主も国政に関わる。現在女性領主は六人いて、その全員が王都で国政に参加しているのだ。

中でも最高齢の女侯爵はやり手だという噂《うわさ》だった。どうせならそういう女性を見習ってほしいと、ベリルに言われた事がある。ベシアトーゼとしても、タイエントに戻ったら一度会ってみたい。

馬車は間もなく王宮に到着した。話が通っているのか、裏口に回され誰にも見咎《とが》められる事なく中に入る。

「では、私はこれで。明日の朝には、報告に参ります」

そう言い残すと、ノインは途中で別れて去っていく。ベシアトーゼはその背中を見送りながら、何という一日だったのかと改めて思った。

「気になる？」

「はい？」

ヤレンツェナに言われて、ノインの背中を見送ったままの姿勢だったと気付く。軽く否定して王宮の奥へ足を向けた。まずは、王妃を寝室まで送らなくては。

王宮内は深夜という事もあり、人の姿が殆《ほとん》どない。そんな中、一応人目を忍んで進むヤレンツェナとベシアトーゼ、シーニは傍《はた》から見たら滑稽《こっけい》な姿だろう。

三人は何とか深夜の見回り役の騎士にも見つからず、無事ヤレンツェナの寝室に辿り着いた。

「それでは、お休みなさいませ」

「ええ、あなたもね」

ヤレンツェナの前を辞したベシアトーゼは、シーニを伴って王宮内の自分の部屋へ戻る。王宮でも奥の方は比較的無事らしく、ヤレンツェナの部屋もベシアトーゼ達侍女の部屋も、ほぼ無傷だそうだ。

まさか、ここに再び戻ってくる事があるとは。結局あの後、荷物を引き上げる事もなかったので、そのまま過ごせる。そう思って部屋に入ると、そこには泣きべそをかいたノネが待っていた。


翌日は、早い時間に使いの者が来て起こされた。内々にヤレンツェナの私室へ来るよう言われ、仕度もそこそこにシーニと薬箱を持たせたノネを連れて私室へと赴く。

部屋には、ヘーミリアとノイン、その奥にヤレンツェナが待っていた。

「おはよう、ルカーナ。夕べはよく眠れて？」

「おはようございます、ヤレンツェナ様。はい、ぐっすりと」

実はそうしっかり寝られた訳ではない。何せノネがぐずって仕方なかったのだ。彼女はベシアトーゼがロンカロス伯爵邸を出た後、ジェーナ叔母《おば》に泣きついて王宮に送ってもらったらしい。

ノネが到着した頃には既に火事騒動は収まっていたので、ベシアトーゼとシーニもすぐに戻ると思って王宮で彼女が使っていた部屋にいたそうだ。

だが待てど暮らせど二人は帰ってこず、結局泣きながら夜更かしをしていたという。そんなノネをシーニと二人で宥《なだ》めて、ようやく寝られたのは明け方に近かった。おかげで完全な寝不足だ。

しかし、そこは王妃の侍女である。化粧で顔色の悪さや隈《くま》は誤魔化し、後は気合でここまで来ていた。主《あるじ》を差し置いて、侍女が弱音を吐くなど許される事ではない。

「さて、ノインが夕べのうちに陛下へ簡単に報告をしてくれたの。それで、今日の朝一番で大公とイェロス侯爵を呼び出してもらったわ。あと大公の取り巻き達と、陛下の側近が顔を揃える予定よ」

「これを機に、大公派を殲滅《せんめつ》する手筈《てはず》です。陛下の側近方は、証人という立場ですね」

言葉が穏やかではないが、それもそのはず、ヤレンツェナとヘーミリアからはみなぎる戦意が感じられる。ダーロというのは、女性が強い国なのだろうか。タイエントとはあまり付き合いのない国なので、ベシアトーゼは内情を知らないのだ。

だが、このヤレンツェナやヘーミリア、それにジェーナ叔母《おば》を生み出した国なのだから、推《お》して知るべしというところか。

「それで、例の薬は持ってきているのね？」

「はい、こちらに」

ヤレンツェナに確認され、ベシアトーゼはノネが抱えている薬箱を手で示した。

「この薬が、例のものです」

「そう、ありがとう。では、迎えが来たら行きましょうか」

そう言ってヤレンツェナは部屋の中の面子《メンツ》を見回す。

「ネズミ退治の大仕事よ」

大公をネズミにたとえる辺り、ヤレンツェナも相当腹を立てているようだ。大公に対してだけではなく、故国ダーロとの間に戦争を起こそうとした連中にも怒っているのだろう。

この大陸では、穀物《こくもつ》を狙うネズミはとても嫌われているのだ。故《ゆえ》に嫌われ者や邪魔者を「ネズミ」と称する。つまり、エンソールドにおいて、サトゥリグード大公ヨアドは嫌われ者で邪魔者という訳だ。

程なく侍従が来たので、彼を先導にして決戦の場、大広間へと向かう。侍従を先頭に、ヤレンツェナ、そのすぐ後ろにへーミリアがつき、さらにその後ろにベシアトーゼとノインが並んでいる。二人の後ろにシーニとノネが続いた。

シーニは興奮からか頬を紅潮《こうちょう》させているが、隣のノネは相変わらず半べそ状態だ。それでも薬の小箱をしっかりと胸元に抱えて、油断なく周囲を警戒している。

部屋を出る前、この薬の箱をどちらが持つのかで、二人の間にちょっとした諍《いさか》いがあった。シーニは自分が持つと言って譲らず、ノネも珍しくこれは自分の役目だと引かなかったのだ。

結局ベシアトーゼの一言で、ノネが持つ事に決まった。決め手はノネの危険察知能力と、シーニは両手をあけておかなくてはいざという時の備えにならないという点だ。

これには二人とも納得し、シーニはどこで手に入れたのか袖口やスカートのひだに隠す特殊なナイフの手入れを始め、ノネは薬箱を意味もなく持ち替えたりしていた。二人とも緊張しているのだと気付いたのは、実はつい先程である。

ヤレンツェナの私室がある王宮の奥から大広間までは、いつもなら結構な距離を歩かされるものだ。だが、今日は王族であるヤレンツェナがいて、普段は遠回りをしなければならない立ち入り禁止区域を通れる為、思っていたよりも早く到着した。

「王妃陛下、ご入場！」

入り口で高らかに到着を報《しら》せる声が上がると、大広間に集っていた貴族達のざわめきが一瞬で消えた。部屋の大きさに比べて大分少ない人数である。

そんな中、大広間の中央をヤレンツェナは進んでいった。彼女が目指す一番奥には、国王ウィルロヴァン三世の姿がある。

　彼が差し出す手に、ヤレンツェナは極上の微笑みを浮かべながら自分の手を重ねた。そうして二人が大広間の奥に収まると、国王の脇にいた人物、ツエメーゼ侯爵が声を上げる。

「本日、諸侯にこの場に集ってもらったのには訳がある！　昨日、王宮が何者かの手によって火災に見舞われた件についてだ」

　集められた大公派の貴族達――特に「表の取り巻き」の若い貴族達はざわめいている。「裏の取り巻き」であるイェロス侯爵を中心とした年嵩《としかさ》の一派は、憎らしい程落ち着いた様子を見せていた。

　おそらく、この場で火事の責任を追及されたとしても、言い逃れられると考えているのだろう。つい数時間前に、ヤレンツェナとベシアトーゼを他国に売り飛ばすと言った大公の後ろで佇《たたず》んでいたイェロス侯爵当人も、涼《すず》しい顔だ。

　――まったく忌々《いまいま》しい。今に吠《ほ》え面《づら》かかせてやるから、見てらっしゃい！

　気合を入れてイェロス侯爵を睨《にら》み付けるベシアトーゼの耳に、若い男性の声が響いた。

「お待ちください！」

　大公の取り巻きの中から、若い男性が歩み出てくる。彼の顔には見覚えがあった。確か、いつぞや王宮の廊下で大公に絡まれた時に、彼の側にいた一人だ。名前までは知らないが、大公の表の取り巻きらしい。

「あれがビヤガン伯爵です」

シーニが耳元で囁いた。なるほど、あれがセベイン叔父《おじ》に例の手紙を送りつけた人物か。ビヤガン伯爵はウィルロヴァン三世の前に出ると、一礼して口を開いた。

「お話の前に、この場に紛れ込んでいるネズミを退治したく思います。陛下、どうぞお許しを」

誰の事を言っているのかは知らないが、偶然の一致とは面白い。無言のまま注視していると、ウィルロヴァン三世が口を開いた。

「ネズミとな？　それは誰だ？」

国王の問いに、ビヤガン伯爵は待っていましたとばかりの笑みで言い放った。

「そのネズミは、王妃陛下の侍女にございます。この者はロンカロス伯爵令嬢などと身分を偽《いつわ》っておりますが、偽物です！　素性も知れぬ怪しい者にございますれば」

ビヤガン伯爵の言葉に、大公派だけでなく国王の側近達もざわめく。ベシアトーゼは、冷静な頭でビヤガン伯爵を見ていた。やはり彼は大分残念な頭脳の持ち主らしい。さすが、何の工作もせずにあんな手紙をロンカロス伯爵家に送りつけるだけはある。

ウィルロヴァン三世は、セベイン叔父《おじ》に顔を向けた。

「ふむ。ロンカロス伯、ビヤガン伯はこう申しておるが、真《まこと》か？」

「いいえ、陛下。あれは確かに伯爵家の娘です。言いがかりも甚《はなは》だしいですな」

確かに嘘は言っていない。ただ、ベシアトーゼの家はロンカロス伯爵家ではなく、タイエントのヘウルエル伯爵家だ。そしてそれを言っていないだけである。

ウィルロヴァン三世は鷹揚《おうよう》に、眼前に侍《はべ》るビヤガン伯爵に向き直った。

「ロンカロス伯はこう申しておるが？」

「嘘だ！　伯爵家の娘は死んでいるんだ‼」

ビヤガン伯爵は、王の前だというのに声を張り上げてセベイン叔父《おじ》に詰め寄る。その伯爵を冷たい目で見下ろしたセベイン叔父《おじ》は、ゆっくりと告げた。

「では、その証拠を見せていただこう」

「しょ、証拠？」

先程までの勢いはどこへやら、ビヤガン伯爵は思いも寄らない事を言われたかのように、ぽかんとしている。

そんなビヤガン伯爵の様子に頓着《とんちゃく》せず、セベイン叔父《おじ》は続けた。

「左様《さよう》。私の娘は死んでいると言い張るのであれば、その証拠を見せてもらおう」

そう言うと、セベイン叔父《おじ》はウィルロヴァン三世に向き直る。

「陛下、過日私の手元にこのような怪しい手紙が舞い込みました」

そう言って、懐《ふところ》から例の手紙を取り出し、侍従に手渡す。侍従は危険などないか確認した後、手紙の中身のみをウィルロヴァン三世に渡した。

「……これは、先程ビヤガン伯が申したのと同じ事を書いているな」

「はい。一時期は娘の身を案じ、宮廷から下がらせる覚悟でおりましたが、何分本人がそれを拒否致しましたので、今の今まで王妃陛下に仕えさせておりました」

「そうか……令嬢の王妃に対する忠誠心、余も感心する」

「もったいないお言葉にございます」

ウィルロヴァン三世とセベイン叔父《おじ》の間で、どこまで話がまとまっていたのかは知らないが、穏やかな二人のやり取りの側で、ビヤガン伯爵は一人顔色を無くしていた。

彼は落ち着かない様子で後ろの大公一派をちらちらと見ているが、そちらから特に指示はないようだ。それどころか、一派はビヤガン伯爵からあからさまに顔を背けている。

イェロス侯爵の一派は、我関せずといった雰囲気だ。時折、周囲の人々と小声で話し合う程度で、自分達が敗北するとはまるきり考えていないのだろう。

ノインの情報によれば、イェロス侯爵が味方につけているのは北と南の辺境伯、それに西に領地を持つ伯爵家が中心だという。

――ダーロとの間に、戦争を起こさせたがっている者達。

そしてダーロの次は、おそらくタイエントにも攻め入るつもりでいるのだ。その為に南の辺境伯を取り込んだのだから。

ダーロに比べれば、タイエントはやや小さい国である。ダーロを呑み込んだエンソールドに攻め入られれば、ひとたまりもない。

だが、それもエンソールドがダーロを下せれば、の話である。ノインの分析では、戦争が起これば負けるのはエンソールドだろうという話だ。

『実際戦争になれば、駆り出されるのは西側の諸侯でしょう。少なくとも北と南に連携《れんけい》の意思がなければ、西の戦線維持は難しいと思いますよ。その辺りに頭がいかないのは、エンソールドが長らく平和だった事の弊害《へいがい》と言えます』

一方、ダーロは長く北や南で国境を接する国と戦ってきた歴史がある。いわば戦い慣れているのだそうだ。だからこそ、東で国境を接する大国エンソールドとは戦わずに済むよう、政略結婚を進めて同盟を結んだのだという。

ベシアトーゼが昨日の夜に聞いた話を思い出している間も、ビヤガン伯爵のあがきは続いていたらしい。

「しょ、証拠というのなら、そちらも証拠を出してもらいましょう！　あの女が伯爵家の娘だという証拠を！」

「馬鹿馬鹿しい。当主である私が言っているのだ、一番の証拠だろう」

「そんな事！　口先だけでなんとでも言えるではありませんか!!」

「貴様……私が陛下の御前《ごぜん》で平気で嘘を吐く人間だと言うのか？」

「ひい！」

叔父《おじ》の迫力に気圧《けお》されたビヤガン伯爵は、悲鳴を上げて腰を抜かした。その様子を見ている周囲の貴族達の目は蔑《さげす》みの色で染まっている。

一応、今日の集まりは非公式という事になっているけれど、人の口に戸は立てられない。この場でのビヤガン伯爵の醜態は、噂《うわさ》という形で社交界に出回るのだ。そして、そうした噂《うわさ》を立てられたビヤガン伯爵家と付き合おうとする貴族家はなくなる。

かくして、あっという間に貴族社会におけるビヤガン伯爵家の価値は地に落ちる訳だ。

これが貴族というものか。

――私がルカーナ様と入れ替わらなければ、ロンカロス伯爵家もこうなっていたのかもしれない……

大公は叔父《おじ》に説教された腹いせにルカーナを攫《さら》わせたようだが、イエロス侯爵はロンカロス伯爵家を追い落とすつもりだったのではなかろうか。

床に這《は》いつくばって震えるビヤガン伯爵に、セベイン叔父《おじ》は憤怒《ふんぬ》の表情で詰め寄った。

「大体、先程から娘が死んでいるなどと世迷《よま》い言を。何を根拠に言うのか、それこそ教えてもらいたいものだ。ああ、もしかして、自分の手で私の娘を殺したとでも？」

「ば、馬鹿な！　私がそのような事をする訳ないでしょう⁉　やったのは――」

「ビヤガン伯！」

ビヤガン伯爵の言葉を遮《さえぎ》って大声を出したのは、イェロス侯爵だ。彼は一歩前に踏み出して、堂々とした様子で言い放つ。

「陛下の御前《ごぜん》である。いい加減、見苦しい真似《まね》はやめたまえ」

「そ……そんな……私は……」

「衛兵！　ビヤガン伯爵は病《やまい》を得たようだ。控え室まで案内せよ」

彼の一言で、大広間の警備についている衛兵が二人走り寄り、這《は》いつくばるビヤガン伯爵を両脇から引き上げるようにして大広間の外へと連れていった。伯爵はまだ何か言いたげに大公達を見ていたが、一派はおろか大公すら、伯爵に一瞥《いちべつ》もくれない。ビヤガン伯爵は、失敗して切り捨てられたのだ。

「さて、そろそろ茶番は終わりにしてもらいたいものですな。我々もそう暇ではない。では陛下、御前《ごぜん》を失礼致します」

イェロス侯爵はそう言って一礼する。だが、それに待ったをかけた人物がいた。

「待たれよ、イェロス侯。ヨアド殿下も、まだ退出する事は出来ませんぞ」

ツエメーゼ侯爵だ。厳しい様子の彼に、イェロス侯爵は苦い表情だった。おそらく、あのまま大広間を出て逃げる算段だったのだろう。

「ツエメーゼ侯爵、何故そのような――」

「最初に、理由があると申したではないか。王宮に火を放った犯人が、この中におるのだ」

「それは後で聞けばいい話では？」

「これ以上言わせるでない。大広間より出る事は何人《なんぴと》たりとも許さん」

ざわめいていた室内は侯爵の言葉により、しんと静まりかえった。

「さて、陛下、進めてもよろしいですかな？」

「許す。早急に進めよ」

「御意《ぎょい》。では、ロンカロス伯爵が娘ルカーナ、前へ」

「はい」

ツエメーゼ侯爵に名を呼ばれて、返事をする。ようやく出番だ。ベシアトーゼは後ろにシーニとノネを従えて、ウィルロヴァン三世の前へ進み出た。決められた位置で、淑《しゅく》女《じょ》の礼を執《と》る。

「これなるルカーナはヤレンツェナ王妃陛下の侍女にて、先日の火災騒動に巻き込まれた者にございます」

ウィルロヴァン三世の側近からも大公派からも密やかな声が聞こえた。

あの火災の時、王妃付きの侍女達は一箇所に集められていたという。それも火元近くの部屋だ。ヤレンツェナの命令があったから、という事だが、無論偽の命令である。火事の責任を負わせる為か、はたまた全滅を狙ったのか。

同じく、偽の命令でヘーミリアまでヤレンツェナから引き離されていた。だからこそ、あの火災のどさくさに紛れて誘拐出来た訳だ。

それもこれも大公達が、ヤレンツェナが妊娠して自分達の立場が危うくなったと思い込んだせいだった。その為王宮に火をつけ、王妃であるヤレンツェナを誘拐して売り飛ばそうとしたのだ。もっとも、その結果として二人を殺さなかったからこそ今日という日があるのだから、皮肉としか言いようがない。

そんな思いを隠して淑女《しゅくじょ》の礼を執《と》ったままのベシアトーゼに、ウィルロヴァン三世から声がかかった。

「そうであったか……そなたの尽力、余は忘れぬと誓おう」

「過分なお言葉、感激の至りにございます」

明言しなかったが、ウィルロヴァン三世が言ったのは、誘拐されたヤレンツェナを救おうとした件に関する礼だ。ベシアトーゼが彼女と共に誘拐された事は表沙汰に出来ないので、火事の事にかこつけて礼を述べたのである。

いっそ、この礼として、入れ替わりの事実をなかった事にしてもらえないだろうか。一瞬そんな事を考えたが、それは彼女が考える事ではなく、セベイン叔父《おじ》が考える事である。

ツエメーゼ侯爵は、打ち合わせ通りに話を進めた。

「陛下、この者は、火災現場にて犯人の顔を見ておるそうです。さらに、その相手に目印をつけたのだとか」

「ほう、真《まこと》か？」

国王の問いに、ベシアトーゼは答える。

「王宮に火をつけた人物は、仮面で顔を隠しておりました。ですが、その仮面を剥《は》ぐ事が出来、顔を見ております。また、その際にとあるものを相手の顔になすりつけておきました」

続いた言葉に、そこかしこから難色を示す声が上がった。貴婦人たるもの、楚々《そそ》として殿方に護られている姿こそが正しいとされる社交界で、賊の仮面を剥《は》ぎ取り、あまつさえ相手の顔に何かしら目印になるようなものをつけるなど、とてもではないが淑女《しゅくじょ》とは言えない。

大公側は元より、さすがに国王の側近からも批難めいた声が聞こえてくるが、ここは綺麗に無視させてもらう。

「ちなみに、とあるものとは、私の香水でございます」

「ほう。では、匂いで相手を特定するというのか？」

ウィルロヴァン三世の当然の質問に、ベシアトーゼはゆるく頭を横に振る。

「いいえ。この香水は知り合いの薬師が調合したものでして、少し面白い特性を持っているのです。ここにその香水がございますが、どなたか手助けをしていただけませんか？」

そう言って周囲を見回したけれど、誰も前に出ない。そんな中、国王の側近達の一番奥から進み出る人影があった。

「私でよければ、喜んで」

ノインである。この進行も、打ち合わせ済みだった。

「ではこちらに。皆様、こちらは私が常日頃使っている香水です。これを……」

ノネに持たせた薬箱から、凝《こ》った細工の小瓶を取り出して周囲に見せつけた後、蓋《ふた》を開けて指先に数滴つける。それを手のひらに伸ばしてから、ノインの手の甲に触れた。

「次に、こちらの薬を使います」

再び薬箱から別の小瓶を取り出し、シーニが差し出したハンカチを瓶の口に当てて逆さに振る。そうしてハンカチに出来た染みを、広げて周囲に見せた。

「この薬は、単独で肌につけても何も起こりません」

そう言って、ベシアトーゼは自分の手の甲を濡《ぬ》れたハンカチで撫でてみせる。その結果も、周囲に見せるようにした。

「ですが、この香水をつけた指に触れると……」

そう言って、今度は濡《ぬ》れたハンカチで、先程香水をつけた指先を拭く。一瞬で指先が毒々しい紫色に変わり、周囲からどよめきが起こった。

「このように、香水に反応して色が変わります。これは、この香水と薬でなければ起こらない反応です。そして、香水を水で洗い流した程度では、この反応が消える事はありません」

その言葉を実証しようと、小間使いが水差しと洗面器を持ってくる。ノインはその場で、香水がついた手を水洗いした。

布でしっかり手を拭いたノインが、先程香水をつけた方の手を差し出してくる。ベシアトーゼはその手に、濡《ぬ》れたハンカチを押しつけた。

結果、彼の手の甲もまた、紫色に変化したのだ。それを周囲に見せるように、ノインが手を上にかざした。

「こちらは数日で消えますし、肌が荒れる事もございません」

再びどよめく周囲に、ベシアトーゼは笑顔でそう告げる。

「先程申しました目印とは、この香水の事なのです」

周囲はまたもやざわめくが、その内容は批難めいたものから、興味本位のそれへと変わっていた。彼等の興味が向く先は、「誰が王宮に火を放った犯人なのか」になっている。

その中で、明らかに様子が違う一団があった。王弟サトゥリグード大公ヨアドと、その取り巻き達だ。おろおろする大公を、取り巻き達が何事か囁いて宥《なだ》めている。大公の顔色は青く、その頬には大きなガーゼが当てられていた。あの下にあるのはベシアトーゼの爪痕だ。

彼等とは少し離れたところにいるイエロス侯爵もまた、顔色が悪かった。だが、こちらはまだ持ちこたえており、大公程に狼狽《うろた》えてはいない。年の功というやつだろうか。

「なるほど。それが証拠となる訳だな」

無邪気な響きのウィルロヴァン三世の問いに、ベシアトーゼは頷いた。

「はい。そして、今日この場に集まられた皆様の中に、ぜひこの薬を試していただきたい方がいらっしゃるのです」

今日一番、大広間がざわめいた瞬間だ。後ろ暗いところがない人ならば問題ないと言いたいところだが、こういった場所で犯人と名指しされるだけでも不名誉となる。それこそ、先程のビヤガン伯爵のように。だからこそのざわめきだった。

だが、それらを綺麗に無視してツエメーゼ侯爵は淡々と話を進めていく。

「試させたい者の名は？」

「サトゥリグード大公ヨアド殿下、並びにイェロス侯爵閣下にございます」

「無礼な!!　王族と侯爵に向かってそのような暴言、許されんぞ！」

ベシアトーゼが名を口にした途端、叫んだのはイェロス侯爵だ。大公は取り巻き達の後ろでぶるぶると震えている。

「陛下！　このような三文芝居、到底耐えられるものではございません。陛下の弟君である大公殿下に対しこの振る舞い、不敬罪が妥当と愚考致します。しかも我がイェロス侯爵家にまで。陛下、我が家のこれまでの功績をお考えください。その当主たる私が、王宮に火を放つなどという愚かな行動を取ると本気でお思いですか！」

「控えよ、イェロス侯」

「侯こそ控えよ！　名誉を汚される事は、貴族にとっては耐えがたいもの。侯もおわかりだろう。陛下！　どうかあの者に相応《ふさわ》しい罰を！」

制止してきたツエメーゼ侯爵の言葉も聞かず、イェロス侯爵はウィルロヴァン三世に迫った。

ざわめく人々とイェロス侯爵、双方を同時に鎮めたのは、ウィルロヴァン三世であった。彼は軽く右手を上げて、大広間を見渡す。それだけで、誰もが口を噤《つぐ》んだ。

「不敬には当たらず。大公と侯爵は速やかに薬を試すがよい」

「陛下!!」

「無罪であるなら、その娘を不敬罪で投獄しよう。それならば問題はあるまい？　試したところで、色が変わらなければよいのだから」

ウィルロヴァン三世の言葉に、イェロス侯爵はがっくりと肩を落とした。国王の意思が固い事を感じ取ったのだろう。

一方の大公はといえば、先程まで震えていたのが嘘のように、その場から走り出した。とはいえ、貴族の足である。鍛えている衛兵には敵わず、先程のビヤガン伯爵同様、両脇から抱えられてウィルロヴァン三世の前に連れ出された。

彼の隣には、同様に捕らえられたイェロス侯爵の姿もある。侯爵が沈痛な面持ちで俯《うつむ》いているのに対し、大公はおどおどした様子で兄であるウィルロヴァン三世を見上げた。

「あ、兄上……」

「何故逃げる？　後ろ暗いところがないのであれば、かえって無実を証明するいい機会ではないか」

兄である国王の言葉も耳に入らないのか、大公は首を横に振るばかりだ。ベシアトーゼは先程のハンカチにもう一度薬を浸《ひた》し、衛兵に渡した。その際、薬を重点的に試す箇所を伝えておく。

衛兵は国王の目の前で大公の顔からガーゼを取り、現れた傷口の周囲を薬で濡《ぬ》れたハンカチで拭く。すると、左顎《あご》の辺りから斜め上に向けて紫色に変化した。同様に、イエロス侯爵の顔も薬で拭かれる。こちらもまた、目元を中心に紫に変色した。

衆人環視の中で行われた実験に、大広間は水を打ったように静まりかえる。王弟とその舅《しゅうと》の侯爵が王宮に火を放ったのだ。国始まって以来の醜聞《しゅうぶん》かもしれない。

本当はそれに、王妃及び伯爵令嬢の誘拐と人身売買の罪が加わるのだが、ヤレンツェナやベシアトーゼの名誉の為に、この場では伏せられている。

サトゥリグード大公は青い顔のまま、きょときょとと周囲を見回していた。この期に及んで、誰かが助けてくれるのを待っているらしい。だが、彼の望む救いは来なかった。

一方、イェロス侯爵は諦めたのか静かに目を閉じている。

「皆の者！　見ての通り、サトゥリグード大公ヨアドとイェロス侯爵の罪は白日《はくじつ》の下にさらされた。ここにいる全ての者が証人となろう。余はここに宣言する。サトゥリグード大公ヨアドの王位継承権と大公位を剥奪《はくだつ》し、その身柄は終生ヴォンムドン修道院に留め置くものとする。イェロス侯爵も同様に、爵位剥奪《はくだつ》と家財没収の後、その身柄を終生ハーボル修道院に預けるものとする」

ウィルロヴァン三世が高らかに宣言した事により、サトゥリグード大公――いや、元大公とイェロス元侯爵の処遇が決定した。

さすがに王弟や侯爵家当主を極刑に処する訳にはいかず、その代わり修道院に一生閉じ込める事になった訳だ。ここでは言及しなかったが、おそらく、彼の罪に荷担した取り巻き達にも何らかの処罰が下るのだろう。何にしても、それらはベシアトーゼには関わりない事だ。

全ては終わった。ルカーナは無事に戻り、ヤレンツェナを排除しようとした勢力もこれで消える。ベシアトーゼも、セベイン叔父《おじ》の仕事が一段落したら、体調不良か何かをでっち上げて宮廷を辞する事になるはずだ。

本物のルカーナは戻ったのだから、入れ替わりである偽物がいつまでも宮廷にいる訳にはいかない。ヤレンツェナやヘーミリア、同僚の侍女達と会えなくなるのは寂しいが、致し方ない事だ。

ふと視線を感じてそちらを向くと、ノインと視線が合った。

――そうか……この人とも、もう会わなくなるんだわ……

そう考えると、胸が痛い。もちろん、ヤレンツェナ達と会えない方がずっと辛いが。

ベシアトーゼは何も言わず、ノインから視線を外した。


てっきり時間がかかるものと思った宮廷脱出の機会は、意外にもすぐにやってきた。

ウィルロヴァン三世より、今回の功績への報酬のおまけとして里下りが許可されたのだ。

「本来なら、主《あるじ》である私から伝える事なのだけど、陛下がどうしてもと仰《おっしゃ》るから」

ウィルロヴァン三世の隣で、ヤレンツェナがやれやれと言わんばかりの顔をしている。

現在、彼女の私室に呼び出されたベシアトーゼの目の前には、ツエメーゼ侯爵と共にウィルロヴァン三世がいるのだ。

「そう言ってくれるな。いくらあなたの侍女とはいえ、伯爵家の令嬢を危険な目に遭《あ》わせてしまったのだから、相応の事はしなくては」

どうやら、ウィルロヴァン三世は王弟ヨアドの罪を暴《あば》いた事よりも、ベシアトーゼがヤレンツェナと一緒に攫《さら》われた事、彼女を庇《かば》い護り続けた事を重要視しているらしい。

「もったいないお言葉にございます。侍女として、王妃陛下にお仕えする身として当然の事をしたまでです」

ベシアトーゼにとっては当たり前の事をしただけなのだが、どうやら国王やツエメーゼ侯爵にとっては違うようだ。何とも微妙な表情をしている。

「うむ……何ともはや、王妃様からお聞きしてはいましたが、令嬢としてはなかなか肝《きも》の据わった婦女子ですな」

ツエメーゼ侯爵がようやくといった様子でそう言うと、ウィルロヴァン三世も苦笑した。

「そう……だな。だが、だからこそ、あなたとは相性がいいのかもしれない」

「そうですわね」

国王の言葉に、ヤレンツェナはにっこりと微笑んでいる。やはり、ジェーナ叔母《おば》から聞いた話は本当の事だったらしい。おてんばという言葉すら可愛らしく聞こえる姫だったのなら、なるほどベシアトーゼとは相性がいいだろう。

——でも、それもどうなの？

何とも複雑な心境だ。そんなベシアトーゼを余所《よそ》に、話はどんどん進んでいく。

「ロンカロス伯爵も、酷く心配していたようだ。無事は確認出来ているが、親子で積もる話もあるだろう。伯爵にも休暇を出してあるから、ゆっくり語らうといい」

「ありがたいお言葉、感謝の念に堪《た》えません」

ウィルロヴァン三世は満足そうに頷くと、ツエメーゼ侯爵と共に出ていった。残ったのは部屋の主であるヤレンツェナとヘーミリア、ベシアトーゼの三人だけである。

「では、仕度が調《ととの》い次第帰宅するように。届け出は特に必要ありません」

「わかりました。ありがとうございます」

ヘーミリアからの言葉に、ベシアトーゼは一礼して答えた。帰り支度はノネに一任しているので問題ない。やっと肩の荷が下りた気分だ。

これで入れ替わりも終わりだと、ベシアトーゼはついうっかりしていた。ヤレンツェナの言葉を、聞き流してしまったのだ。

「あなたがいなくなるのは寂しいわ、ベシアトーゼ」

「もったいないお言葉でございま――」

そう答えかけて、はたと気付く。ヤレンツェナは、今自分を何と呼んだのか。下げていた頭をゆっくりと上げ、目の前にいる主《あるじ》を見る。ヤレンツェナは、今まで見た事がないような満面の笑みを浮かべていた。

「私達、これからも仲良くやっていけそうだと思わなくて？」

「さ……さようでございます……か？」

思わず、本音が出る。しかも、声が震えるというおまけ付きだ。ベシアトーゼの頭の中は「どうしよう？」という言葉で一杯だった。

そんな彼女に、ヤレンツェナは優しく囁く。

「もちろん、そうよ。大丈夫、心配する事なんて何もないわ」

そうだろうか。他国の令嬢が家名を偽《いつわ》って王妃の侍女に収まるなど、下手をすれば戦争の理由になりかねない。

事の大きさにベシアトーゼの体が震える。だというのに、ヤレンツェナは酷く楽しそうだ。

「ああ、そうそう。ノインの事だけれど、身分については心配しなくてもよくてよ」

名前を聞いただけで心臓が止まりそうになった。大体、何故今ここで彼の名前が出てくるのか。しかも身分の心配とは何を指しているのだろう。予測はつくが、これはきっと考えてはいけない事だ。

だというのに、ヤレンツェナは、それは楽しそうに言葉を続ける。

「ダーロに戻ればそれなりの爵位を用意する事も出来るから。伯爵家の娘が騎士位の殿方に嫁《とつ》ぐなんて、出来ないでしょう？」

今度こそ、ベシアトーゼの思考は完全停止した。

王宮を出た馬車は、一路王都のロンカロス伯爵邸へ向かっている。セベイン叔父《おじ》は先に王宮を出たらしく、ベシアトーゼは一歩遅れての出発だった。

その車内で、彼女はぼんやりと外の景色を眺めている。最後にヤレンツェナから言われた言葉が、頭を駆け巡っていた。

——嫁《とつ》ぐ？　誰が？　私が？　誰に？　騎士位って、ノインとって事!?

何故、どうしてそんな事になったのか。確かに例の聖堂へ駆けつけたノインに抱きしめられ、あまつさえキスまでされたが。

その場面を思い出し、顔が熱くなる。あの場ではうやむやにしたけれど、あれは一体どういう事なのか。

ノインは、自分の事が好きなのだろうか。そう思うと、何やら急に体が軽くなるような気分だったが、すぐに考え直す。男性は、感情がなくともああいった事が出来るのだと聞いた覚えがある。ならば、あの時のキスにも感情は含まれていなかったかもしれない。では、何故あの場であんな事を……

それに、仮に想われていたとしても、この関係は進められるものではない。身分云々《うんぬん》の前に、ベシアトーゼは家付き娘で婿《むこ》を取る立場だ。嫁《とつ》ぐ事は出来なかった。

「そうよ、そちらの方が問題よ！」

「ど、どうかなさいましたか？」

「え？」

我に返って視線を巡らせると、ノネもシーニも驚いた顔でこちらを見ている。ベシアトーゼがいきなり声を出したので、びっくりさせてしまったようだ。

「な、何でもないわ。……いえ、大問題よ！」

ノインの話で吹き飛びかけていたが、入れ替わりの件がヤレンツェナにバレていた。これは由々《ゆゆ》しき事態だ。

「どちらなんですか？　トーゼ様、落ち着いてくださいまし」

「私は落ち着いています！」

シーニに言われて、ムキになって言い返したが、確かに落ち着かなければ。これからロンカロス伯爵邸に戻って、叔父《おじ》に入れ替わりの件がヤレンツェナにバレていた事を話さなくてはならない。

それにしても、どうしてバレたのだろう。

ロンカロス邸に到着すると、何やらまたしても不穏な空気が漂《ただよ》っている。今度は何事かと身構えるベシアトーゼに、出迎えのジェーナ叔母《おば》が苦笑しながら教えてくれた。

「実はね……」

ベシアトーゼより先に戻ったセベイン叔父《おじ》が原因らしい。ある話を持ち帰った叔父《おじ》は現在、書斎にてエサクスを前に感情を抑えるのに必死なのだそうだ。その様子が使用人達に伝わった結果、邸《やしき》全体が不穏な空気に包まれているのだとか。

「一体、叔父《おじ》様はどんな話を持ち帰ったんですか？」

「エサクスが爵位を賜《たまわ》るそうです。喜ばしい事ね」

「爵位を？」

詳しく聞こうとしたベシアトーゼは、それなら話を持ち帰った当人に直接聞くといい、とジェーナに書斎に連れてこられた。扉越しに不穏さを感じ、腰が引けてしまう。

書斎の中は、外よりもぐっと体感温度が低い。その原因は、やはりセベイン叔父《おじ》らしい。

「叔父《おじ》様……その、ただいま戻りました……」

「ああ、帰ったか」

目の前に座るエサクスから視線を外さない叔父《おじ》は、言葉だけでベシアトーゼの帰還を確認した。エサクスの方はと言えば、目が死んでいる。一体、何があったというのか。

「その……折り入って叔父《おじ》様にお話ししたい事があるのですが……よろしいでしょうか？」

正直、こんな状況で話したくはないけれど、あまり長引かせるものでもない。短い言葉で了承を得られたので、ベシアトーゼはそっと書斎の中に入った。ちなみに、ジェーナ叔母《おば》は書斎の扉を開けた時点で姿を消している。やられた。

どのみち入れ替わりがヤレンツェナに知られている事を報告しなくてはならないのだが、出来ればもう少し叔父《おじ》が機嫌のいい時にしたかった。

「で？　話とは？」

「その……入れ替わっていた事がヤレンツェナ様に知られてしまいまして……」

極力感情を抑えて口にした内容に、セベイン叔父《おじ》は驚きの表情を見せた。当然か。致し方なかったとはいえ、王家を騙《だま》したのだ。

「……本当か？」

「はい」

「そうか……」

深い溜息を吐く叔父《おじ》に、ベシアトーゼは慌てて付け加えた。

「あ、でも、処罰などはないと思います……多分」

最後が曖昧《あいまい》になったのは、許してほしい。そのせいか、叔父《おじ》の表情も微妙なものだ。

「その根拠は？」

「ヤレンツェナ様が、『私達、これからも仲良くやっていけそうだと思わなくて？』と仰《おっしゃ》ったんです」

「なるほど……」

悪戯《いたずら》好きの妖精に騙《だま》されでもしたような様子の叔父《おじ》に、ベシアトーゼは愛想笑いを浮かべるほかない。本当に、ヤレンツェナはどうやって入れ替わりを知ったのだろう。

このままだと怖い考えに行き当たりそうなので、ベシアトーゼは強引に話題を変えた。

「そ、それで、叔父《おじ》様の方はどうなのですか？　エサクスに、何かありましたか？」

努めて明るく聞いたつもりだったのに、叔父《おじ》の様子が最初の硬いものに戻ってしまったのは何故なのか。その理由は、叔父《おじ》の口から知る事が出来た。

「……このエサクスは、元大公唯一の男児という事で、伯爵位を賜《たまわ》る事になったのだ」

庶子からいきなり爵位持ちに成り上がるなど、そうある話ではない。だが、考えてみれば、王位を継ぐ「予備」が元大公しかいないと思っていたら、意外な場所から後継者になり得る存在が出てきたのだ。王家としては嬉しい驚きだろう。爵位を与えるのは、予備を逃がさない為の策といったところか。

しかし、その件が何故叔父《おじ》の不機嫌に繋がるのだろう。

「それは……おめでとうございます」

「それはいい。それはいいのだ、本当に……だがな、ルカーナが……」

「ルカーナ様が、どうかなさったんですか？」

ルカーナの名前が出てきた途端、叔父《おじ》よりもエサクスの方が動揺する。いきなり伯爵になるのだから不安は当然だが、どうもそれだけではないようだ。そして、その問題はルカーナに関わっているらしい。

何やら言いかけては止める叔父《おじ》にしびれを切らしたベシアトーゼは、叔父《おじ》とエサクスが二人で一緒にいた時の様子を思い出し、当てずっぽうで言ってみた。

「もしかして、エサクスからルカーナ様との結婚を申し込まれたのですか？」

「ルカーナから言い出したのだ!!」

「え……」

あまりの事に、思わずエサクスを見るが、彼は真っ赤な顔で俯《うつむ》くばかりだ。それにしても、あの内気そうなルカーナが、叔父《おじ》にエサクスとの結婚を言い出すとは。それだけ彼を想っているという事だろうか。

「いいのではありませんか？　ルカーナ様とていつかは嫁《とつ》がれる身、それが好いた相手ならばこれ以上の事はありません。身分的にも、釣り合いが取れるようになったのですし」

多分、王家としては彼に大公位を継がせるつもりでいる。となれば、その妃は王妃派、親ダーロ派の貴族家から迎えたいところだ。ロンカロス伯爵家ならば、その条件に当てはまる。しかもお互いが想い合っているのだから、これ以上の縁はない。

貴族同士の結婚は、爵位や財産、家格などが釣り合う相手から親が選ぶのが普通だ。結婚する当人達はお互いを知らないという事もよくある話である。

でも、エサクスとルカーナの場合は違った。まるで芝居のような出会い方をして、エサクスは己の立場が悪くなる事を覚悟の上でルカーナを匿《かくま》ったのだ。言ってみれば、ルカーナにとっては救い主である。惹かれて当然だろう。

だが、セベイン叔父《おじ》にとっては違うらしい。

「やっと戻ってきた娘なのだぞ!!　そんな簡単に嫁になどやらん!!」

「え……」

頑《かたく》なに言い張るセベイン叔父《おじ》に困り果てたベシアトーゼは、思わずエサクスと顔を見合わせる。彼はずっとこの調子の叔父《おじ》と対峙していたのか、深い溜息を吐いた。

何とか書斎を脱出したベシアトーゼは、同じく抜け出したエサクスを見る。

「浮かない顔ね」

「え？」

声をかけられるとは思っていなかったのか、彼は驚いていた。

「爵位を持つのは、そんなに嫌？」

「いえ、そうではなくて……」

てっきり実の父である大公や、その仲間であるイェロス侯爵に対する感情から、貴族そのものを嫌っていて、自分も貴族になるのが嫌で沈んでいるのかと思ったのだけれど、違ったらしい。

「では、何が嫌なの？」

言いあぐねるエサクスを見て、ベシアトーゼは少しだけ意地になった。

「嫌……という訳では……」

「遠慮かしら？」

「そう……ですね、そちらの方が近いかもしれません」

「もしかして、自分が爵位を得る事に罪悪感を覚えている？」

ベシアトーゼの言葉に、エサクスは弾かれたように顔を上げた。そこには、驚愕《きょうがく》の表情が浮かんでいる。何故わかったのか、と言いたいのだろう。

以前、彼は犯罪に手を染めたと言っていた。娘を攫《さら》って人買いに売ったとも。全て元大公と元イェロス侯爵の指示だった訳だが、実行犯であるエサクスの罪が消える訳ではない。

それを踏まえて、ベシアトーゼは彼に言った。

「あなたが贖罪《しょくざい》をしたいのであれば、爵位を得る事はいい機会になると思うわ」

「どうして……だって、俺は罪を犯したんですよ？　前にも言いましたけど、人を攫《さら》って人身売買にも荷担しているんです。平民も、貴族も……そんな俺が、伯爵様だなんて……」

しかし、彼が荷担していたからこそ人身売買の証拠が残っていたのだ。物事とは、考えよう、捉えようでいくらでも変わる。

「もし、その人達に悪い事をしたと思うのなら、なおさら伯爵位を得て力をつけなさい。そうして、売られた娘達を連れ戻すのです。それは一平民には出来ない事ですよ」

「それは……そうですが……」

「それに、国の民に損害を与えたと本気で考えているのなら、国の為に身を粉にして働きなさい。それが国に対しての贖罪《しょくざい》になるでしょう。これは、死刑になるよりも辛く苦しい道ですよ」

彼が傷つけた人達が生きていれば、彼を批難し罵倒《ばとう》するだろう。それらにも耐えていかなくてはならないのだ。十分、茨《いばら》の道である。

ベシアトーゼの言葉に心が動かされているらしきエサクスを見て、彼女はだめ押しをしておいた。

「それに、ルカーナ様に対する贖罪《しょくざい》もある事を忘れてはいけません」

「そう……ですね。はい、それは確かに」

「だからこそ、伯爵位を得て、彼女を一生幸せにしなくてはね」

満面の笑みでそう言うベシアトーゼに、エサクスはぽかんとしている。

「は？　え？　どうしてそう――」

「あなた、このままでいたら、ルカーナ様がどうなると思って？」

「え？」

「攫《さら》われたなどと人に知られたら、よくて領地に一生引き籠《こ》もるか、下手をすれば修道院行きになりますよ」

「ええ!?」

「そうなれば、ルカーナ様の一生は暗く寂しいものになるでしょう。あなた、彼女をそんな目に遭《あ》わせたいの？」

「そんな！　まさか！」

慌てた様子で否定するエサクスに、ベシアトーゼは内心にやりと笑う。彼は元々素直な質《たち》なのだろう。だからこそ、こんなわかりやすい誘導に引っかかるのだ。そこを大公やイェロス侯爵に利用されたのだから、美点とは決して言えない。

だが今は、そんな部分をルカーナの為にもエサクスの為にも目一杯利用させてもらおうと思う。

「だったらやはりあなたが伯爵位を賜《たまわ》って、彼女を正式な妻とする必要があるわ。同じ伯爵位ならば身分の問題も発生しないし、新しい家なら面倒な親族もいなくてルカーナ様には助かるでしょう。もちろんあなたにも利点はあります。ルカーナ様を妻とすれば、セベイン叔父《おじ》様はあなたの舅《しゅうと》。社交界でも後ろ盾となってくれるでしょうし、何くれとなく力になってくれるはずです。ロンカロス伯爵家は、あなたが思っているよりも頼りがいがあってよ？」

何せ今をときめく王妃派の重鎮だ。大公自身が失脚したので、実質大公派は消滅すると見ていい。となれば、宮廷では王妃派が最大派閥になるし、今回の一件でセベイン叔《お》父《じ》の力は増すだろう。新興貴族になるエサクスにとって、これ以上の後見役はいない。

――まあ、彼の血筋を考えると、ツエメーゼ侯爵辺りが後見役の座を狙いそうだけど。

王宮で見た、老獪《ろうかい》な人物の顔を思い出す。エサクスを第二のヨアドにしないよう、教育に口を出してきそうだ。もっとも、エサクスが実の父を反面教師にする限り、その危険性はないと思われる。

ベシアトーゼに焚《た》きつけられたエサクスは、大分その気になっているようだ。

「これでもまだ、爵位を得る事に不満があるのかしら？」

改めてそう問えば、エサクスは一瞬ぽかんとしたが、すぐに苦笑した。

「いえ……不満は最初からなかったんです。ただ、畏《おそ》れ多いってだけで」

「まだ、そう思う？」

「いいえ。あなたの話を聞いて、腹をくくりました。俺は、俺に出来る事で罪を償《つぐな》いたい。伯爵になって国の為に働けというのなら、そうします。母の事もありますし」

「ルカーナ様の事も、忘れては駄目よ？」

「ぐ！　そ、そうですね……」

顔を真っ赤に染めたエサクスを置いて、ベシアトーゼは部屋へ戻る。一階の奥にある書斎から自室がある二階に行くには、玄関ホールに戻って階段を上《のぼ》る必要があった。

その玄関ホールに出る角を曲がったところに、ジェーナ叔母《おば》が立っている。

「ふお！」

驚いて変な声が出てしまったが、すぐに淑女然《しゅくじょ》とした態度を取り戻し、にこりと微笑む。

「まあ、叔母様《おば》。こんなところでどうかなさって？」

対するジェーナ叔母《おば》は、にやりと笑った。この笑みは、どこかで見た事がある。ほんの少し前、ヤレンツェナがこういう顔をしていなかったか。

「……叔母様《おば》、お一人で書斎から逃げましたわね？」

「あら、何の事かしら？　それよりも、エサクスを説得してくれた事、感謝します」

「はぐらかさないでください」

ベシアトーゼの声は聞こえているだろうに、ジェーナ叔母《おば》は上品に笑ってみせるばかりである。やはり、わざと自分を置いて書斎から出たのだ。

食えない人だなと思っていると、今度は血相を変えたノネが走ってきた。

「お、お嬢様!!」

「ノネ、こちらのお屋敷でも走ってはいけないと教えられたはずよ？」

「そ、それどころではありません！」

ノネにしては珍しく、ベシアトーゼの言葉を聞かずに一通の手紙を差し出してくる。

宛名《あてな》はベシアトーゼの名前で、差出人にはベリルの名が、封蝋《ふうろう》にはヘウルエル伯爵家の紋章が入っていた。

「これは……」

「どうかして？　ベシアトーゼ様」

ジェーナ叔母《おば》に、手紙を見せる。実家からのものだとわかればそれでいい。案の定、理解した叔母《おば》はすぐに中身を確かめるよう言ってきた。

自室に戻って封を開けると、中身はベリルの手によるものだ。本来、彼が書く手紙の封蝋《ふうろう》に伯爵家の紋章は入れない。それが入っていた場合、ベリルが書いていても、その中身を指示したのは父であるゲアドなのだ。これは三人だけの秘密だった。

手紙には、一文のみ書いてある。それをさっと読んだベシアトーゼは部屋で絶叫した。

「何なのよ、これええええ!!」

怒りのあまり、周囲への配慮を怠《おこた》った結果である。部屋の隅では、ノネがシーニにすがりついて怯《おび》えていた。

ロンカロス伯爵邸での時間は、とてもゆったりと過ぎていった。宮廷での侍女生活もそれはそれで楽しかったが、こうしてのんびりするのもいいものだとベシアトーゼは思う。

もっとも、優雅な時間を過ごしているのは彼女だけかもしれない。当主であるセベイン叔父《おじ》は、先日露見したサトゥリグード元大公ヨアドとイェロス元侯爵の罪の洗い出しや被害者の特定、及び国外にまで広がっていた人身売買組織の摘発などで、王宮から帰れない日が続いている。

それに加えて、領地にはびこっていた不正の対処にも追われていた。ルカーナの小間使いが誘拐の手引きをした事が、エサクスからの情報でわかったのだ。

それを確認する為に叔父《おじ》の信頼する部下が領地に向かったところ、領地管理を任せていた人物の不正が発覚したという。叔父《おじ》があまり領地に帰れないのをいい事に、かなり大っぴらにやっていたそうだ。

不正の犯人と小間使い、彼等に荷担していた人物は全て捕縛《ほばく》済みだが、別の問題も発生しているのだとか。新しく領地の管理が出来る人材がいないそうだ。その辺りの調整も仕事の合間にやらなくてはならず、セベイン叔父《おじ》の疲労は日に日に蓄積されていくばかりだった。

エサクスも叔父《おじ》に従って王宮に行ったまま、そちらで貴族としての教育を受けている最中なのだとか。もう少し形になれば、拝領する領地が決まり、本格的に「伯爵」として動き出す事になるだろう。

ルカーナはといえば、長年関係がぎくしゃくしていたジェーナとの仲が一挙に改善され、日々充実した生活を送っている。その充実している理由の一つには、エサクスとの婚約を控えている事も含まれていた。

二人の婚約と結婚は、既に国王夫妻にも承認されている。ただ、ロンカロス伯爵家の家格が伯爵位の中でも高いので、エサクスの伯爵としての体面が整うまで婚約の発表は控えているところだ。

とはいえ、婚約式の仕度やその後の嫁入りの仕度なども進めなくてはならず、連日のように仕立屋や商人などを呼んでジェーナと大騒ぎをしていた。

二人の関係改善には、ベシアトーゼも一役買っている。年が同じで顔がそっくりという事もあって、早い段階からルカーナが親近感を覚えたらしく、彼女の性格では考えられないくらい短期間のうちに打ち解ける事が出来た。

その際に、彼女がジェーナ叔母《おば》を嫌っている訳ではないという事もわかったのだ。では何故疎遠にしていたかといえば、なんと原因は領地にあるという。

ルカーナの証言によると、領地の領主館で働く者達はルカーナの実母を賛美し、ジェーナ叔母《おば》を悪《あ》し様《ざま》に罵《ののし》る毎日だったそうだ。しかも、例のエサクスによる誘拐事件の手引きをした小間使いは特に酷かったらしく、ルカーナは一番側にいた小間使いの影響を受けてしまっていた。

小間使い達の言葉に違和感を覚えたのは、王都のロンカロス邸に来てジェーナ叔母《おば》本人に会ってからだそうだ。それでも、これまですり込まれた印象を覆《くつがえ》すのは難しく、打ち解けられないままいつしか疎遠になってしまったのだとか。

ルカーナ本人もこれではいけないと思っているようだし、ジェーナ叔母《おば》の方もきっかけさえあれば打ち解けられるだろう。そう考えたベシアトーゼは、ルカーナに一つの提案をしてみた。

まずは、ジェーナ叔母《おば》を「お母様」と呼んでみてはどうか。

最初は出来ないと狼狽《うろた》えたルカーナだったが、勢いで言ってしまえばいいとベシアトーゼに唆《そそのか》され、ある日とうとうその言葉を口にしたのだ。その時のジェーナ叔母《おば》の表情を、ベシアトーゼはしばらく忘れないだろう。そのくらい、綺麗で切ないものだったのだ。

その日を境に、二人の距離はぐんと縮まった。王宮に詰めていて数日ぶりに戻ったセベイン叔父《おじ》が、目を丸くした程だ。

王宮の方は思っていた以上に火災の爪痕が酷いので、建て直しが検討されているらしい。建造物としても巨大な為、完成までは年単位で考えなくてはならないそうだが、そのくらい影響があったという事なのだろう。

建て直しの間は、王都にあるザカネル離宮が仮の王宮となるそうだ。引っ越しは徐々に進められ、夏までには終わらせる予定だという。

そしてその前に、王妃ヤレンツェナがロンカロス伯爵邸を訪れるそうだ。王妃が一貴族の邸《やしき》を訪れるなどそうある話ではないが、当主のセベイン叔父《おじ》が王妃派の重鎮である事に加え、夫人であるジェーナ叔母《おば》がヤレンツェナの昔馴染《なじ》みである事、また娘のルカーナが王妃の侍女である事などが考慮された結果だ。

もっとも、それらは表向きの話で、実際には入れ替わっていた二人を直接見たいというヤレンツェナの希望らしい。ジェーナ叔母《おば》は、その準備でも忙しく動き回っている。

ベシアトーゼも手伝いを申し入れたのだが、客である彼女をこれ以上働かせる訳にはいかないと却下されてしまった。という訳で、慌ただしい邸《やしき》の中でただ一人、のんびりとした時間を過ごさせてもらっている。

その彼女の側にあるテーブルには、実家のベリルから送られてきた手紙が積み上げられていた。「即帰れ」という短い内容の手紙が届いてから一度も返事を書かなかったせいか、三日と空《あ》けずに同じような内容の手紙が届いているのだ。

元々、この国にはタイエントでのごたごたが収束するまでという約束で来ている。それはベシアトーゼも自覚しているのだが、問題が収まったとも何とも書かずに、ただ帰れというのがしゃくに障るのだ。

それに、ヤレンツェナの訪問やルカーナの婚約式の件もあった。少なくとも、ヤレンツェナ訪問まではこちらにいる必要がある。セベイン叔父《おじ》やジェーナ叔母《おば》などは、このままずっとこちらにいても構わないとまで言ってくれているのだ。

二人の言葉に甘えたい自分と、故国に帰って社交界デビューに備えたい自分とがいて、正直迷っていた。のんびり過ごしながらも、ふとした時にその二択が浮かび上がる。

意識的に、ある人物の事は考えないようにしていた。彼の姿も、閉じ込められていた聖堂の一室で彼が何故あんな行動に出たのかも。

あの時に言われた言葉も覚えているが、自分がルカーナと入れ替わっていた以上、向こうは動く事が出来ないだろう。もっとも、既にヤレンツェナ経由でベシアトーゼの素性を知っていそうだけれど。

「本当、どうしたものかしら……」

そう呟いて溜息を吐いた時、部屋に人が来た。

「入ってもいいかしら？」

「もちろんよ」

ルカーナである。忙しい合間を縫って一日に何度かこうしてベシアトーゼの部屋を訪れるのだ。ジェーナ叔母《おば》との関係改善や、エサクスを説得した件などで彼女との親密度がぐっと上がり、今ではお互いを「トーゼ」「ルカ」と呼び合う仲になっている。

ルカーナは、部屋に入ると積まれている手紙の束に目をやった。

「大分溜まったわね」

「そうね」

「それだけ、トーゼのお家の方々は帰国を願っているのでしょうね……」

気落ちした様子のルカーナに、ベシアトーゼはかける言葉がない。親子間の行き違いが解消され、想う相手との婚約も間近という幸せの絶頂にいる彼女だが、それでも仲良くなった従姉妹《いとこ》がいなくなるのは寂しいのだろう。

「とりあえず、ヤレンツェナ様のご訪問まではいるわよ？」

「じゃあ、その後は？　私達の婚約式には出てくれるのでしょう？」

さすがにこれには答えられない。エサクスとルカーナの婚約式の日取りは、初夏なのだ。季節一つ変わる程先の話を、今ここで明言する事は出来なかった。

ベシアトーゼにも、無論ルカーナにも本当はわかっている。あまり長くこの国に留まるのは得策ではない事を。

ベシアトーゼはヘウルエル伯爵家の後継ぎであり、国に戻って社交界デビューし、父の後継者である事をきちんと披露《ひろう》しなくてはならない。

だからこそ、ベリルもこうして何通も手紙をよこしているのだろう。それはわかっているのだが、詳しい話を書いてこないのは何故なのか。その部分がはっきりしない事には、帰国を言い出せない。

「とにかく、もうしばらくこちらにご厄介《やっかい》になるのは確定ね」

「私は、嬉しいわ」

「ルカ……」

これまでの彼女の境遇を考えると、些細《ささい》な環境の変化すら恐れるのは致し方ないのかもしれない。ベシアトーゼが帰国したからといって、今の幸福な状況が消えてなくなる訳ではないのだけれど。


ヤレンツェナ訪問の日は、綺麗に晴れ渡った。一足先に仮の王宮となったザカネル離宮へ移動していた彼女は、そちらから来ている。ガラス張りの優美な白い馬車を三台連《つら》ねてやってきたヤレンツェナは天気同様、晴れやかな笑顔だった。

「ごきげんよう、ロンカロス伯爵。それと久しぶりね、ジェーナ」

「ご機嫌麗《うるわ》しく存じます、王妃陛下」

「ご無沙汰致しております、ヤレンツェナ様」

総出で出迎えた玄関先で、早速ヤレンツェナはジェーナ叔母《おば》に悪戯《いたずら》っぽい顔を向ける。

「本当よ。子育てが忙しいのでしょうけど、たまには宮廷に顔を出してちょうだい」

ヤレンツェナの言葉に明言を避けたジェーナ叔母《おば》は、曖昧《あいまい》な笑みを浮かべるに留めた。

叔父《おじ》の忙しさはまだ落ち着かないから、叔母《おば》が宮廷に行けるようになるには時間がかかるだろう。

そんな二人の様子を見ていたベシアトーゼにも、声がかかった。

「あなたも、久しぶりね」

「……お久しぶりでございます。改めまして、タイエントのヘウルエル伯爵が娘、ベシアトーゼ・マツェーレアにございます」

久しぶりだと言った後に、改めて自己紹介をするのは何だか間が抜けているけれど、本名を名乗らない訳にはいかない。たとえ相手は知っていても、だ。

ヤレンツェナが連れてきた供はヘーミリアのみで、後は護衛の騎士が後方に控えるだけである。ヘーミリアもあの時彼女の側にいたのだから、入れ替わりを知っている。

ベシアトーゼの名乗りに鷹揚《おうよう》に頷いたヤレンツェナは、隣にいるルカーナに目を留めた。

「そちらが、本物のルカーナね」

本日、ルカーナとベシアトーゼは隣に立っている。衣装や髪型も、ベシアトーゼは殊《こと》更《さら》タイエント風を意識し、ルカーナは逆にエンソールド風を意識した装《よそお》いとなっていた。これだけでも、大分違いが出ているはずだ。

笑顔のヤレンツェナの前で、ルカーナはがちがちに緊張していた。

「は、はい。ロンカロス伯爵が娘、ルカーナ・ユシアにございます」

ぎこちない様子で淑女《しゅくじょ》の礼を執《と》るルカーナを、ヤレンツェナもへーミリアも微笑ましそうな表情で見つめている。二人に対する心証はまずまずといったところか。

「……それにしても、本当によく似ているのね」

並んで立つベシアトーゼ達を見て、ヤレンツェナは改めて溜息を吐いた。こうしていると差異がはっきりするのもあるが、似ている部分も際立つらしい。ベシアトーゼは、思わずルカーナと顔を見合わせて笑った。

「さあ、こんな場所で立ち話もなんですから、奥へどうぞ」

「ありがとう。ああ、ジェーナ。あの子も連れてきているのよ」

「あの子？」

叔父《おじ》と一緒にヤレンツェナを部屋へ案内しようとしたジェーナ叔母《おば》が、彼女の言葉に首を傾げる。もしや、と思ったベシアトーゼの予想は当たり、ヤレンツェナの背後からダーロの騎士服を着たノインが現れた。

「まあ！　ケー――」

「ダーロの父上が、私の護衛にと送ってくださったの。素敵な騎士でしょう？」

ジェーナ叔母《おば》の言葉に被せるように、ヤレンツェナはやや早口で言う。その彼女の顔を、驚きと呆れが入り混じった表情で見るジェーナ叔母《おば》は、何かを言おうとして結局何も言わずに深い溜息を吐いた。しばらく手で額を押さえてから、ヘーミリアを恨めしげに見る。

「一体どういう事なんですか？」

「……先程ヤレンツェナ様が仰《おっしゃ》った通りですよ。この事は、ダーロのジハティール陛下だけでなく、ウィルロヴァン陛下もご存知《ぞんじ》です」

「何て事……」

そう言って、ジェーナ叔母《おば》は天を仰ぐ。まったく訳がわからないベシアトーゼ達は、ただダーロ組を見ているだけだ。

「……ジェーナ、彼がどうかしたのか？」

セベイン叔父《おじ》がジェーナ叔母《おば》に問いかけるが、ジェーナ叔母《おば》はヤレンツェナの方を意識しつつ、言葉を濁した。

「あー……それに関しては、後でもよろしいかしら？　まずは、お客様をお部屋に案内しなくては」

「そうだな」

後で聞ける確約が取れたからか、叔父《おじ》はあっさり叔母《おば》の言葉を受け入れている。ベシアトーゼとしては出来ればこの場で説明してほしかったが、確かに玄関ホールにいつまでも客人を立たせておくものではない。


客人一行を通した部屋は、南向きで庭園が一望出来る部屋だ。そこに、ヤレンツェナ、ヘーミリア、ノインの王妃一行と、セベイン叔父《おじ》、ジェーナ叔母《おば》、ルカーナ、ベシアトーゼのロンカロス伯爵家一家が揃っている。

それぞれが席について落ち着いたところで、ヤレンツェナが口を開いた。

「さて、今回私がここに来たのには、当然訳があるのよ。まず一つ目。ルカーナ、あなたには改めて、私の侍女として宮廷に上がってもらいます」

意外……という程意外な内容ではないが、やはり驚きはある。

「ヤレンツェナ様、それは――」

「これは、私だけでなく国王陛下がお決めになった事です」

ジェーナ叔母《おば》の言葉を遮《さえぎ》ったヤレンツェナの一言に、叔母《おば》もそれ以上は言えない。国王の決定を覆《くつがえ》せる貴族はいないのだ。

「やはりロンカロス伯爵家の娘が私の側にいるのといないのとでは、政治的な意味でかなり違うの。この先嫁《とつ》いだとしても、ルカーナには私の側にいてもらう事になるわ」

宮廷の一大派閥であった大公派が失墜《しっつい》したのを受けて、王妃派の発言力は増している。それに加えて、これからエンソールドとダーロの関係強化も進められるのだそうだ。セベイン叔父《おじ》はそちらにも深く関わっている為、どうしてもヤレンツェナの側に親族の女性を置く必要があるのだとか。

ジェーナ叔母《おば》でもよさそうなものだが、そうするとヤレンツェナの周囲がダーロ人で埋められてしまうので、エンソールドとしてはよくないらしい。それらを踏まえて、今回の侍女話が出たそうだ。

問題は、既にルカーナとしてベシアトーゼが宮廷に出ていた事にある。

「確かに、ベシアトーゼの事を考えると、きつい面もあるでしょう。ベシアトーゼ、侍女として一緒に過ごしていたあなたの仲間は、事情を話してもルカーナを忌避《きひ》するかしら？」

「いいえ、ヤレンツェナ様。話せない事に関しても、そうする理由があると言えば呑み込んでくれます」

さすがにルカーナが攫《さら》われていた件を公《おおやけ》にする訳にはいかないが、それこそ体調不良のせいで、そっくりなベシアトーゼと入れ替わっていたと説明すれば納得してくれるだろう。

もしくはヤレンツェナから一言あれば、皆何も言わずにいてくれるはずだ。

――良くも悪くも、宮廷での身の処し方を知っている子達ばかりだもの。

そこに関しては、不安はない。心配していたのは、何も説明せぬまま宮廷で顔を合わせる事だったのだ。

ベシアトーゼの答えに、ヤレンツェナは満足そうに頷く。

「私もそう思うわ。ヘーミリアも同じ意見よ。だから、安心して宮廷にいらっしゃい」

「はい、お心遣い、ありがたく思います」

はにかみながら礼を述べるルカーナの姿に、ヤレンツェナの微笑みが深まる。

「今日来た理由の二つ目よ、エサクスは近くアンヴァン伯爵の位を賜《たまわ》る事が決まりました。あなたとの婚礼は、その後になるわね」

どうやら、エサクスの方も順調に過ごしているらしい。現在王宮で受けている貴族としての教育も、問題なく進んでいると叔父《おじ》から聞いている。

頬を染めて嬉しそうにしているルカーナに対し、セベイン叔父《おじ》は苦虫を噛みつぶしたような表情だ。やはり、娘を嫁《とつ》がせるのは嫌なものなのだろうか。

——我が家の場合は、私が婿《むこ》取りをする方だものね……もっとも、あのお父様なら嫌な顔一つしなさそうだけれど。

長らく会っていない実の父を思い浮かべ、ベシアトーゼは内心でそう決めつけた。父ゲアドの感情は、表からは測りにくいのだ。

全体的には和《なご》やかだった訪問が終わり、ヤレンツェナ一行が帰るのを見送りに玄関ホールまで出ると、背後から腕を引かれた。ノインだ。彼に掴まれた腕が熱く感じる。振りほどこうとしたら、その前に放された。

「帰国されると聞きました」

誰から聞いたのか、耳の早い事だ。といっても、まだいつ帰るとは決めていない。ベリルからの手紙の内容が気にくわないという理由もあったが、今日の訪問まではどうしても残りたかったから。

ルカーナは自身の婚約式まで滞在してほしいと言っているが、明言出来ないでいる。もう王宮からも下がっているので、ノインと会う機会はない。それが思っていた以上に寂しいと気付いたのは、いつだったか。

ベシアトーゼはそんな内心はおくびにも出さず、つんとすました様子でノインに答える。

「ええ、父からそのように言われましたから」

本当なら、さっさと戻って遅れに遅れている社交界デビューの仕度をしなくてはならないのだ。こちらに来ていたおかげで、予定より半年近くずれ込んでいた。

——その分、普通の令嬢ではあり得ない経験が出来たけれど。

他国の王宮で侍女を務めた貴族令嬢など、タイエント広しといえどベシアトーゼくらいなものだろう。もっとも、誰もが羨《うらや》ましがる経験とは言い難いが。

少し遠い目になりかけたベシアトーゼの耳に、ノインの悲しげな声が響いた。

「私を置いて、行ってしまわれるのですね……」

「な！」

いきなりの言葉に、ベシアトーゼは瞬時に頬が熱くなる。思わず声が漏《も》れてしまったので、慌てて周囲を確認したところ、ヤレンツェナ達はホールのソファに座って談笑していた。こちらのやり取りには気付いていないらしい。

ほっと胸をなで下ろしながらも、目の前の男を見上げた。相変わらず秀麗な容貌に、今は悲痛な表情が浮かんでいる。

見つめていると、つい引き込まれそうになるので、無理矢理顔を背けた。

「ひ、人聞きの悪い事を言わないでちょうだい。あなたとは、ヤレンツェナ様にお仕えする仲間以上の関係はないはずよ！」

声を潜《ひそ》めつつも語気荒く言うベシアトーゼに、ノインは芝居がかった様子で続ける。

「何と冷酷なお言葉でしょう……もうお忘れですか？」

嫌な予感がするものの、先を促《うなが》さずにいられない。

「……何をかしら？」

「深夜の寝室で、二人で過ごした時の事を」

「ちょ!!」

まさかここであの夜の事を持ち出してくるとは。しかも微妙に誤解を受けるような言い回しである。二の句が継げないベシアトーゼに対し、ノインの方はしてやったりといった顔だ。

からかわれた、とわかった途端、怒りが全ての感情を上回る。

「あれはあなたが勝手に――」

「し！　ジェーナ様達が不審に思われますよ」

叫びかけたベシアトーゼに、ノインは指先で待ったをかけた。彼の言葉にジェーナ叔《お》母《ば》達の方を見ると、驚いた様子でこちらを見ている。慌てて愛想笑いで何でもないと誤魔化した。

「あなたねえ」

再びノインを睨《にら》み上げると、彼は悪戯《いたずら》っぽい笑みを浮かべている。

「それに、ヤレンツェナ様をお救いに参った時の事もです」

「そ!!」

またしても大声を出しかけて、すぐ口を閉じた。反論出来ないベシアトーゼは、悔しさと羞恥《しゅうち》で顔を真っ赤に染めてノインを睨《にら》むばかりだ。

先程から、彼にしてやられてばかりで腹が立つ。涼《すず》しい顔のノインに何とか泡を吹かせてやりたいと思うものの、いい手立ては浮かばなかった。

腹立たしいが、ベシアトーゼに出来る唯一の対抗手段は平静を装《よそお》う事だけだ。それも、大分遅いようだけれど。

「あ……あの件については、助けていただいた事と勘案して、不問とします」

「私は、悪い事をしたとは思っていません」

「何ですってえええ!!」

「平静を装《よそお》う」という言葉は、頭の中からすっかり消え失せていた。あんな無体を働いておいて、悪いとは思っていないとは何事か。やはり、彼は女たらしなのだ。

ベシアトーゼはノインの胸ぐらを掴んで詰め寄る。

「乙女の唇を何だと――」

「どうかして？　ベシアトーゼ」

「あ……」

ノインの肩越しに聞こえたヤレンツェナの声に、一瞬で冷静さを取り戻した。見ると、ジェーナ叔母《おば》やヘーミリア、ルカーナまでこちらを驚いた様子で見ている。

淑女《しゅくじょ》が大声を張り上げるものではない。ベリルの教えが頭をよぎった。

「いえ、あの、これは――」

「少し、行き違いがあったようです。ご心配には及びません」

愛想笑いを浮かべながら言い訳を考える脇から、ノインが悪びれた様子もなく言い放つ。その姿をぎらりと睨《にら》み付けたが、相手はどこ吹く風だ。

ヤレンツェナ達はお互いに顔を見合わせている。

「あの、本当に——」

「ああ、馬車が来たようですね」

何でもないのだと言おうとした途端、脇からノインの声が遮《さえぎ》った。いい加減にしろと怒鳴りたいが、馬車の仕度が調《ととの》ったのは本当のようで、執事が客人を誘導している。

「それでは、例の件はお願いね。こちらも、準備をしておきます」

「承知致しました。よろしくお願い致します」

ヤレンツェナの言葉に、セベイン叔父《おじ》が答え、ジェーナ叔母《おば》とルカーナがそれぞれ淑《しゅく》女《じょ》の礼を執《と》る。例の件……本物のルカーナが侍女として宮廷に上がる話だ。

彼女が侍女として宮廷に出仕するにあたり、王妃付きの侍女達に根回ししておく必要があった。何せ侍女達にとっては、ベシアトーゼがルカーナなのだ。その辺りの説明をヤレンツェナが、調整をヘーミリアが請け負うという。

これからルカーナは大変だが、きっと乗り越えられるだろう。支えてくれる家族がいるし、何より愛しい相手が宮廷にいるのだ。

そんな彼女の姿を、自分が見る事はない。もう今日にでもこの家を去ろう。父やベリルに感じていた怒りは、今感じている不穏さより大分ましだった。

ヤレンツェナとヘーミリアが馬車に乗り込むのを見ていると、隣のノインが動く気配があった。彼はベシアトーゼの目の前に出て、耳元にそっと囁く。

「いずれまた、お目にかかりましょう」

「え？」

彼は今、何と言ったのか。確認しようにも、既に彼の姿は玄関の向こうである。何という素早さか。彼は既に引かれてきた馬に乗っていた。

自分はこのままタイエントに帰る。そうなれば、もうノインと顔を合わせる事もなくなるはずだ。何せエンソールドとタイエントには国交があるが、タイエントとダーロとの間に国交はない。すなわち、ダーロの騎士であるノインがタイエントに入国する事はかなり困難になるのだ。

つまり、彼が言ったように「またお目にかかる」事など、この先あり得ない。だが、何故だか妙な予感がする。

――きっと、気のせいよ。

早速その場で叔父《おじ》夫婦及びルカーナに帰国する旨《むね》を伝え、とっとと荷造りをして伯爵家を後にしたベシアトーゼだった。

タイエントに戻ってはや二ヶ月が過ぎた。馬車の車窓から見える景色は、すっかり春色になっている。エンソールドの景色も美しいと思ったが、故国タイエントはそれに負けていない。内陸の国だからか、丘と山が多いけれど、それがまた景色に変化を添えている。

その景色の中を、ベシアトーゼを乗せたヘウルエル伯爵家の馬車は、一路王都を目指していた。延び延びになっていた、ベシアトーゼの社交界デビューの為である。

ヤレンツェナの訪問後、間を置かずにエンソールドを出国した事は、今でも後悔していない。あのままいたら、なんだかんだで帰国せずに居続けてしまうような気がして怖かったのだ。

ルカーナとは、帰国してからも手紙のやり取りをしている。たまにセベイン叔父《おじ》やジェーナ叔母《おば》からの手紙も同封されているのはいいが、ヤレンツェナからの手紙まで入っているのは何故だろう。とはいえ、ヤレンツェナからのものは署名がないので、内容や筆跡から推測するばかりである。

おそらく、手紙が誰かに盗まれる危険を配慮しての事だ。エンソールドとタイエントの間は平和だが、「今は」という言葉がつく。隣り合った国の常で、両国は数十年前には戦争をしていた。

その名残なのか、タイエント貴族の中にはエンソールドを毛嫌いする者もおり、あちらの貴族と繋がりがあるタイエント貴族の事も敵視して攻撃するらしい。そうした連中は厄介《やっかい》にもはっきりした証拠を残さないので自衛するしかなく、両国で問題になりつつあるようだ。

ヤレンツェナの気遣いは、万が一手紙がそうした連中に渡った時の為のものだろう。エンソールドの貴族どころか王族と繋がりがあると知られたら、ベシアトーゼのみならずヘウルエル伯爵家が標的にされてしまう。

そのヤレンツェナからの最新の手紙には、妙な事が書かれていた。

『今度、そちらに私の弟が行く事になりました。よろしくね』

ヤレンツェナの弟というと、ダーロの王子になる。そんな高位の方なら国の重要人物が側につくのだから、社交界でも新人のベシアトーゼにどうこう出来る事はない。

とはいえ、あのヤレンツェナの弟である。興味を引かれるのは当然だ。

「……どんな人なのかしら？」

「何か仰《おっしゃ》いましたか？」

つい、心の内が口をついて出ていたらしい。首を傾げるシーニに、何でもないと首を振る。ノネの方は緊張のあまり意識が飛びかけていた。エンソールドの王宮でも大過なく過ごしていたのだから、少しは自信がついたかと思ったのに、無理なようだ。

ベシアトーゼはこれからタイエントの王都に出て、オペラ座で開かれる舞踏会で社交界デビューをする。その為の下準備は万全にしてあり、後は本人が王都に出向くだけだった。

ベリルが気合を入れて仕度をしたそうだから、手抜かりはないだろう。ひょっとしたら、父ゲアドよりも彼の方が、ベシアトーゼの社交界デビューを喜んでいるかもしれない。

エンソールドから戻って一時、ベシアトーゼは彼女らしくなくおとなしく過ごしていた。その様子に慌てたのがベリルである。彼らしくなく、狩猟はどうか、乗馬はしないのかとあれこれ言ってきた時には、頭がどうかしたのではないかと心配したものだ。

本人としては、ベシアトーゼを心配していたらしい。逆に自分が心配されていたというのを知って、ベリルは脱力していた。

その後もデビューに向けての仕度は忙しさを増し、やっと日取りが決まったのだ。それが明後日《あさって》であり、その為に王都へ向けて移動中だった。

タイエント王都ヒルロスは、王国の中央やや南西寄りに位置する。王都は冬でも雪があまり降らないので、一年中何かしらの社交行事が催《もよお》されていた。

特に目抜き通りにあるオペラ座では、夜ごと趣向を凝《こ》らした催《もよお》し物が開かれていて、王国中の貴族の注目の的である。

ヒルロスの伯爵邸に入ったベシアトーゼは、今後の予定をおさらいした。今夜は父に到着の挨拶《あいさつ》をし、来客を交えての夕食会、明日の昼過ぎには遠縁に当たる子爵夫人が開く茶会に出席、そしてとうとう明後日《あさって》の夜が、デビューの本番である舞踏会だ。

本来ならもっと早く王都に入って準備を始めるはずだったのだが、前述のようにベリルが心配性を発揮し、しばらく領地で静養を、という事になったらしい。過保護な事だ。

そのベリルは、現在も忙《せわ》しなく邸《やしき》中を走り回っている。今夜の夕食会の仕度の為だろう。そんな彼とは対照的に自室でくつろいでいると、ノネがやってきた。

「トーゼ様、旦那様がじきお戻りです」

「あら、もう？　もっと遅くお戻りだと思ったわ」

ベシアトーゼはほんの少し驚く。現在もタイエント王宮で忙しく働いている父が戻るのは、夕食の直前だと聞いていたのだ。

玄関ホールに下りていくと、ちょうど父が戻ったところだった。

「お帰りなさいませ、お父様」

「今戻った。お前も、無事に到着したようだな」

大階段の踊り場にいるベシアトーゼを見上げるゲアドは、片眼鏡をかけた神経質そうな人物だ。濃い色の髪を後ろになでつけ、常に眉間に皺《しわ》を寄せている印象がある。

今日ヒルロスに到着する事は、父ゲアドにも伝達済みだった。もしかしたら、それで早く帰ってきたのかもしれない。

ゲアドは上着を使用人に預けると、こちらをちらりと見た。

「少し話がある」

「はい」

父に言われるまま、ベシアトーゼは後について書斎に入る。ここに来るという事は、使用人達に聞かせられない話のようだ。父の書斎には、呼ばれない限り使用人は立ち入らない。

「座りなさい」

促《うなが》されて、書斎にある大きな一人掛けの椅子に腰を下ろした。その前に父が、彼の隣にベリルが座る。

「さて、話というのは他でもない。お前がエンソールドに行く事になった原因について話しておこうと思ってな」

はて、それなら、かの国へ赴く際にベリルからうるさい程に言われたのだが。

「それでしたら、何とか侯爵令息のせいではないのですか？」

「……ゴラフォジンド侯爵だ。あれも理由の一つだが、それは表向きのものでしかない」

「表向き……」

どうやら自分がエンソールドへ送られたのには、裏があったらしい。父同様、眉間に皺《しわ》を寄せる娘に対し、ゲアドはにやりと笑った。

「まあ、あの家絡みではあるがな。問題は息子よりも父親の方だったのだよ」

「ゴラフォジンド侯爵本人……ですか？　でも、私は面識がありませんよ？」

「お前が私の娘だという事が重要なのだ」

何だか、どこかで聞いた話だ。ルカーナが攫《さら》われたのは、彼女がロンカロス伯爵家の娘だからで、彼女を殺す事によってセベイン叔父《おじ》に打撃を与えようとした為である。

「……もしかして、私を攫《さら》ってお父様を脅迫しようとした……とかですか？」

ベシアトーゼの推察に、ゲアドとベリルが目を剥《む》く。どうやら、当たりだったようだ。

「よくわかったな」

「ええ、まあ……」

さすがに、エンソールドで同様の事件に出くわしたからだ、とは言えない。いくらエサクスとの結婚が約束されているとはいえ、ルカーナの醜聞《しゅうぶん》には違いないのだから。

父相手ならば問題ない気もするが、噂《うわさ》などというものは、どこからどう伝わるか知れたものではない。漏《も》らさない為には、口にしないのが一番だ。

ベシアトーゼは誤魔化す意味も込めて、話題を元へ戻す。

「それで？　ゴラフォジンド侯爵の方が問題だったとは、どういう事なんですか？」

「その前に、我が国の王族の方々については、きちんと勉強しているだろうな？」

どうして今その話題が出るのかは理解しかねるが、ここでそれを言っても始まらない。ベシアトーゼは質問に答えた。

「はい。今上陛下であらせられるロレント陛下は十五年前に即位なされて以降、善政を敷いておられる有能な方です。王妃トーシレイア陛下は隣国ノオルサートから十九年前にお輿入《こしい》れなさいました。お二人の間にはお子様が六人。長男であらせられる王太子ラグトバル殿下は私と同年ですね」

「うむ。我が国には幸いにも立派な王太子殿下がいらっしゃる。その下にも、王子が三人おいでだ。だというのに、侯爵は陛下の従兄弟《いとこ》君を次代の王に担《かつ》ぎ出そうとしたのだよ」

「え……それって……」

国王の従兄弟《いとこ》ならば、順位が低くとも王位継承権を持っているから不可能ではない。それでも、やはり歪《いびつ》な話だ。

これで国王に子が一人もいないのなら、そうした話も出てくるだろう。だが、国王ロレントには王太子を筆頭に男児が四人いる。さらには国王自身にも弟が二人いるので、後継ぎにはまったく困っていない状況だ。

つまり、ゴラフォジンド侯爵が狙っていたのは強引な王権の交代であり、交代させる王は彼にとって都合のいい存在という事。こうした事例には、高確率で武力行使がつきまとう。

これは相当「ヤバい」話だ。

「……お父様、まさかと思いますが、そんな人物の派閥に所属していたって事は――」

「話は最後まで聞くように」

「はい」

ゲアドの顔が普段より渋いので、これは訳ありだったのだろう。その訳を、これから教えてくれればいいのだが。

ゲアドがベリルに合図を送ると、彼が背後の机から何やら書類の束を持ってきた。それを指してゲアドが言う。

「これに目を通しておきなさい。今回のゴラフォジンド侯爵更迭《こうてつ》に際して、処分を受けた貴族の名前と家族構成、親類縁者が全て記してある」

さらりと「更迭《こうてつ》」と言われた。という事は、既に侯爵とその一派は企《たくら》みがバレて失脚していという事か。手渡された書類は、ざっと見て二十枚はくだらない。これを全て覚えなくてはならないのだろうか。

「これから社交界デビューするのだから、話題に出す名前などには気を配らなくてはならない。逆に、安易にここに載っている名を出す者がいれば、それは付き合う価値がない相手という事だ」

そういう意図もあったのか。父の後を継げば、これからはこういった情報も自分で集めなくてはならない。実際に己の手で、という訳ではなく、集められる手勢を持たなくてはならないという事だ。

「さて、名簿を見てわかる通り、ゴラフォジンド侯爵の話に乗った貴族は存外多い。その多くが今上陛下のもとでは日の目を見られない無能者ばかりだ。己の実力のなさを棚に上げて、自分が重用されないのは陛下や側近のせいだと逆恨みした愚か者共だな。お前をエンソールドにやったのは、これらの処分を手がけている最中に、連中から攻撃を受けない為の策だったのだ」

なるほど。やはり自分はルカーナのような立場にあったらしい。そして彼女と違うのは、父が危険を先読みしたおかげで他国へ逃がされたというところか。

——……というか、邪魔だから追い払っておいたという方が正解かしら。

父の愛情を信じていない訳ではないが、国と秤《はかり》にかけられたら、簡単に負けるだろう。

そして、父の立場としてはそれが正しいと理解していた。

それに、父の手配のおかげであちらの国で知己《ちき》を得る事が出来たし、貴重な体験も出来たのだ。これで文句を言ったら天罰が下る気がする。

気持ちを切り替えて、改めて手元の名簿に目を落とした。大概が伯爵以下の家ばかりだが、中には数家程の侯爵家も紛れている。その殆《ほとん》どの当主が監獄行きであり、妻子、特に男子は全員が手持ちの財産と共に修道院行きになっていた。国内の修道院は大繁盛だ。

名簿に見入るベシアトーゼには構わず、ゲアドが続けた。

「そんな侯爵の派閥に私が長年いた理由は、端的に言うと陛下の命によるものだった。監視役として入り込んでいたのだ」

それは、監視役というより諜報《ちょうほう》役と言った方がいいのではないだろうか。父ゲアドは感情が顔に出にくい人だから、内情を探るにはうってつけの人材かもしれない。

第一、ヘウルエル家は長年王家からの信頼も篤《あつ》く、同時に国と王家に対する忠誠心では他家に劣らない自負がある。現国王を倒して継承順位の低い王族を王位に就《つ》ける企《くわだ》てになど、乗る理由がない。ゴラフォジンド侯爵は、そんな事も知らずに派閥に加えていたのだろうか。

それよりも、ベシアトーゼにはどうしても父に言っておきたい事があった。

「……その割には、例のどら息子と私の婚約を調《ととの》えたようですけど？　どういう事なんですか？」

「どうという事もあるまい。婚姻ではなく、ただの婚約なのだからいくらでも解消出来る。それで相手を油断させられるなら、安いものではないか」

間違ってはいないのだが、何だか引っかかる物言いだ。確かに貴族間の婚約など、情勢次第でいくらでも解消されると知っている。そこは個人の感情より家の事情が優先される貴族だ、少しでも実家が優位になる家と縁づかせようという親も多い。

ベシアトーゼにしても、自身が後継ぎだからこれまで婚約の話がほぼ出なかったが、これで嫁《とつ》ぐ身だったら幼少の時点で婚約者が決められていた事だろう。

――今更だけど、後継ぎで良かった……

婿《むこ》として迎える相手をある程度こちらで選べるのも、家付き娘のいいところだった。

「ゴラフォジンド侯爵の動きが怪しいと思われ始めたのは、今上陛下が王位に就《つ》かれた頃だ」

「というと、十四、五年は前ですね」

先代国王から譲位という形で王位に就《つ》いた現国王は、王太子時代から政治に関わってきた切れ者だといわれている。実際、彼が王位に就《つ》いてから多くの改革がなされていた。実力主義による官僚の人事、街道の新設及び改修、河川の治水及び灌漑《かんがい》工事、運河の工事も現国王になってから始まった事業だ。

こうした大きな公共事業に参入する貴族や商人、工房なども、全て実力主義で選んでいる。これまでのような縁故採用がなくなった為、利益にありつけない貴族が続出したのが、ゴラフォジンド侯爵の計画に乗る貴族が増えた要因だそうだ。

「その頃、私は派閥とは疎遠にしていたのだが、陛下から直々《じきじき》に依頼されたのでな。その前からも侯爵はあれこれ動いていて、いい加減鬱陶《うっとう》しく感じておられたようだ」

どうも、ゴラフォジンド侯爵という人は、先代国王の頃から王に取り入ろうとあれこれ画策しては失敗していたらしい。そこまで失敗続きだと普通は諦めるものだろうに、侯爵は不屈の精神でやり続けたという。

それが現国王の怒りに触れ、どうせなら面倒な貴族を巻き込んで一網打尽にしようという計画が持ち上がったのだとか。

「……という事は、この処分された貴族家が派閥に参加したのは、今上陛下やお父様の裏工作があったからなんですか？」

「裏工作とは何だ、裏工作とは。ただ、ほんの少し侯爵の耳元で、名簿に載っている名前を囁いただけだ」

十分裏工作だ。つまり、ゴラフォジンド侯爵更迭《こうてつ》は、国王と側近、そして父ゲアドの自作自演という事になる。それに連なる大量処分もまた同様だ。

――どうしよう……父がとんでもない極悪人に見えてきたわ……

やっている事だけを見ると、十分悪人と言えるだろう。顔も悪人向きだし。これで国王の命を受けていなければ、世間から後ろ指を指されても仕方ない。

それにしても、権力闘争など日常茶飯事《にちじょうさはんじ》である貴族社会でも、ここまで大きなものはそうあるものではないと思う。何しろ国王主導だ。

そういえば、エンソールドでも王位に絡む陰謀に巻き込まれた。故国に戻ってきてからも、こうした話を聞くとは。

危うく吐き出しそうになった溜息を呑み込むと、目の前の父が面白そうに笑った。

「顔色が悪いな。この程度で臆《おく》していては、伯爵位など継げぬぞ。当主になれば、否応なしに政争へ首を突っ込む事になる。大体、エンソールドでは大分やらかしてきたそうではないか」

「な！　どうしてそれを!?」

慌てる娘に、父は鷹揚《おうよう》に答える。

「お前が連れていった二人からの報告に決まっている。どちらもお前付きとはいえ、我が家の使用人である以上、主《あるじ》の私から聞かれれば答えざるを得んのだよ」

情報源は、シーニとノネらしい。確かに二人はベシアトーゼについているが、雇い主はゲアドである。何より、二人の親はゲアドに忠誠を誓っているのだから、親に言われれば答えない訳にもいかないだろう。

実際、エンソールドではあれこれやらかした自覚はある。とはいえ、ベシアトーゼが関わった部分など、ほんの端の方に過ぎない。父のやった事に比べたら子供の遊戯《ゆうぎ》も同然だ。

「恥じ入る事はない。さすがによく似た従姉妹《いとこ》と入れ替わるという手は毎度使える訳ではないが、少しは宮廷での身の処し方を覚えたようだしな」

返す言葉がない。確かにあの経験は、ベシアトーゼにとっても実りのあるものだった。何より、セベイン叔父《おじ》やジェーナ叔母《おば》、ルカーナ、侍女仲間の令嬢達、へーミリア、そしてヤレンツェナと交流を持てた事は大きい。

意図的に約一名を除外したが、何の問題もないはずだ。このところの忙しさで、寂しさも薄れている。きっと、このまま何事もなかったように過ごしていけるだろう。

内心そう期待するベシアトーゼに、ゲアドは続けた。

「他国の宮廷で過ごした経験は、我が国でも有用だ。だがまあ、まずは目の前のデビューを無事に成功させる事だな」

「心得ております」

その為に王都に来たのだ。これで失敗などしたら、目も当てられない。

――と言っても、大抵の場合は失敗なんてあり得ないんだけど。

その為の下準備と根回しなのだ。ベシアトーゼ本人はそちらには関わっていないが、ベリルに手抜かりがあるとも思えない。口うるさいのが厄介《やっかい》ながら、彼の仕事ぶりは信用していた。

舞踏会は盛況だ。着飾った紳士淑女《しゅくじょ》が踊り、談笑し、時には物陰で愛を囁く。そういえば、エンソールドではヤレンツェナのお供としても舞踏会には出た事がなかった。今夜が社交界デビューのベシアトーゼにとって、これが正真正銘、最初の舞踏会である。

既にデビューの紹介を受け、父ゲアドと一曲踊って義務は果たした。ここからは、未来の女伯爵としての自分を売り込む場になる。

扇《おうぎ》の陰からそろりと辺りを見回すと、妙に浮き足立った一団がいた。

「あちらは、何の騒ぎですか？」

側にいた顔見知りの子爵夫人に問いかけたところ、彼女は笑顔で答えてくれる。

「何でも、外国からいらした王子殿下だそうですよ。我が国との国交を結ぶ為にいらしたのですって」

王子様ときたか。ならば、社交界新人の自分が側に行く相手ではない。その辺りは慣れた方々にお任せしよう。

そうは思っても、一団の音量があまりにも高いので、ついそちらに意識が向いてしまう。

「……随分と、賑《にぎ》やかですのね」

「その殿下、大変容姿が整っていらっしゃってね。先日も別の舞踏会で若い娘さん達の視線を独占してらしたわ」

そう言ってころころと笑う子爵夫人は、王子殿下とやらには興味がないらしい。その事を問うてみると、「もう少し若ければねえ」という苦笑が返ってきた。そんなものなのかと流したベシトアーゼの耳に、さらに音量を増した黄色い声が飛び込んでくる。

何事かと思えば、一団がこちらに向かってくるではないか。しかも、その中心には何やら見覚えのある顔がいる。扇《おうぎ》の陰で、ベシアトーゼの表情が驚愕《きょうがく》に彩《いろど》られた。

まさか。彼はダーロの騎士であって、王子殿下などという立場ではないはずだ。だというのに、見知った顔は笑みを浮かべて近づいてくる。

今夜彼が身につけているのは、一目で仕立てのよさがわかる礼服で、胸元や袖回りには刺繍《ししゅう》と共に宝石があしらわれていた。彼自身の金髪と相まって、シャンデリアの明かりできらめいている。見事に着こなしているところを見ると、こちらが本来の姿のようだ。

彼の隣にいるのは、先日夕食に招いた一人で、父とも顔馴染《なじ》みのハイック侯爵だ。そういえば、彼は国賓《こくひん》の接待役を仰《おお》せつかっていると言っていなかったか。

扇《おうぎ》で顔を半分隠したままのベシアトーゼの前まで来て、ハイック侯爵が引きつり気味の笑顔をこちらに向けてきた。

「おお、こちらにおられたか。今宵はまた一段とお美しい」

「ご、ごきげんよう、侯爵様」

答えるベシアトーゼの声も引きつろうというものだ。どこの世界に社交界へデビューしたての淑女《しゅくじょ》のもとに、国賓《こくひん》を連れてくる貴族がいるというのか。いや、目の前にいる。

「ケーシアン殿下、こちらはヘウルエル伯爵家のベシアトーゼ嬢です。今夜が社交界デビューとなります。ベシアトーゼ嬢、こちらはダーロからお越しのケーシアン殿下だ。現在、ダーロと我が国の国交樹立の為にいらしている」

正直、ハイック侯爵の言葉は半分も頭に入っていない。ケーシアンとは誰の事か。エンソールドでは身分だけでなく、名前まで偽《いつわ》っていたようだ。

そういえば、どこぞの王妃から「弟をよろしく」という内容の手紙が届いていなかったか。ダーロ国の王子殿下という事は、正しくヤレンツェナの弟である。

――そういう事か!!

姉弟ならば親密であっても当然だ。思えば、ヤレンツェナとノインがお互いを見る目には慈《いつく》しみの色があった。二人して、周囲を騙《だま》していた訳だ。

怒りで目の前が真っ赤になりそうになったが、ノインの動きですぐに我に返る。彼はベシアトーゼの手を取ると、紳士から淑女《しゅくじょ》への挨拶《あいさつ》をしてきた。おかげで少しだけ冷静になれたが、だからといって彼を許す気には到底なれない。

「お初にお目にかかります、美しい方」

ノイン改めケーシアンは、しれっとそんな事を言ってきた。

「ご、ごきげんよう……」

笑顔が引きつるのは容赦してほしい。それどころか、今ここで怒鳴らない分別を自分が持っている事に、彼は感謝するべきなのだ。

どうやってこの場から逃げ出そうかと視線だけで周囲を確認している最中に、ホールには次の曲が流れ始める。

「ああ、ダーロの曲ですね。いきな計らいに感謝しなくては。さて、では一曲お相手願えますか？」

聞いている形ではあるが、王族で国賓《こくひん》でもあるノインの申し出を断る事は出来ない。

ベシアトーゼはきゅっと唇を引き結ぶと、にこやかな作り笑顔を浮かべた。

「仰《おお》せのままに」

そのまま、ノインに手を引かれて中央へと向かう。周囲も二人に場を譲ってくれる。これも国賓《こくひん》であるノインのおかげか。

ダーロの曲は優美な調べで、同じステップを使うタイエントの曲よりもこの踊りに適していた。

「浮かない顔ですね」

「どなたのせいかは、ご存知《ぞんじ》でしょう？」

視線だけで、あなたのせいで気分が優れないのだと伝えたが、ノインはどこ吹く風である。そういえば、彼はこういう面は図太い人物だった。

それも、王子に生まれついたからだと、今ならわかる。思えば、エンソールドでは騎士らしくない面もいくつかあったではないか。

――だからって、まさか王子様が騎士に身をやつして他国に来ているなんて、思いつく訳ないじゃない！

　再会出来た喜びよりも、騙《だま》されていたという怒りの方が勝っている。もっとも、騙《だま》していたという点では、ベシアトーゼは彼の事を責められない。とはいえ、従姉妹《いとこ》と入れ替わった自分より、王族なのに一騎士と偽《いつわ》っていた彼の方が罪は重いのではないか。一体何の罪かと問われても、答えられないが。

　むっとした心情が顔に出たのか、目の前のノインが笑う気配があった。ぎろりと睨《にら》み上げれば、まずいと思ったのか笑いを抑えようとしている。

「エンソールドでの事は、私が原因ではありませんよ？」

「そうでしょうね。父君か、姉君がお悪いのでしょう？」

　声に棘《とげ》を含ませて答えた。これに気付かないノインではない。さて、どう返してくるかと思っていたら、意外な返答があった。

「まあ……確かに誘いに乗ったのは私ですが……でも、仕方のない部分もあったとご理解ください」

　最後の一言は、真摯《しんし》な響きだった。再び彼を見上げると、真剣な表情でこちらを見ている。彼が身分を偽《いつわ》ってまでヤレンツェナの側にいたのは、彼女を護るという理由があったからだろう。おそらく、父王に言われずとも独断で行動したのではなかろうか。

あの時期、それ程に彼女の周辺は危険だった。実際に毒殺未遂や誘拐までされている。あれでヤレンツェナにもしもの事があったら、確実にエンソールドとダーロの間で戦争が起こっていただろう。

それを考えれば、弟である彼が姉であるヤレンツェナを、引いては二国間の同盟を護る為に動いた事を責められる者はいまい。

「そうそう、姉上とは頻繁《ひんぱん》に手紙のやり取りをしていると聞きました」

「そこまででは……第一、私がやり取りをしているのはルカ……ルカーナ様なのですけど」

彼女の手紙に同封する形で、ヤレンツェナやセベイン叔父《おじ》、ジェーナ叔母《おば》が手紙を書き送ってくるのだ。特にヤレンツェナからの頻度が高い事は否定しないけれど。

ベシアトーゼの返答を聞いたノインは、エンソールドでよく見た獰猛《どうもう》な笑みを浮かべた。

「手紙に、『弟をよろしく』とありませんでしたか?」

「……さあ?　もしかして、まだ私の手元に届いていない分に書いてあるのでしょうか?」

無論、嘘だ。彼の出自を聞いた時点で、あの手紙の内容は理解していたが、それと実際に「よろしく」するのとは別だった。

ベシアトーゼの返答に、ノインは少しだけむっとした表情をする。

「姉の望みを、叶えてはくださらないのですか？」

「まあ、私、ただの伯爵家の娘でしてよ。殿下には、きちんと接待役のハイック侯爵がついていらっしゃるじゃありませんか。何かお困りの事がありましたら、侯爵様にお伝えくださいませ」

軽やかに笑って流すと、一瞬虚を突かれたような顔をしたノインは、先程よりさらに獰猛《どうもう》な笑みを浮かべた。

「そうですか……それは、あなたの真意と捉えていいのですね？」

「え？　ええ、もちろん……」

「わかりました。では、侯爵に伝える事に致しましょう」

はて、自分は何か間違った対応をしただろうか。何故目の前の彼は、こんなに恐ろしい笑みなのだろう。内心首を傾げるベシアトーゼは、近づくノインに気付かなかった。

「この国での滞在が、楽しみになってきました」

「ちょ！」

耳元で囁いたノインは、ついでとばかりにかすめるようなキスを耳に落としたのだ。

そこでちょうど曲が終わったからか、彼は綺麗な一礼と共にベシアトーゼのもとを去る。残されたのは、耳を押さえて真っ赤になる彼女だけだった。

無事社交界デビューを果たしたベシアトーゼのもとに、ハイック侯爵からの手紙が舞い込んだのは、オペラ座舞踏会の二日後だった。

中には「ご本人の強い希望により、ケーシアン殿下の滞在中は彼のパートナーを務めるように」という依頼、もとい、命令が書かれていたのだ。

ダーロの王子ケーシアン・ノインは、ダーロとの国交が無事樹立するまで、無期限でタイエントに滞在するのだと聞かされたのは、手紙をもらってからさらに一日後であった。

書き下ろし番外編

その後の物語

どうしてこうなった……

ベシアトーゼは、目の前で微笑む異国の王子……ケーシアン・ノインを睨《にら》み付けながら、心の中で毒づく。

それも致し方あるまい。彼と出会った時、あちらの身分はエンソールド王妃ヤレンツェナの騎士だったのだから。

それが、実は彼女の異母弟だったとは。先日、社交界デビューを果たした舞踏会で紹介された時は、驚き過ぎてろくな反応が出来なかった。今は、驚きを通り越してどうしてくれようという怒りばかりが湧いて出る。

——本当にもう！　ヤレンツェナ様もヤレンツェナ様だわ！

遠い空の下にいる、異国の王妃に八つ当たりしても、現状が変わる訳ではない。

ダーロからの使者としてやってきたケーシアン・ノインが、何故今ベシアトーゼの目の前にいるのか。端的に言えば、彼がタイエント国内にいる間、パートナーを務めるようにという命令が下ったからだ。命令を出したのは、ハイック侯爵。ダーロ一行の接待役を仰《おお》せつかった人物である。

「殿下」

「ノイン……と、お呼びください。エンソールドでの時のように」

言葉に詰まる。あの国での諸々は忘れられない出来事だが、目の前の人物に関する事柄は、全て記憶から消し去ってしまいたい。

特に、ヤレンツェナと共に誘拐され、助け出された時の事は。思い出すだけで、顔から火が出そうだ。

何とか落ち着こうとしていたベシアトーゼの耳に、軽い笑い声が入る。

「どうかなさいましたか？　顔を真っ赤にして」

ケーシアン・ノインの言葉に、思わず手を頬に持っていってしまう。確かに、熱い。

何だか、目の前の人物にいいようにあしらわれている気がして、不愉快だ。

「殿下は、私をからかって楽しんでらっしゃるのかしら？」

思わず、棘《とげ》のある言葉が出てこようというもの。だが、相手は片眉を器用にひょいと上げただけ。

「心外ですね。私は、あなたをからかった事などありませんよ？」

「う、嘘仰《おっしゃ》い!!」

言ってから、はっと気付く。しまった。国賓《こくひん》に対して、何という粗相《そそう》を。これでダーロとの国交がダメになった日には、自分の命どころか家の存続すら怪しくなる。

「し、失礼を致しました」

「いいえ。気にしていませんよ。それどころか、あなたの素の顔が久しぶりに見られて大変喜ばしく思っています」

相変わらず、歯が浮くような言葉を次から次へと繰り出すものだ。とはいえ、彼の相手を務めるのは、国から仰《おお》せつかった仕事。おろそかには出来ない。

何とか、目の前の人物が帰国するまで平穏無事に過ごせるようにしなくては。

——前途多難だわ……

ベシアトーゼの内心のぼやきを聞く者は、誰もいなかった。

国交樹立の為に来ているケーシアン・ノインは、精力的に社交を行っている。彼の行動一つで国同士の付き合いがどうこうなる訳ではないけれど、心証は違ってこよう。

それは、ケーシアン・ノイン本人がよくわかっているようだ。

「明日は舞踏会、明後日《あさって》は昼間が昼食会、夜は夜会ですね」

「ええ。あなたには無理をさせますが、よろしくお願いします」

「いえ。仕事ですから」

ここ数日は、ケーシアン・ノインのスケジュール調整までベシアトーゼが行っている。彼女の能力をよく知る彼から要望があったからだ。

素っ気ない態度のベシアトーゼに、時折ケーシアン・ノインからの寂しそうな視線が飛んでくるけれど、取り合った事はない。

――勝手に落ち込んでいればいいのよ！

騙《だま》された事は、まだ許していないのだ。

「明日は以前送ったドレスを着てきてくださいね」

「……わかりました」

国内で彼のパートナーを務める事が決まった次の日、王都のヘウルエル伯爵邸に大量のドレスが届いた。

どれも美しく、かつ彼女のサイズにぴったりのものばかり。型も、最新流行のものだ。添えられたメッセージには『これを着たあなたと踊る日を楽しみにしています』とあった。それ以来、彼と踊る可能性がある時は、それらを身につけている。

あんな大量のドレス、一体いつ、どうやって仕立てさせたのか。その前に、自分のサイズをどこで入手したのか。

何となく、嫌な予感がするので誰にも聞けない。

翌日の舞踏会会場では、やはりケーシアン・ノインは目立っていた。整った容姿だけでなく、彼の肩書きにひかれる女性は多い。

何せ、継承権はほぼないとはいえ王族だ。

「どうかしましたか?」

「いえ、何も」

考え事をしていたのが、丸わかりだったらしい。彼が顔を近づけて囁いてくるので、周囲からは黄色い悲鳴が上がった。

「……あまり、お近づきになりませんように」

「何故?」

「……周囲の方々に、あらぬ誤解を受けては、私が困ります」

ここで、「あなたが困る事になる」などと言っては、相手が喜ぶ。少し前に違う状況でそう言ったところ、嬉しそうな笑顔でさらに近づかれてしまった。ベシアトーゼは、学習出来る女なのだ。

言われたケーシアン・ノインの方はといえば、何が嬉しいのか満面の笑みである。

訝《いぶか》しんで見ていたら、やっと自分の表情に気付いたらしい。

「あなたが困るような事には、なりませんよ」

どうだか。変な噂《うわさ》が立って、婿《むこ》の来手がなくなったらどうしてくれるのだ。今でさえ、周囲から誤解の視線を受けているのに。

誤解……そう、誤解だ。彼は、エンソールドでのあれこれを一緒に経験した自分に対して、気安くなっているだけ。

国交が樹立し、故国に帰れば相応《ふさわ》しい家の娘を嫁に取るのだろう。この容姿だし、国内での人気も高いとみた。きっと、可愛らしい令嬢が彼の隣に立つのだろう。自分とは違う、令嬢らしい令嬢が。

その姿を想像して、ほんの少しだけ胸の奥がざわめいた。

舞踏会の翌々日。王都の美術館へやってきたダーロ一行の中に、ケーシアン・ノインに手を取られたベシアトーゼの姿があった。

あれこれ考えたところで、自分には何が出来る訳でもない。エンソールドに行く前なら、こんな事は考えなかった。

でも、あの国であれこれ経験した今、自分一人ではどうにも出来ない事があると知っている。隣にいるダーロの王子に関しても、そうだ。

王族の結婚に、一伯爵家の娘が口を出す権利はない。今はただ、おとなしく仕事を全《まっと》うするだけだ。

そう思っていたのに。

「うあああああああああ！」

声を張り上げ、突撃してくる集団がある。覆面で顔を隠し、手には刃渡りは短いけれどもどっしりとしたナイフ。確実に、狙いはケーシアン・ノインだろう。

一行にはタイエントと、ダーロから出された警護の騎士もついている。だが、背筋がざわめいた。何だろう。何かがおかしい。

二人の周囲はダーロ一行ですぐに固められ、襲撃者はあっけなく捕縛《ほばく》された。それでも、緊張感というか、ざわめきが消えない。

はっと気付くと、ケーシアン・ノインの側にいた騎士が懐《ふところ》に手を入れている。それを見た途端、無意識に体が動いた。

「トーゼ!!」

騎士が抜いたのは、鋭い短剣。それは、ケーシアン・ノインを庇《かば》ったベシアトーゼの腹部に刺さった。

体をくの字に曲げて倒れた彼女に、ケーシアン・ノインが必死で名を呼んでいる。短剣を持った騎士は、周囲の者達に捕縛《ほばく》されていた。

「ダーロの面汚しが！　異国の地で果てるがいい!!」

暴言を吐いた騎士の横面を、ダーロの騎士が思いきりぶん殴っている。籠手《こて》付きで殴られた方は、顎《あご》が割れたのではなかろうか。

そんな事を考えていると、ケーシアン・ノインに無事を確かめられた。

「しっかりしてください！　怪我は!?」

「だ、大丈夫……です」

おそらく、ドレスの下に仕込んだ女性用の鎖帷子《くさりかたびら》のおかげだ。表の布は切れてしまったが、刃先は肌まで届いていない。

薄い皮と鉄板を重ねて作ったという代物《しろもの》で、胸から腹部をしっかり防護してくれる。おかげで切り傷はないが、かなりの力で短剣を押しつけられたので、痣《あざ》にはなっているだろう。少し痛い。

立ち上がって腹部に手を当てて顔を顰《しか》めていたら、あっという間に抱き上げられてしまった。誰にか。ケーシアン・ノインにである。

「ちょ！」

「おとなしくして」

彼はベシアトーゼを抱き上げたまま、隣にいるタイエント側の接待役、ハイック侯爵に何事か耳打ちし、さっさと歩き出した。


美術館で襲撃された後、抱き上げられたまま馬車に押し込まれ、着いた先は王都のヘウルエル伯爵邸である。どうやら、今日の予定は全てなくなったらしい。

「令嬢が怪我をした！　すぐに部屋と医者の用意を!!」

急に戻った二人に驚いた伯爵邸の使用人達だったが、そこはヘウルエル家の者。すぐに落ち着きを取り戻すと、ケーシアン・ノインの指示に従い部屋を整え、医者を呼びに行った。

その間もずっと抱えられていたベシアトーゼは落ち着かない。

「もう大丈夫ですから、下ろしてください」

「そうはいかない。私のせいで怪我を負ったのだから」

その通りなので、何も言えない。とはいえ、国賓《こくひん》を護るのは当然の事ではなかろうか。

逆に、あの状況で彼に怪我を負わせた日には、父と王宮から大目玉を食らっただろう。

それを考えれば、たかが痣《あざ》程度どうという事はない。なのに、周囲はそう思わないようだ。特に、心配そうにこちらを見てくるダーロの王子殿下は。

診察の時まで側にいようとしたので、メイド達に部屋を丁重に追い出されている。名残惜しそうに部屋を後にする彼の姿に、思わず笑いがこぼれた程だ。

診断の結果、やはり打ち身程度だという。何故令嬢がこんな場所に打ち身を作るのか。詳細を聞かれたら面倒だと思ったけれど、貴族の診察に慣れている医者だからか、何も言われなかった。

医者が帰った後、メイド達に許可を得てから部屋に入ってきたケーシアン・ノインはうなだれている。

「申し訳ありません。我が国の問題に、あなたを巻き込んでしまって……」

「いいえ、お気になさらず」

あの時、騎士が叫んでいた言葉を思い出す。自国の王子に対し、言っていい内容ではなかった。その事に対し、今は純粋に怒りを感じる。

だからか、目の前でしおれている彼につい言ってしまった。

「何をしょげているのです！　あのような小物の言う事など、捨て置きなさい。あなたはダーロの王族なのですから、もっと胸を張るべきです」

ベシアトーゼの言葉に、ケーシアン・ノインは驚いた顔を見せ、次いで何故か泣き笑いのような顔になる。

どうして、そんな表情をするのか。問いただそうとした瞬間、強い力に引っ張られた。

気付けば、彼の腕の中にいるではないか。

「あなたという人は！　……だからこそ、諦められないのです」

頭の上から声がする。いや、その前にこの体勢をどうにかしなくては。もがいてもびくともしないのは、騎士として鍛えているからか。こんなところでそんなものを発揮しないでほしい。

「ちょ！　いい加減に――」

「トーゼ様！　ご無事ですか!?」

いきなり部屋の扉が開き、誰かが入ってきた。いや、声でわかる。父の側近であるベリルだ。何という時に入ってくるのやら。

いや、これは天の助けでは？

「べ、ベリル!!　助けて!!」

「……珍しくもトーゼ様が私に助けを求められるなど。幼い頃、登った木から下りられなくなった時以来でしょうか」

そんな思い出話を今する必要はあるのか？　追及したいところだが、それどころではない。何故か強まった腕の力に、潰されそうだ。

「それはいいから！　早く！」

「……トーゼ様、お元気そうな様子で安堵致しました。私はこれから旦那様にご報告に上がりますので、どうぞご安心を」

冗談ではない。安心なぞ出来るか！　そう叫んだが、相変わらずベリルはこちらの事などお構いなしに、部屋を後にしてしまった。

きっと、彼は今見たままの光景を父に話すだろう。その結果、待っているのは父から『ふしだら』の烙印《らくいん》を押される未来だ。もしかしたら、家の後継ぎの座から外されるかもしれない。

「何て事……」

「安心してください、トーゼ。あなたの事は、私が護ります」

にこやかな男を見上げ、よもやこれを狙ったのではないかという考えが頭をよぎる。

いや、そんな事はない。何せこの男は、どんな美女でも選び放題なのだから。

異国の、しかもただの伯爵家の娘に過ぎない自分を好んで選ぶなど、ある訳がない。

国内でのパートナーに選ばれたのも、顔見知りであるという気安さからだ。

やはりここは、はっきりと現状を認識しておこう。

「いえ、結構です。自分の身は、自分で護れと育てられましたから。それに、殿下の方こそ御身を大切にしてくださいませ。でなければ、私が父に叱られます」

「あなたという人は……」

何故、そこでがっかりするのやら。

後日、父親を通じて正式にケーシアン・ノインから婚約の打診がきて、ベシアトーゼは悲鳴を上げる事になるのだった。

RC
Regina COMICS
大好評発売中!!
原作=斎木リコ
Riko Saiki
漫画=藤丸豆ノ介
Mamenosuke Fujimaru
シリーズ累計
15万部
突破!!
今度こそ幸せになります! 1~4
異色の転生ファンタジー
待望のコミカライズ!!
「待っていてくれ、ルイザ」。勇者に選ばれた恋人・グレアムはそう言って魔王討伐に旅立ちました。でも、待つ気はさらさらありません。実は、私ことルイザには前世が三回あり、三回とも恋人の勇者に裏切られたんです！　だから四度目の今世はもう勇者なんて待たず、自力で絶対に幸せになってみせます――!
B6判 / 各定価:748円(10%税込)
アルファポリス 漫画
検索
斎木リコ
藤丸豆ノ介
今度こそ幸せになります!
15万部突破!!
人生七度目
ついに勇者と幸せになる!?
異色の転生ファンタジーコミカライズ!
アルファポリス

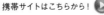

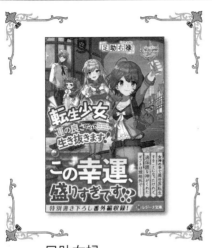

新感覚ファンタジー

RB レジーナ文庫

領地をのんびり改革中!

レジーナブックス Regina

私の平穏な日々

あきづきみなと　イラスト：nyanya

定価：704円（10%税込）

異世界の公爵令嬢に転生していたミカエラ。けれど政略結婚するのはまっぴらごめん！　そこで将来自立することを目標に、前世の知識と魔法を駆使して、領地をちょっとずつ改革する日々を送っている。やがて15歳となったミカエラは王立学院へ入学。有意義な毎日を過ごしていたのだけれど――!?

詳しくは公式サイトにてご確認ください

https://www.regina-books.com/

携帯サイトはこちらから！

本書は、2019年3月当社より単行本として刊行されたものに書き下ろしを加えて文庫化したものです。


この作品に対する皆様のご意見・ご感想をお待ちしております。

おハガキ・お手紙は以下の宛先にお送りください。

【宛先】

〒150-6008 東京都渋谷区恵比寿4-20-3 恵比寿ｶﾞｰﾃﾞﾝﾌﾟﾚｲｽﾀﾜｰ 8F
（株）アルファポリス　書籍感想係

メールフォームでのご意見・ご感想は右のＱＲコードから、
あるいは以下のワードで検索をかけてください。

アルファポリス　書籍の感想　検索

ご感想はこちらから

RB

レジーナ文庫

入《い》れ替《か》わり令嬢《れいじょう》は国《くに》を救《すく》う

斎木《さいき》リコ

2023年3月20日初版発行

文庫編集－斧木悠子・森 順子
編集長－倉持真理
発行者－梶本雄介
発行所－株式会社アルファポリス
〒150-6008 東京都渋谷区恵比寿4-20-3 恵比寿ｶﾞｰﾃﾞﾝﾌﾟﾚｲｽﾀﾜｰ8階
TEL 03-6277-1601（営業）　03-6277-1602（編集）
URL https://www.alphapolis.co.jp/
発売元－株式会社星雲社（共同出版社・流通責任出版社）
〒112-0005 東京都文京区水道1-3-30
TEL 03-3868-3275
装丁・本文イラスト－山下ナナオ
装丁デザイン－ansyyqdesign
印刷－中央精版印刷株式会社

価格はカバーに表示されてあります。

落丁乱丁の場合はアルファポリスまでご連絡ください。

送料は小社負担でお取り替えします。


ISBN978-4-434-31731-6 C0193